폴리스, 폴리스,
포타티스모스!

POLIS, POLIS, POTATISMOS!
by Maj Sjöwall and Per Wahlöö

이 도서의 국립중앙도서관 출판예정도서목록(CIP)은
서지정보유통지원시스템 홈페이지(http://seoji.nl.go.kr)와
국가자료공동목록시스템(http://www.nl.go.kr/kolisnet)에서 이용하실 수 있습니다.
(CIP제어번호: CIP2019019510)

폴리스, 폴리스, 포타티스모스!

마이 셰발, 페르 발뢰 지음 | 김명남 옮김

Martin Beck

엘릭시르

차례

서문

어느 문학적 전통의 창시자를 구체적으로 짚어 말하기란 보통 어렵다. 하물며 어느 장르 전체의 창시자를 말하기란 더욱더 어렵다. 하지만 스웨덴 범죄소설 중에서도 현재까지 가장 막강한 장르, 즉 사회 비판적 시각을 담은 경찰 수사물이라는 장르에 대해서는 우리가 실제로 그럴 수 있다. 마이 셰발과 페르 발뢰가 등장하기 전의 스웨덴 탐정소설은 지금과는 달랐다. 고전적 살인 미스터리의 순진함은 두 사람과 더불어 영영 사라졌다.

경찰 수사물을 쓰는 스웨덴 작가라면 거의 모두가 한 번은 셰발과 발뢰의 후계자로 묘사되기 마련이다. 특히 내 경우는 다른 작가들보다 그런 일이 좀더 잦았고, 나는 한 번도 그 말에 반대하지 않았다. 지금도 나는 사람들이 내게 롤 모델을 물으면 곧 잘 셰발과 발뢰라고 대답한다. 그리고 이 대답은 진실이다. 평소에는 살면서 어떤 일에도 딱히 롤 모델을 두지 않으며 죽이 되든 밥이 되든 내 식대로 하는 게 옳다고 믿는 나인데도, 작가는 모름지기 자기 목소리로 말하는 편이 더 낫다고 믿는 나인데도.

내 생각이지만, 독자들은 탐정소설 작가로부터 "나는 사실 탐정소설을 읽지 않습니다" 하는 말을 듣기를 기대하는 것 같다. 그리고 나야말로 그런 기대에 부합하는 작가인 편이었다. 십여 년 전에 어쩌다 보니 범죄소설 작가로 첫걸음을 떼었을 때, 나는 정말 거짓 없이 이렇게 말할 수 있었다. "나는 사실 탐정소설을 읽지 않습니다."

하지만 내가 과거에도 그랬던 건 아니다. 오히려 반대였다. 내가 청소년기에 읽었던 책 중에는 서스펜스 소설의 비중이 말도 안 되게 높았다. 조마조마한 클리프행어, 활극, 고전적인 살인 미스터리, 스파이 스릴러……. 나는 서스펜스가 눈곱만큼이라도 가미된 이야기라면 뭐든 가리지 않고 읽었다.

여러분에게 청소년기 중에서도 감수성이 가장 풍부한 나이를 꼽으라면 몇 살을 꼽겠는가? 사람이 평생 지워지지 않을 정신적 영향을 받기가 가장 쉬운 나이를 꼽으라면? 나는 15세가 유력한 후보라고 본다. 15세는 아마 누구의 인생에서든 가장 우울하면서도 가장 열광적인 시기, 그 대비가 가장 심한 시기일 것이다. 그 시절에는 삶이 끝없는 고통으로 느껴지지만, 다른 한편으로는 비로소 자신이 어떤 사람인지를 깨닫게 되고 그 모든 고통에도 불구하고 삶이 자신에게 가져다줄 가능성도 깨닫게 된다.

셰발과 발뢰가 내 삶에 들어온 것이 그 시기였다. 내가 유치한 서스펜스 소설을 읽기를 진작 그만둔 시점에. 그러니 나는 그들의 소설에 대해서 내가 실제 받은 것과는 전혀 다른 인상을 받을 준비를 철저하게, 너무 조숙하게 갖추고 있었다. 하지만 막상 접한 그들의 작품은 내가 이전에 푹 빠졌던 다양한 서스펜스물의 전통을 마음껏 활용하면서도 내가 이전에 알지 못했던 두 가지 요소를 더 갖추고 있었다. 그것은 유머, 그리고 현대 사회에 대한 비판적 시각이었다.

또 하나 더. 놀랍도록 미묘하고 더없이 정밀한 방식으로 사용된 언어도 있었다.

자신의 인생에 결정적인 영향을 미쳤던 책을 나중에 다시 읽어보는 건 위험한 일이다. 실망이 기본이고, 안도는 예외다. 하지만 나는 시리즈 전체를 통틀어 "범죄 이야기"라고 불리는 이 열 권의 책을 다시 읽을 때 실망은 전혀 느끼지 않는다. 이 소설들이 이렇게 짧았구나 하는 점과 플롯들이 비교적 단순하구나 하는 점에 새삼 놀라고, 기본적으로 염세적인 태도를 지닌 마르틴 베크가 줄기차게 고초를 겪는다는 점에도 좀 놀라지만, 그 밖에 내가 느끼는 감정은 안도감이다. 이 소설들이 지금 읽어도 이렇게 좋다는 사실에 대한 안도감, 이 소설들이 실제로 좋은 롤 모델이라는 사실에 대한 안도감. 이 점에서 나는 이 책들에게 늘 고마울 것이다.

"범죄 이야기"라고 불리는 이 시리즈는 1965년에서 1975년까지, 1973년만 빼고 매년 한 권씩 출간되었다. 그런데 페르 발뢰가 한 인터뷰에서 이렇게 말했던 것은 그 1973년이었다. "처음에 우리는 독자들에게 가닿기 위해서라도 우리의 존재를 가급적 드러내지 않으려 했지만, 결국에는 사회주의자로서의 면을 점점 드러내게 됐죠." 발뢰는 1966년에도 자신들의 목표를 다음과 같이 밝힌 바 있다. "우리가 처음 했던 생각은 분량이 3000쪽쯤 되는 하나의 긴 소설을 통해서—그것을 열 개의 독자적인 부분 혹은 장章으로 나누는 것이다—특수한 우리 사회의 단면도를 보여주자는 것, 범죄가 사회적으로 어떤 기능을 수행하는가뿐 아니라 사회와 어떤 관계를 맺고 있으며 우리 사회에 혼재하는 도덕적으로 다양한 생활 방식들과는 또 어떤 관계를 맺고 있는지 분석해보자는 것이었다."

요컨대, 그들이 쓴 것은 이른바 68세대의 문학적 상징이었다. 열 권의 책은 정치적 각성의 시기였던 1965년부터 아마도 최고로 이념적인 해였다고 꼽아도 될 듯한 1975년까지에 걸쳐서 나왔다. 그러니 원래 이 책들은 1968년에 나온 대부분의 소설들과 비슷한 모습을 띠기 쉬운 운명이었다. 정치 이데올로기가 워낙 부각된 나머지 문학적 긴장감이 모두 실종되고 따라서 문학 작품으로서는 망하는 운명.

놀랍게도 이 책들은 그렇게 되지 않았다. 발뢰가 죽은 뒤 셰발이 편집해서 완성한 작품, 아주 세밀한 구석까지 철저히 이데올로기적인 작품이라고 할 수 있는 최종편 『테러리스트Terrorristerna』조차 그렇지 않았다. 『테러리스트』의 마지막 장면은 의미심장하다. 마르틴 베크가 새 연인 레아 닐센과 함께 옛 동료 렌나르트 콜베리와 군 콜베리 부부의 집에 놀러간 장면이다. 여기서 저자들은 열 권의 책을 한 가닥으로 꿰어내면서 시리즈 전체를 요약한다. 지난 십 년의 정치 상황을 요약하는 말도 나온다. 이런 말들은 제법 타당하면서도 편안한 맥락에서 나온다. 네 인물은 다 함께 낱말 맞추기 게임을 하면서 수다를 떨고 있다. 한 명씩 돌아가면서 알파벳을 하나씩 대면 각자 종이에 그려둔 격자판 속에 그 알파벳들을 적어넣어서 유의미한 단어를 완성하는 게임이다. 콜베리가 계속 이기고, 그들은 계속 게임을 새로 시작한다. 그러던 중 콜베리가 이렇게 말하고, 이 대사와 함께 이야기는 끝난다. "내가 시작하면 되지. 그럼 나는 '엑스x'. '마르크스Marx' 할 때의 '엑스'."

그러나 여기서 정말로 중요한 점은 이 소설들이 정치 선전으로 전락하는 일은 결코 없다는 것이다. 두 저자는 이야기의 배경이 된 시대와 공간을 잊지 않지만, 소설이란 특정 상황에 처한 인물들의 사연이어야 하며 그 묘사에는 활력이 있어야 한다는 점도 잊지 않는다. 활력이 이데올로기보다 늘 먼저라는 점을 잊지 않는다. 여러분도 이 소설들을 꼼꼼히 읽어보면 알 수 있을 것이다.

1970년 발표된 여섯 번째 소설 『폴리스, 폴리스, 포타티스모스!』에서는 저자들의 이데올로기적 시각이 전면에 드러난다. 이 책은 순전히 문학적인 관점으로만 보더라도 시리즈 최고의 작품 중 하나다. 저자들의 기술은 절정에 달했고 유머는 무르익었다. 그런데 이 소설은 또한 문제적이다. 훌륭하면서도 문제적이다.

이 책이 훌륭한 것은, 이 이야기가 소설로서 더할 나위 없이 재미있기 때문이다. 이 책이 문제적인 것은, 이 이야기가 68세대 좌파 정치의 가장 바람직하지 못한 측면을 전형적으로 잘 보여주기 때문이다. 좌파의 비인간적 면모라고도 말할 수 있는 측면을. 저자들이 자본가 무리를 어떻게 묘사할 것인지는 누구나 예상할 수 있는 바이고, 과연 그들에 대한 저자들의 비판은 가차없다. 저자들은 첫 장에서부터 대뜸 말뫼의 사보이 호텔에서 피살되는 걸로 나오는 기업가의 이미지를 나중에도 전혀 회복시켜주지 않는다. 그에게 최소한의 인간적 면모조차 부여해주지 않는다. 묘사에 풍자성이 있기는 해도, 독자에게 남는 것은 결국 씁쓸한 뒷맛이다. 따라서 이 묘사는 이데올로기가 휴머니즘에 앞서고 목적이 수단을 정당화할 때 좌파가 얼마나 비인간적일 수 있는지 보여주려는 의도라고 할 것이다.

여러분이 그 관점을 수긍한다면, 『폴리스, 폴리스, 포타티스모스!』는 엄청나게 흥미진진한 이야기로 읽힐 것이다. 이 이야기는 스웨덴 역사에서도 세계 역사에서도 결정적인 시점이었던 시대의 풍토를 비길 데 없는 솜씨로 그려낸다. 그 사회 풍토는 많은 면에서 어리석고 비인간적이었으며, 오늘날의 우리도 여전히 대체로 그런 풍토에서 살고 있다. 여러분도 이 시리즈를 순서대로 차근차근 읽어보면 아마 느낄 것이다. 열 권의 책 속에서 하나의 범죄 이야기가 떠오르는 것을. 그것도 어마어마한 범죄의 이야기가.

셰발과 발뢰가 이 시리즈로 거둔 성과는 무엇이었을까? 이 소설들 속의 무엇이 15세 소년의 마음을 건드렸던 것일까? 그리하여 그로부터 이십 년 뒤 급기야 자신도 범죄소설을 쓰겠다는 생각을 품게 만들었을까? 내 생각에 그것은 억제된 분노였다. 분노의 불꽃, 하지만 철저하게 절제된 불꽃. 통제되지 않고 방향을 잃은 분노는 실패하기 마련이라는 어렴풋한 인식. 하지만 불꽃이 아예 없어서도 안 된다는 것, 불꽃은 반드시 타고 있어야 한다는 것.

자신의 분노를 제대로 표현할 형식을 찾아내려는 욕구, 어쩌면 이것이 바로 셰발과 발뢰가 거둔 성과가 아니었을까.

아르네 달*

---

* 스웨덴의 범죄소설가이자 문학박사 얀 아르날드의 필명. 특수 수사대를 주인공으로 한 사회고발적인 작품은 전 세계 20여개 국으로 수출되었으며 영국 BBC 방송국에서 드라마로 만들어졌다. 스웨덴뿐만 아니라 독일과 덴마크 등지의 범죄소설상을 휩쓴 작가다.

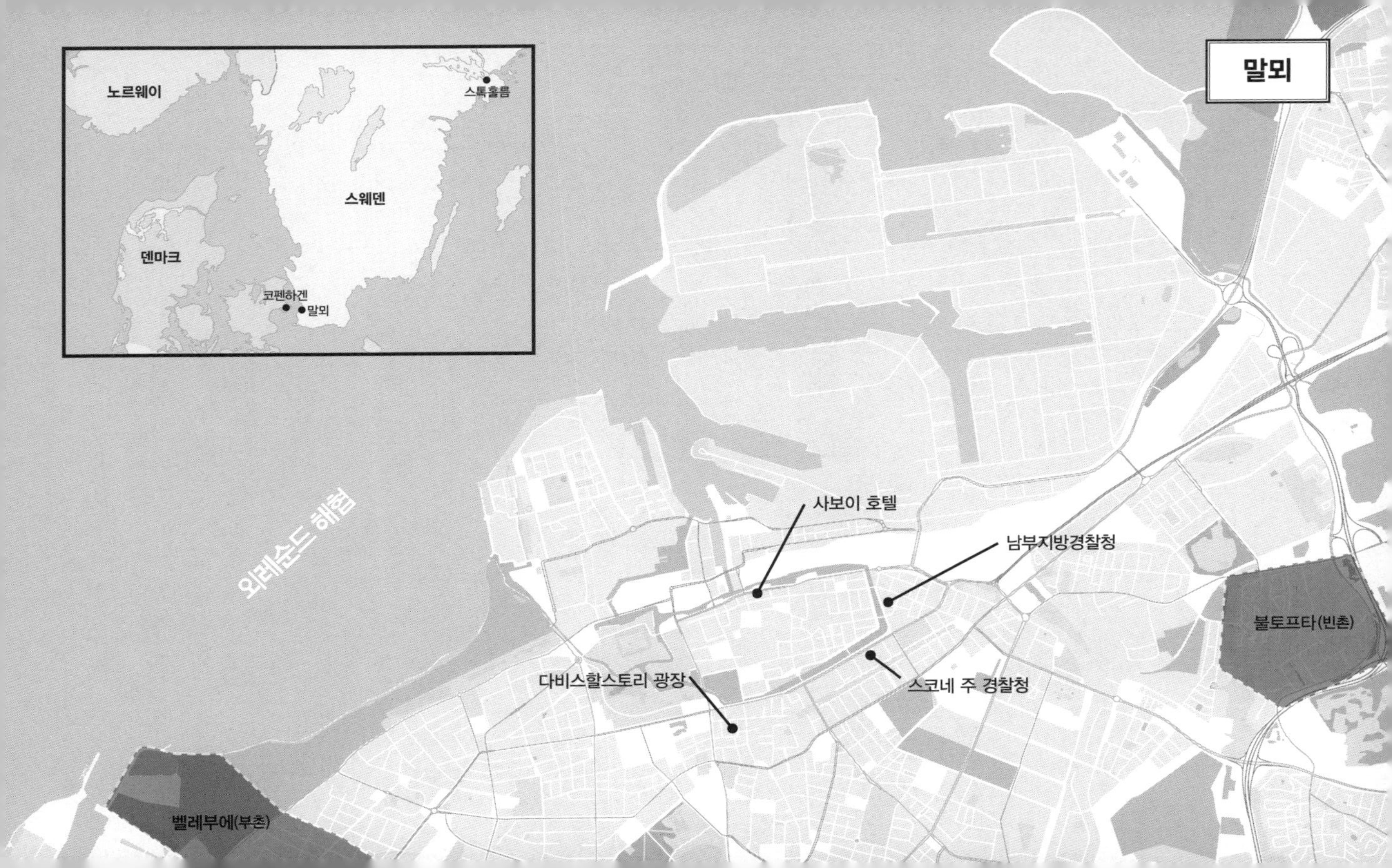
말뫼
노르웨이
스톡홀름
스웨덴
덴마크
코펜하겐
말뫼
외레순드 해협
사보이 호텔
남부지방경찰청
불토프타(빈촌)
다비스할스토리 광장
스코네 주 경찰청
벨레부에(부촌)

1.

숨막히게 덥고 바람 한 점 없는 날이었다. 어른거리던 아지랑이는 다 사라졌고, 맑아진 하늘은 장밋빛에서 어스름한 푸른빛으로 바뀌었다. 빨갛고 동그란 해는 곧 벤 섬 너머로 질 터였다. 거울처럼 매끄러운 외레순드 해협에 잔물결을 일으키기 시작한 저녁 바람이 말뫼의 거리에 상쾌하고 신선한 공기를 불어넣었다. 산들바람에는 리베르스보리 해변에 쓸려온, 혹은 내항으로 들어와서 도심의 운하까지 밀려 들어온 쓰레기와 해초의 퀴퀴한 냄새도 실려 있었다.

말뫼는 스웨덴의 다른 지방들과 꽤 다르다. 가장 큰 이유는 위치다. 말뫼는 백야보다는 로마에 더 가까운 도시, 덴마크 해안선의 불빛이 수평선에서 가물거리는 도시다. 겨울은 질척거리고 바람이 거셀 때가 많지만, 여름은 종종 길고 따뜻하며 나이팅게일의 노랫소리와 넓은 녹지에 우거진 녹음의 향기로 가득하다.

1969년 7월 어느 맑은 날 초저녁이 꼭 그랬다. 도시는 조용하고 차분하고 한산했다. 관광객은 거의 눈에 띄지 않았다. 사실 어느 때든 대체로 그랬다. 꾀죄죄한 행색으로 마리화나를 피우며 유럽을 떠도는 방랑자들이라면, 첫 몇 무리가 도착했을 뿐이고 이후에도 더 많이 나타나진 않을 터였다. 그런 이들은 대개 코펜하겐까지만 왔다.

항구 옆 기차역 건너편에 있는 그 큰 호텔도 조용한 편이었다. 출장 온 외국인 몇 명이 프런트 데스크에서 예약을 확인하고 있었고, 물품 보관소 직원은 보관소 깊이 처박혀서 고즈넉하게 고전을 읽고 있었고, 어둑한 바에는 나직나직이 대화하는 두 단골 손님과 눈처럼 하얀 재킷을 입은 바텐더뿐이었다.

로비에서 오른편에 있는 큰 식당에도 별일은 없었지만, 분위기가 좀더 활기차기는 했다. 주로 혼자 온 손님들이 몇 명 앉아 있었다. 피아니스트는 잠시 쉬는 중이었다. 부엌으로 통하는 스윙 도어 앞에서 뒷짐을 지고 선 웨이터는 활짝 열린 창문을 멀거니 바라보고 있었다. 그다지 멀지 않은 곳에 있는 백사장 생각에 빠진 모양이었다.

식당 안쪽에는 성별과 나이가 제각각이지만 다들 잘 갖춰 입은 손님 일곱 명이 진지하게 둘러앉아 있었다. 그들의 식탁에는 유리잔과 화려한 요리가 널려 있었고, 주변에는 군데군데 샴페인 쿨러가 놓여 있었다. 좌장이 막 발언하려고 일어났기 때문에, 종업원들은 자리를 비킨 뒤였다.

좌장은 키 큰 중년 남자였다. 진청색 실크 양복을 입은 남자는 진회색 머리카락과 가무잡잡하게 태운 피부를 갖고 있었다. 남자는 가끔 유머러스한 말투를 섞어가면서 자연스럽고 구변 좋게 말했다. 함께 둘러앉은 나머지 여섯 명은 잠자코 그를 쳐다보았다. 담배를 피우고 있는 사람은 한 명뿐이었다.

열린 창문을 통해서 차들이 달리는 소리, 북유럽 최대의 조차장인 운하 옆 기차역에서 열차가 궤도를 바꾸는 소리, 코펜하겐발 여객선이 갑자기 내지른 거친 뱃고동 소리, 운하의 방죽 어딘가에서 한 소녀가 키득거리는 소리가 들려왔다.

칠월의 온화한 수요일 저녁 약 8시 30분의 풍경은 그러했다. 이때 '약'이라는 수식어를 꼭 붙여야 하는데, 왜냐하면 그 일이 정확히 몇 시에 벌어졌는가를 결국 아무도 제대로 짚어내지 못했기 때문이다. 반면 어떤 일이 벌어졌는지는 설명하기 쉬웠다.

한 남자가 호텔 정문으로 들어왔다. 남자는 외국인 사업가들과 제복 입은 직원이 있는 프런트 데스크를 흘끗 보고, 물품 보관소와 바 앞의 길고 좁은 로비를 가로지른 뒤, 침착하고 단호하지만 딱히 눈에 띄게 서두르진 않는 걸음걸이로 식당으로 들어갔다. 이때까지는 아무도 이 남자를 신경쓸 이유가 없었다. 아무도 남자를 보지 않았고, 남자도 주변을 두리번거리지 않았다.

남자는 해먼드오르간과 그랜드피아노와 번쩍거리는 식기가 놓인 뷔페 탁자를 지나치고, 천장을 떠받친 굵은 기둥 두 개도 지나쳐서, 여전히 단호한 걸음걸이로 구석에 앉은 사람들 쪽으로 곧장 걸어갔다. 그 자리의 좌장은 남자에게 등을 돌린 방향으로 서서 계속 말하고 있었다. 남자는 다섯 발짝 거리쯤으로 다가갔을 때 오른손을 재킷에 쑥 넣었다. 식탁에 앉은 일행 중 한 여자가 남자를 보았다. 그러자 연사는 여자가 어디에 눈길이 팔렸는지 보려고 고개를 돌렸다. 연사는 다가오는 남자를 무심한 눈으로 흘끗 본 뒤, 하던 말을 잠시도 끊지 않고 이어가면서 일행에게로 몸을 돌리기 시작했다. 그 순간, 방금 들어온 남자가 손잡이에 세로로 홈이 파여 있고 몸통이 길쭉하고 시퍼런 물건을 품에서 꺼내어 연사의 머리를 신중하게 겨눈 뒤 쏘았다. 총성은 그리 크지 않았다. 축제의 사격장에서 공기총을 쏠 때 나는 '폭' 소리처럼 평화롭게 들렸다.

총알은 연사의 왼쪽 귀 바로 밑에 박혔다. 그는 식탁으로 엎어졌다. 그의 왼뺨이 프랑스 수엘풍으로 생선 파이 둘레에 으깬 감자를 뾰족뾰족하게 두른 요리에 푹 처박혔다.

총 쏜 남자는 무기를 주머니에 넣고, 오른쪽으로 홱 틀어서, 가장 가까운 열린 창으로 몇 발자국 걸어갔다. 그다음 왼발을 창턱에 얹고, 낮은 창을 훌쩍 넘어서, 창밖에 매달린 화분 상자를 밟은 뒤, 인도로 풀쩍 뛰어내려서 사라졌다.

창문 세 개 떨어진 자리에서 식사하던 오십 대 남자 손님은 놀란 나머지 위스키잔을 입으로 반쯤 가져간 자세로 얼어붙은 채 눈만 휘둥그레졌다. 그의 앞에는 그때까지 읽는 시늉만 했던 책이 놓여 있었다.

가무잡잡한 피부에 진청색 실크 양복을 입은 남자는 죽지 않았다.

그가 꿈지럭거리면서 말했다.

"아아, 아파."

죽은 사람은 보통 불평하지 않는다. 게다가 그는 피를 흘리는 것 같지도 않았다.

2.

페르 몬손은 혼자 사는 레게멘트스가탄 거리의 집에서 아내와 통화하고 있었다. 말뫼 경찰서의 수사관인 몬손은 기혼자이지만 주 닷새는 혼자 살았다. 그는 일이 없는 주말만 아내와 함께 지내는 생활을 십 년 넘게 해왔고, 두 사람 다 그 상태에 만족했다.

몬손은 수화기를 왼쪽 어깨에 끼우고 오른손으로 그리펜베리에르를 섞었다. 큰 텀블러에 진 1지거, 으깬 얼음, 포도주스를 섞기만 하면 되는 그리펜베리에르는 몬손이 좋아하는 칵테일이었다.

아내는 영화를 보고 왔다면서 그에게 〈바람과 함께 사라지다〉의 줄거리를 들려주고 있었다.

통화가 길어졌지만 몬손은 참을성 있게 들었다. 아내가 이야기를 마치는 대로 이번 주말에는 일 때문에 함께하지 못하겠다고 말할 생각이었기 때문이다. 거짓말이었다.

밤 9시 20분이었다.

몬손은 그물 러닝셔츠와 체크무늬 팬티 차림인데도 땀을 흘렸다. 바깥의 차 소리가 시끄러울까 봐서 통화하기 전에 베란다 문을 닫아둔 터였다. 해는 한참 전에 길 건너편 집들의 지붕 뒤로 넘어갔지만, 집안은 아직 더웠다.

몬손은 포크로 칵테일을 휘휘 저었다. 스스로 생각해도 창피한 일이지만, 포크는 외베르텐이라는 식당에서 훔치거나 실수로 가지고 나온 물건이었다. 그는 실수로 포크를 가지고 나오는 일이 가능할까 생각하면서 말했다.

"그렇군. 그러니까 레슬리 하워드가…… 아니라고? 클라크 게이블이라고? 아……."

오 분 뒤 아내가 결말에 도달했다. 몬손은 악의 없는 거짓말을 건네고 끊었다.

그러자마자 전화가 울렸다. 몬손은 재깍 받지 않았다. 그는 비번이었고, 계속 비번이고 싶었다. 그는 일단 그리펜베리에르를 천천히 들이켜고, 어두워지는 밤하늘을 보면서 수화기를 들었다.

"몬손입니다."

"닐손입니다. 통화 한번 기네요. 삼십 분 전부터 연락드리고 있었습니다."

닐손은 다비스할스토리 광장에 있는 경찰서에서 그날 밤 당직을 서는 경사였다. 몬손은 한숨을 쉬었다.

"그래서? 무슨 일인가?"

"사보이 호텔 식당에서 누가 총에 맞았습니다. 죄송하지만 직접 가보셔야 할 것 같습니다."

유리잔은 비었지만 아직 차가웠다. 몬손은 잔을 들어 손바닥으로 쥐고 이마에 문질렀다.

"죽었나?"

"모르겠습니다." 닐손이 대답했다.

"스카케를 보내면 안 되나?"

"비번입니다. 어디 있는지도 못 찾겠습니다. 그래도 계속 찾아보겠습니다. 바클룬드가 현장에 가 있습니다만, 아무래도 직접……."

몬손은 움찔하며 잔을 내려놓았다.

"바클룬드? 알았어. 당장 가지."

몬손은 얼른 택시를 부른 뒤 수화기를 탁자에 내려두었다. 그가 옷을 입는 동안, 수화기에서 "택시를 호출합니다, 잠시만 기다려주십시오" 하는 말이 거슬리는 기계음으로 반복되다가 간신히 교환원에게 연결되었다.

사보이 호텔 앞에는 경찰차 여러 대가 아무렇게나 세워져 있었다. 순경 두 명이 밤 산책을 나섰다가 무슨 일인가 싶어 호텔 입구 계단에 몰려든 행인들로부터 출입구를 막고 있었다. 사람은 점점 더 많아졌다.

몬손은 그 모습을 보면서 택시비를 내고 영수증을 주머니에 넣었다. 순경 둘 중 한 명은 사람들을 좀 퉁명스럽게 대했다. 말뫼 경찰이 스톡홀름 경찰처럼 시민들에게 평판이 나빠지는 것도 시간문제겠군, 몬순은 생각했다.

하지만 그는 아무 말 없이 제복 순경들에게 까딱 인사하고 지나쳐서 로비로 들어갔다. 로비는 소란했다. 모든 호텔 직원들이 그곳에 몰려서서 서로, 그리고 그릴에서 쏟아져 나오는 손님들과 대화를 주고받았다. 경찰관도 여러 명 보였는데, 다들 이런 상황에 익숙지 않아 당황한 모습이었다. 아무도 그들에게 무슨 일을 하라거나 앞으로 어떻게 할 거라는 지시를 내리지 않은 모양이었다.

오십 대에 덩치가 큰 몬손은 폴리에스테르 바지에 샌들을 신고 셔츠 자락을 바지 밖으로 꺼내 입은 격식 없는 차림이었다. 그는 가슴주머니에서 이쑤시개를 하나 꺼내어 종이 포장을 벗기고 입에 물었다. 그것을 잘근잘근 씹으면서 상황을 체계적으로 살펴보았다. 박하 맛이 나는 미국제 이쑤시개는 열차 연락선 말뫼후스에 손님용으로 비치되어 있던 것을 한 움큼 가져온 것이었다.

식당의 널찍한 출입문을 지켜 선 경찰관은 엘로프손이라는 순경이었다. 몬손이 생각하기에 그나마 똑똑한 순경이었다.

몬손은 엘로프손에게 다가가서 물었다.

"무슨 일인가?"

"누가 총에 맞은 것 같습니다."

"자네들은 무슨 지시를 받았나?"

"아뇨, 아무것도."

"바클룬드는 뭐하고 있나?"

"목격자들을 조사하고 있습니다."

"총에 맞은 남자는 어딨고?"

"병원에 있는 것 같습니다." 엘로프손이 얼굴을 살짝 붉히면서 이어 말했다. "경찰보다 구급차가 먼저 왔던 것 같습니다."

몬손은 한숨을 쉬고 식당으로 들어갔다.

바클룬드는 번쩍거리는 은식기가 차려진 탁자 옆에 서서 웨이터에게 묻고 있었다. 바클룬드는 평범한 얼굴에 안경을 쓴 나이 지긋한 남자로, 그가 어떻게 선임 경사로 승진했는지는 정말이지 모를 일이었다. 그는 손에 든 노트에 바삐 뭔가를 적고 있었다. 몬손은 말소리가 들리는 거리까지 다가갔지만 입다물고 가만히 서서 들었다.

"그래서 사건이 몇 시에 벌어졌습니까?"

"음, 8시 반쯤이었습니다."

"쯤?"

"그게, 정확히는 모르겠습니다."

"달리 말해, 몇 시였는지 모른다는 거군요."

"네, 모릅니다."

"이상하군요." 바클룬드가 말했다.

"네?"

"이상하다고요. 당신은 손목시계가 있잖습니까."

"물론입니다."

"저기 벽시계도 있죠. 내가 잘못 본 게 아니라면."

"네, 하지만……."

"하지만?"

"둘 다 정확하지 않습니다. 그리고 어차피 저는 시계를 볼 생각도 안 했습니다."

바클룬드는 이 반응에 짜증이 났는지 노트와 펜을 내려놓고 안경을 닦기 시작했다. 그러고는 심호흡한 뒤, 다시 노트를 쥐고 적었다.

“수중에 시계가 두 개나 있었는데도 몇 시였는지 모른다고요.”

“그런 셈입니다.”

“‘그런 셈’이라는 답변은 도움이 안 됩니다.”

“하지만 두 시계가 일치하지 않는다고요. 제 시계는 빠르고, 저 벽시계는 느리고.”

바클룬드는 자기 손목시계를 보면서 “희한하군요” 하고 말한 뒤 또 뭔가를 적었다.

몬손은 바클룬드가 뭘 적는지 궁금했다.

“그러니까, 당신은 범인이 지나갈 때 여기 서 있었지요?”

“네.”

“인상착의를 가급적 자세히 말해보겠습니까?”

“자세히는 못 봤습니다.”

“총 쏜 남자를 못 봤다고요?” 바클룬드가 놀라서 물었다.

“그게, 그 사람이 창을 넘어갈 때 봤습니다.”

“어떻게 생겼습디까?”

“모르겠습니다. 거리가 멀었고, 저 식탁은 기둥에 가려져 있어서.”

“남자가 어떻게 생겼는지 못 봤다는 겁니까?”

"정확히는요."

"옷은 어떻게 입었습디까?"

"갈색 재킷이었던 것 같습니다."

"같다고요."

"네. 언뜻 본 게 다였으니까요."

"그 밖에는 뭘 입었습디까? 이를테면 바지라거나."

"물론 바지를 입고 있었습니다."

"확실합니까?"

"그야, 그렇지 않았다면 오히려…… 아까 말씀하셨듯이 희한했겠죠. 남자가 바지를 입지 않았다면 말입니다."

바클룬드는 골을 내면서 뭔가를 갈겨썼다. 몬손은 이쑤시개를 뒤집어 반대쪽을 씹기 시작하면서 나지막이 말을 걸었다.

"바클룬드?"

바클룬드가 짜증난 표정으로 돌아보았다.

"지금 중요한 목격자를 신문하는 게 안 보이……." 그러다가 말을 끊고 퉁명스럽게 덧붙였다. "아, 또 누구라고."

"어떻게 된 일인가?"

"여기서 누가 총에 맞았어." 바클룬드가 흥분해서 말했다. "누군지 아나?"

"아니."

"빅토르 팔름그렌 회장." 바클룬드는 직함을 특히 강조했다.

"아, 그 사람." 몬손은 대꾸하면서 '이것참 야단났군' 하고 생각했지만 이렇게만 물었다. "사건이 발생한 지 한 시간이 넘었고 범인은 창을 넘어 도망쳤다면서."

"그렇게 말할 수도 있겠군."

바클룬드는 아무것도 당연히 여기지 않는 남자였다.

"밖에 경찰차는 왜 여섯 대나 있나?"

"일대를 통제하라고 시켰으니까."

"이 블록을 죄다?"

"범죄 현장이니까." 바클룬드가 말했다.

"제복 경찰관은 다 철수시켜." 몬손은 피곤한 기색으로 말했다. "경찰이 현관이랑 길에 떼로 몰려 있는 건 호텔 측에게 썩 유쾌한 일이 아닐 거야. 경찰관들도 어디 다른 장소에서 더 쓸모 있을 테고. 그다음에는 범인의 인상착의를 확보해. 이 사람보다 더 나은 목격자가 있을 거야."

"당연히 모든 사람을 조사해야지." 바클룬드가 말했다.

"차례차례 해야지." 몬손이 말했다. "하지만 결정적인 증언을 할 게 없는 사람을 잡아두진 말아. 이름하고 주소만 받아두라고."

바클룬드는 몬손을 의심스럽게 보며 물었다. "자네는 뭘할 생각인가?"

"전화를 몇 통."

"누구한테?"

"신문사에. 어떻게 된 일인지 물어보려고."

"농담이라고 한 말인가?" 바클룬드가 차갑게 대꾸했다.

"그래." 몬손은 무심히 대답하고 주변을 둘러보았다.

식당에는 기자들과 사진기자들이 어슬렁대고 있었다. 그중 몇 명은 경찰이 도착하기 한참 전에 왔을 것이고, 어쩌면 문제의 총격이 벌어졌을 때 호텔 그릴이나 바에 있었던 사람도 한 명쯤 있을지 모른다. 몬손의 직감이 맞는다면.

"하지만 원칙상……." 바클룬드가 입을 열었다.

그때 벤뉘 스카케가 다급히 식당으로 들어오는 모습이 보였다. 서른 살인 스카케는 벌써 경사였다. 전에는 스톡홀름에서 살인수사과 소속으로 일했지만, 좀 멍청한 행동으로 상관의 목숨을 위태롭게 만드는 짓을 벌인 뒤 스스로 말뫼 전출을 신청했다. 스카케는 성실하고 양심적이고 다소 순진한 청년이었다. 몬손은 스카케가 좋았다.

"스카케의 도움을 받아." 몬손은 바클룬드에게 말했다.

"흥, 스톡홀름 출신 따위를." 바클룬드는 꺼림칙한 듯 말했다.

"그래. 인상착의 확보하는 거 잊지 말고. 지금은 그게 제일 중요해."

몬손은 너덜너덜해진 이쑤시개를 재떨이에 버리고 로비로 나가서 프런트 데스크 맞은편에 있는 전화기로 갔다.

그리고 순식간에 다섯 통을 연달아 걸었다. 그러더니 고개를 내저으면서 바로 들어갔다.

"아니, 이게 누구십니까!" 바텐더가 말했다.

"여어." 몬손은 자리에 앉았다.

"오늘은 뭘 드릴까요? 늘 드시는 걸로?"

"아니요. 그냥 포도주스 주세요. 생각할 게 있어서."

가끔은 매사가 엉키는 법이지, 몬손은 생각했다. 이 사건은 시작부터 잡쳤다. 일단 빅토르 팔름그렌은 유명한 거물이었다. 솔직히 왜 유명한지는 잘 모르겠지만, 하나 분명한 사실은 그가 아주 부자라는 점이었다. 그는 갑부였다. 그가 유럽에서 가장 유명한 식당 중 한 곳에서 총에 맞았다는 사실도 낭패였다. 사건은 사람들의 관심을 잔뜩 끌 테고, 여파가 클 수도 있었다. 총격 직후, 호텔 직원들은 다친 남자를 TV 라운지로 실어내어 급조한 들것에 동여맸다. 호텔은 경찰과 구급대에 동시에 신고했다. 구급대는 금방 와서 다친 남자를 종합병원으로 실어갔지만, 경찰은 순찰차 한 대가 현장으로부터 이백 미터도 채 떨어지지 않은 기차역에 서 있었는데도 한동안 코빼기도 내밀지 않았다. 왜 그랬을까? 몬손은 이제 이유를 알았지만, 딱히 경찰의 낯을 세워줄 만한 이유는 아니었다. 경찰은 처음 받은 신고를 잘못 이해해서 다른 신고들보다 덜 급한 일로 판단했고, 그래서 기차역에 있던 두 순경은 전혀 해로울 것 없는 웬 주정뱅이를 단속하는 일을 먼저 처리했다. 바클룬드가 제복 경찰관들을 이끌고 용맹하게 호텔로 달려온 것은 경찰이 재차 신고를 받은 뒤였다. 이후 수사랍시고 이뤄진 활동도 영 엉성했다. 몬손 자신은 아내가 들려주는 〈바람과 함께 사라지다〉의 줄거리를 집에서 사십 분 넘게 듣고 앉아 있었다. 술도 두 잔 마신 상태였고, 택시를 잡는 데도 한참 걸렸다. 현장에 경찰관이 도착했을 때는 총격으로부터 삼십 분이 지난 뒤였다. 빅토르 팔름그렌의 상태로 말하자면, 그 또한 불투명했다. 팔름그렌은 말뫼의 응급실에서 처치받은 뒤 약 이십 킬로미터 떨어진 룬드의 신경외과 전문의에게로 이송되었다. 구급차가 한창 그리로 가는 중이었다. 중요 목격자인 팔름그렌의 아내도 그 구급차에 타고 있었다. 그녀는 식당에서 남편 맞은편에 앉아 있었을 테니 범인을 가까이에서 보았을 가능성이 컸다.

이미 한 시간이 지났다. 일분일초가 소중한 한 시간이 지나버렸다.

몬손은 고개를 흔들면서 바에 걸린 벽시계를 보았다. 9시 30분이었다.

바클룬드가 스카케를 거느리고 당당히 걸어 들어왔다.

"자네는 그냥 이렇게 앉아 있나?"

바클룬드가 놀라워하더니 가늘게 뜬 눈으로 몬손을 응시했다.

"인상착의는?" 몬손이 물었다. "급해."

바클룬드는 뒤적뒤적 노트를 꺼내어 바에 얹은 뒤 안경을 벗어서 닦기 시작했다.

"이렇습니다." 잽싸게 끼어든 것은 스카케였다. "현재 알아낸 바로는 중키에 여윈 얼굴, 숱이 적은 갈색 머리카락은 이마 뒤로 싹 넘겼답니다. 갈색 재킷, 파스텔톤 셔츠, 진회색 바지, 검정색 아니면 갈색 신발. 나이는 마흔쯤."

"좋아. 당장 무전을 내보내. 주요 도로를 다 막고, 기차와 비행기와 배를 확인해." 몬손이 말했다.

"알겠습니다." 스카케가 말했다.

"놈을 말뫼에 붙잡아둬야 해."

스카케가 떠났다.

바클룬드는 안경을 쓰고, 몬손을 응시하면서 집요하게 다시 물었다. "그러는 자네는 그냥 이렇게 앉아 있나?"

그런 뒤 잔을 보고 더 놀란 표정으로 덧붙였다. "술이나 마시면서?"

몬손은 대답하지 않았다.

바클룬드는 바의 벽시계로 관심을 옮겨서 자기 손목시계와 비교해보고 말했다. "저 시계는 틀렸네."

"당연히 안 맞습니다." 바텐더가 말했다. "약간 빠릅니다. 기차나 배를 급히 타러 가는 손님들을 위한 작은 배려죠."

"흠. 알아낼 도리가 없겠군. 시계도 못 믿는 판국에 어떻게 정확한 범행 시각을 알아내겠어?" 바클룬드가 말했다.

"쉽지 않겠지." 몬손이 무심히 말했다.

스카케가 돌아왔다.

"다 처리했습니다."

"너무 늦었는지도 몰라." 몬손이 말했다.

"자네들 무슨 소리 하는 건가?" 바클룬드가 노트를 쥐면서 말했다. "아까 그 웨이터는……."

몬손은 손사래를 쳐서 바클룬드의 말을 끊었다. "나중에, 그건 나중에. 벤뉘, 룬드 경찰에 연락해서 병원에 사람을 보내두라고 해. 녹음기를 딸려 보내서, 팔름그렌이 하는 말을 한마디도 빼놓지 말고 녹음해두라고 해. 그가 의식을 되찾는다면 말이지만. 팔름그렌 부인에게도 질문하고."

스카케는 다시 나갔다.

"그 웨이터 말이라면, 드라큘라가 식당을 펄럭펄럭 누비고 다녔더라도 눈치 못 챘을 겁니다." 바텐더가 말했다.

골난 바클룬드는 입을 닫았다. 몬손도 잠자코 있다가 스카케가 돌아온 뒤에야 입을 열었다. 공식적으로는 바클룬드가 스카케의 상관이었기 때문에 몬손은 둘 다에게 묻는 것처럼 교묘하게 말했다.

"제일 나은 목격자는 누구인 것 같나?"

"에드바르손이라는 남자입니다." 스카케가 대답했다. "식탁 세 개 너머에 앉아 있었습니다. 하지만……."

"하지만 뭐?"

"취했습니다."

"술은 저주야." 바클룬드가 말했다.

"좋아. 그 사람은 기다렸다가 내일 신문하지. 나를 서까지 태워줄 수 있는 사람?" 몬손이 물었다.

"제가 태워드리겠습니다." 스카케가 말했다.

"나는 여기 남지. 공식적으로 내 사건이니까." 바클룬드가 고집스럽게 말했다.

"좋아. 그럼 이만."

차에서 몬손은 중얼거렸다. "기차랑 배……."

"범인이 말뫼를 벗어났다고 보십니까?" 스카케가 조심스레 물었다.

"그랬을 수 있지. 아무튼 이제 우리는 여기저기 전화를 돌려야 해. 밤중에 사람들을 깨우는 걸 미안해할 계제도 아니고."

스카케는 몬손을 곁눈질했다. 몬손은 새 이쑤시개를 꺼냈다. 차가 경찰서 마당에 들어섰다.

"비행기." 몬손이 혼잣말했다. "힘든 밤이겠군."

이 시각의 경찰서는 크고 우울하고 휑해 보였다. 위엄 있는 건물이었다. 넓은 돌계단을 오르는 두 사람의 발소리가 쓸쓸하게 울려 퍼졌다.

몬손은 덩치가 크고 천성적으로 느긋했다. 부대끼는 밤을 싫어했고, 경찰관으로서 경력도 거의 끝나가는 참이었다.

스카케는 정반대였다. 몬손보다 스무 살 어린 스카케는 앞으로의 경력을 많이 생각했고, 의욕과 야망이 넘쳤다. 하지만 예전 경험 때문에 좀 신중해졌고, 좋은 팀원이 되려고 애썼다.

그러니 두 사람은 서로를 꽤 잘 보완하는 관계였다.

자기 방에 들어간 몬손은 경찰서 아스팔트 마당에 면한 창문부터 열어젖혔다. 그다음 책상 의자에 털썩 앉아서 낡은 언더우드 타자기의 롤러를 돌리며 몇 분간 말없이 생각에 빠졌다.

이윽고 몬손이 스카케에게 말했다. "무전이랑 전화를 모두 이리로 연결하지. 자네 전화로 오게 해."

스카케의 방은 몬손의 방과 복도를 사이에 두고 마주보고 있었다.

"자네 방문은 열어두고." 몬손이 말했다.

그러고는 몇 초 뒤 살짝 심술궂게 덧붙였다. "진짜 수사본부를 설치하는 거지."

스카케는 자기 방으로 가서 전화를 걸기 시작했다. 잠시 후 몬손도 스카케의 방으로 가서 문틀에 어깨를 대고 선 채 이쑤시개를 입꼬리에 물고 말했다.

"벤뉘, 생각 좀 해봤나?"

"많이는 못 했습니다." 스카케는 조심스럽게 대답했다. "그래도 이해가 좀 안 되는 구석이 있습니다."

"이해가 안 된다, 맞아."

"이를테면 동기가 뭐였을까요?"

"지금은 일단 동기는 놔두고 수사 자체에 집중해야 할 것 같은데."

전화가 울렸다. 스카케가 뭔가를 적었다.

"범인이 팔름그렌을 쏜 뒤 호텔 식당에서 빠져나갈 수 있는 확률은 아주 낮았어. 놈이 총을 쏘는 순간까지는 광신자처럼 행동했다는 거지."

"정치적 저격범처럼 말입니까?"

"그래. 그런데 그다음엔 어떻게 됐지? 기적적으로 탈출했지.

놈은 그다음에는 광신자가 아니라 겁먹은 사람처럼 행동했어."

"그가 말뫼를 빠져나가려고 할 거라고 보시는 겁니까?"

"그래. 놈은 뒷일을 신경쓰지 않는 사람처럼 뚜벅뚜벅 걸어 들어와서 쐈어. 하지만 그런 뒤에는 여느 범죄자처럼 겁을 먹었지. 덜컥 겁이 났던지 현장에서 최대한 멀리, 최대한 빨리 벗어나려고 한 거야."

그런 가설도 가능하지, 근거가 좀 부실하기는 해도. 스카케는 이렇게 생각했다.

하지만 굳이 말을 꺼내진 않았다.

"물론 이건 하나의 가설일 뿐이야. 좋은 수사관은 가설에만 의존하지 않아. 하지만 현재로서는 다른 수사 방향이 떠오르지 않는군."

전화가 울렸다.

이놈의 일. 몬손은 생각했다. 더구나 이 망할 놈의 직업.

게다가 그는 쉬는 날이어야 했다.

별다른 일이 아무것도 벌어지지 않았다는 점에서, 예상대로 힘든 밤이었다. 경찰은 말뫼를 빠져나가는 도로와 기차역에서 범인의 인상착의에 조금이라도 들어맞는 사람을 모조리 검문했다. 그중 사건과 관계된 사람은 한 명도 없는 것 같았지만, 아무튼 경찰은 그들의 이름을 받아두었다.

밤 12시 40분, 마지막 기차가 역을 떠났다.

새벽 1시 45분, 룬드 경찰에게서 팔름그렌이 살아 있다는 소식이 들어왔다.

새벽 3시, 룬드 경찰에서 또 소식이 왔다. 팔름그렌 부인은 충격을 받은 상태라서 자세히 묻기가 어렵다는 소식이었다. 그래도 그녀는 범인을 똑똑히 봤으며 자신이 모르는 사람이라는 점도 확실하다고 말했다고 했다.

"룬드 친구들이 일을 착착 하나 보군." 몬손이 하품하면서 말했다.

새벽 4시 직후, 룬드 경찰이 다시 연락해 왔다. 팔름그렌을 담당하는 의사들이 일단은 수술하지 않기로 결정했다는 소식이었다. 총알은 팔름그렌의 왼쪽 귀 밑에 박혔고, 팔름그렌이 손상을 얼마나 입었는지는 알 수 없다고 했다. 그의 상태는 상황을 감안하자면 좋은 편이라고 했다.

몬손의 상태는 좋지 않았다. 피곤하고 목이 칼칼해서 종종 화장실에 가서 물을 마셔야 했다.

"사람이 머리에 총알이 박힌 채로도 살 수 있습니까?" 스카케가 물었다.

"그래." 몬손이 대답했다. "전에도 그런 경우가 있었지. 총알이 뇌조직에 얌전히 감싸여 있어서 환자가 회복하기도 해. 그럴 때 의사가 괜히 총알을 제거하려다가는 환자가 죽을 수 있어."

바클룬드는 사보이 호텔에 진득하게 붙어 있는 모양이었다. 그는 새벽 4시 30분에 전화를 걸어와서, 감식반이 현장을 조사하도록 식당을 봉쇄했다고 알렸다. 조사는 아무리 빨라도 몇 시간 뒤에야 시작되리라고 했다.

"자기가 없어도 되느냐고 묻는데요." 스카케가 한 손으로 수화기를 가리고 말했다.

"바클룬드가 있어야 할 곳은 자기집 침대의 마누라 옆자리뿐이지." 몬손이 말했다.

스카케는 살짝 다듬은 표현으로 몬손의 대답을 전한 뒤 끊고 말했다. "불토프타 공항은 제외해도 될 것 같습니다. 마지막 비행기가 밤 11시 5분에 떠났답니다. 인상착의에 맞는 승객은 없었고요. 다음 비행기는 오전 6시 30분에 뜨는데, 이 비행기는 그저께부터 예약이 다 찼고 대기자로 기다리는 사람도 없답니다."

몬손은 잠시 궁리하다가 말했다. "흠. 침대에서 끌려나오는 걸 싫어할 게 분명한 사람에게 전화를 걸어야겠군."

"누구요? 서장?"

"아니. 서장은 어차피 우리처럼 눈을 못 붙이고 있을걸. 그건 그렇고, 자네는 어젯밤에 어디 숨어 있었나?"

"영화관에요. 매일 집에서 공부만 할 순 없으니까요." 스카케가 말했다.

“난 한 번도 집에서 공부해본 적 없는데.” 몬손이 말했다. “밤 9시에 말뫼에서 코펜하겐으로 떠나는 쾌속선이 있어. 어제 그게 어느 배였는지 알아봐.”

뜻밖에 까다로운 조사였고, 스카케는 삼십 분 뒤에야 보고할 수 있었다. “스프링에렌이라는 배였고 지금은 코펜하겐에 있답니다. 어떤 사람들은 자다가 전화 때문에 깨면 정말 무진장 부루퉁하게 구는군요.”

“나는 지금부터 훨씬 더 고약한 일을 해야 한다는 걸 위안으로 삼으라고.” 몬손이 말했다.

몬손은 자기 방으로 가서 전화기를 들고 덴마크 국가번호인 00945를 돌린 뒤 코펜하겐 수사과 모겐센 경감의 집 전화번호를 돌렸다. 신호가 열일곱 번 울리고 나서 꽉 잠긴 목소리가 받았다. “모겐센입니다.”

“말뫼의 페르 몬손입니다.”

“맙소사, 무슨 일입니까?” 모겐센이 말했다. “지금 몇 신지 압니까?”

“압니다. 하지만 아주 중요한 일이라서.”

“어마어마하게 중요한 일이어야 할 겁니다.” 덴마크인이 딱딱거렸다.

"어젯밤 말뫼에서 살인 미수 사건이 있었습니다. 그 범인이 코펜하겐으로 튀었을 가능성이 있습니다. 인상착의는 알고요."

몬손은 뒤이어 사건을 설명했다. 모겐센은 다 듣고는 언짢은 듯 말했다. "세상에, 내가 기적이라도 일으키기를 바랍니까?"

"혹시 모르잖습니까. 뭐든 알아내면 알려주세요."

"지옥에나 가세요." 모겐센은 놀랍도록 또렷한 목소리로 내뱉은 뒤 탕 끊었다.

몬손은 고개를 흔들면서 하품했다.

그후에는 아무 일도 없었다.

나중에 바클룬드가 전화를 걸어와서 현장 조사가 시작되었다고 알렸다. 아침 8시였다.

"젠장맞을. 참으로 열심이네." 몬손이 투덜거렸다.

"우리는 이제 어느 방향으로 움직입니까?" 스카케가 물었다.

"아무 방향으로도 안 움직여. 그냥 기다려."

아침 8시 40분, 몬손의 전화가 울렸다. 몬손은 일이 분쯤 듣고만 있다가 고맙다거나 들어가라거나 하는 말도 없이 전화를 끊고는 스카케에게 외쳤다. "당장 스톡홀름에 전화해."

"전화해서 뭐라고 말합니까?"

몬손이 시계를 봤다.

"방금 모겐센이었는데, 어젯밤에 자기 이름을 벵트 스텐손이라고 댄 스웨덴 남자가 카스트룹 공항에서 스톡홀름으로 가는 비행기 표를 사고 대기자로 몇 시간 기다리다가 아침 8시 25분에 이륙한 사스 항공을 탔다는군. 비행기가 알란다 공항에 내린 지 길어봐야 십 분밖에 안 됐을 거야. 그 남자가 인상착의에 맞는 것도 같아. 그러니까 공항에서 시내로 들어가는 버스를 공항 버스 터미널에서 붙잡아서 그 남자의 신병을 확보해야겠어."

스카케가 전화로 달려갔다.

"됐습니다." 일 분 뒤 그가 숨 가빠 하며 말했다. "스톡홀름에서 맡아서 처리해준답니다."

"누구랑 통화했나?"

"군발드 라르손요."

"아, 그 친구."

두 사람은 기다렸다.

삼십 분 뒤 스카케의 전화가 울렸다. 스카케는 홱 수화기를 잡아채고 묵묵히 듣다가 전화를 내려놓지도 않고 망연한 표정으로 말했다. "놓쳤답니다."

"아." 몬손의 반응은 간결했다.

이십 분이나 있었는데. 몬손은 속으로만 생각했다.

3.

스톡홀름 쿵스홀름스가탄 거리의 경찰서에서도 누가 비슷하게 말했다.

"어, 놓쳤대." 에이나르 뢴이 군발드 라르손의 방문 틈으로 땀에 젖은 시뻘건 얼굴을 들이밀면서 말했다.

"뭘?" 군발드 라르손은 생각 없이 되물었다.

그는 전혀 다른 생각을 하던 중이었다. 구체적으로 말하자면, 간밤 지하철에서 벌어진 유난히 흉악한 세 건의 강도 사건을 생각하던 중이었다. 그리고 두 건의 강간을. 열여섯 건의 폭행을. 이곳은 스톡홀름이었고, 말뫼와는 전연 달랐다. 다행히 간밤에 살인은 한 건도 없었다. 우발 살인도 없었다. 그러나 강도나 절도가 얼마나 많았는지는 군발드 라르손도 알 수 없었다. 경찰이 잡아들인 마약중독자, 성범죄자, 주류 밀매자, 알코올의존자가 얼마나 많았는지도. 경찰이 아마도 무고할 가능성이 높은 시민을 순찰차나 파출소에서 두들겨 팬 일이 얼마나 많았는지도. 어쩌면 다 셀 수 없도록 많았을 것이다. 아무튼 군발드 라르손은 자기 일만 신경썼다.

군발드 라르손은 강력반 선임 경사였다. 키 192센티미터에 황소처럼 힘세고 금발에 파란 눈동자를 가진 그는 경찰관치고 아주 도도했다. 일례로 이날 아침에는 가벼운 연회색 양복과 그에 어울리는 색깔의 넥타이, 구두, 양말 차림이었다. 그는 희한한 인물이었고, 그를 좋아하는 사람은 그리 많지 않았다.

"있잖아, 하가 터미널로 오는 버스." 뢴이 말했다.

"그걸 어쨌는데? 놓쳤다고?"

"승객을 확인해야 할 순경들이 늦었대. 도착해보니 승객은 다 내리고 없었고 버스도 떠난 뒤였고."

마침내 이 문제로 생각을 옮긴 군발드 라르손은 푸른 눈으로 뢴을 노려보면서 말했다. "뭐? 하지만 그럴 순 없어."

"안타깝지만 그렇게 됐어. 제때 대지 못했대."

"자네 미쳤나?"

"내가 맡은 일이 아니야. 내 소관이 아니라고." 뢴이 말했다.

차분하고 성품 좋은 뢴은 스웨덴 북부 아리에플로그 출신이었다. 스톡홀름에서 산 지 오래되었지만 아직 말투에 사투리가 남아 있었다.

군발드 라르손은 우연히 스카케의 전화를 받았을 때 버스를 확인하는 일쯤은 간단할 것이라고 여겼다. 그가 험상궂게 인상 쓰면서 말했다. "젠장, 하지만 나는 솔나에 곧장 전화했단 말이야. 전화를 받은 당직은 카롤린스카베겐 거리에 순찰차가 있다고 했어. 거기서 공항버스 터미널까지는 끽해야 삼 분이면 가. 시간은 최소한 이십 분 있었고. 어떻게 된 거야?"

"순찰차의 순경들을 도중에 누가 훼방했다나 봐."

"훼방을 해?"

"응. 그래서 순경들이 경고를 줘야 했대. 그런 뒤에 갔더니 버스는 떠나버렸고."

"경고를 줘?"

뢴은 안경을 쓰면서 손에 쥔 종이를 보았다. "그래. 버스 이름은 베아타. 보통 브롬마에서 온대."

"베아타? 어떤 새끼가 버스에 이름을 붙이기 시작했나?"

"어, 내가 그런 게 아닌데." 뢴은 차분히 대꾸했다.

"순찰차의 천재들에게도 이름이 있다나?"

"그럴걸. 하지만 난 몰라."

"알아내. 맙소사, 버스에 이름이 있다면 순경들한테도 있겠지. 사실 그런 놈들한테는 번호만 붙여줘도 되겠지만."

"아니면 기호나."

"기호?"

"유치원에서 애들한테 붙여주는 거 있잖아. 배, 자동차, 새, 버섯, 벌레, 강아지 하는 식으로."

"난 유치원 다닌 적 없어." 군발드 라르손은 쌀쌀맞게 대꾸했다. "아무튼 알아내. 우리가 합리적인 이유를 대지 못한다면, 말뫼의 몬손인가 하는 자가 배꼽 빠져라 비웃을 거야."

뢴이 떠났다.

"벌레나 강아지라니." 군발드 라르손은 중얼거렸다. "다들 미쳤어."

그는 다시 지하철 강도 사건으로 돌아가서, 종이칼로 이를 쑤시면서 일했다.

십 분 뒤 뢴이 딸기코에 안경을 얹고 손에 종이를 쥐고 돌아왔다. "알아냈어. 솔나 경찰서 제3호 순찰차. 순경 이름은 칼 크리스티안손과 쿠르트 크반트."

군발드 라르손은 움찔하면서 몸을 앞으로 숙이다가 하마터면 종이칼로 자살할 뻔했다. "맙소사, 내가 왜 몰랐을까. 그 두 얼간이 때문에 내가 못살겠군. 그 바보들도 스코네 출신이지. 두 사람을 당장 이리 데려와. 이 일은 반드시 짚고 넘어가야 해."

크리스티안손과 크반트는 해명할 말이 많았다. 그들의 해명은 구구절절한 이야기였고, 더군다나 두 사람은 군발드 라르손을 죽도록 겁낸 나머지 쿵스홀름스가탄으로 오라는 지시를 받고도 두 시간 가까이 늑장을 부렸다. 그것은 실수였다. 그동안 군발드 라르손이 자체 조사를 해볼 수 있었으니까.

아무튼 이윽고 그들은 제복을 입고 모자를 손에 들고 군발드 라르손 앞에 섰다. 둘 다 키가 186센티미터에 금발에 체격이 좋았다. 둘은 둔한 푸른 눈동자로 군발드 라르손을 무표정하게 바라보았다. 그들은 군발드 라르손이 왜 경찰관들끼리는 서로의 행동을 비난하거나 불리한 증언을 하지 않는다는 경찰계의 불문율을 깨려는지 의아하게 여겼다.

"좋은 아침." 군발드 라르손이 친근하게 말을 붙였다. "와줘서 고맙군."

"좋은 아침입니다." 크리스티안손이 주뼛주뼛 말했다.

"안녕하세요." 크반트는 버릇없이 말했다.

군발드 라르손은 크반트를 쳐다보고 한숨을 쉬면서 말했다. "하가에서 버스 승객을 확인하라는 지시를 받은 게 자네들이지?"

"네." 크리스티안손이 대답하더니 잠시 생각하다가 덧붙였다. "하지만 늦었습니다."

"사정상 시간 내에 갈 수가 없었습니다." 크반트가 표현을 다듬었다.

"나도 들었지." 군발드 라르손이 말했다. "자네들이 카롤린 스카베겐 거리에 있을 때 무전을 받았다는 것도 들었지. 거기서 공항버스 터미널까지는 차로 이 분쯤 걸리지. 많이 걸려야 삼 분. 자네들은 무슨 차를 몰지?"

"플리머스입니다." 크리스티안손이 꼼지락거리면서 대답했다.

"농어는 시속 이 킬로미터로 헤엄쳐." 군발드 라르손이 말했다. "물고기 중에서 제일 느리지. 그래도 농어가 자네들보다는 빨리 갔을 거야."

군발드 라르손이 말을 멎었다. 다시 연 입에서는 호통이 터져 나왔다.

"대체 왜 고작 그 거리를 시간 맞춰서 가지 못한 건가!"

"도중에 어떤 사람에게 주의를 줘야 했습니다." 크반트가 뻣뻣하게 대꾸했다.

"농어도 그것보단 더 그럴싸한 변명을 생각해내겠군." 군발드 라르손이 지겹다는 듯 말했다. "그래, 무슨 주의를 줘야 했나?"

"누가 우리에게…… 욕을 했습니다." 크리스티안손이 소심하게 말했다.

"공권력에 대한 모욕입니다." 크반트가 강조했다.

"상황이 어땠는데?"

"어떤 남자가 자전거를 타고 지나가다가 우리를 향해 욕설을 외쳤습니다."

크반트가 여전히 앙버티며 말했지만, 잠자코 있는 크리스티 안손은 차츰 불안해지는 기색이었다.

"그 때문에 막 받은 지시를 수행하지 못했다고?"

크반트는 대답을 준비해두고 있었다. "국가경찰청장이 공식 담화에서 말씀하시기를, 누구든 경찰관을 모욕하는 자에게는 반드시 경고를 줘야 한다고 했습니다. 경찰관이 웃음거리가 되어서는 안 된다고요."

"그런가?" 군발드 라르손이 말했다.

두 순경이 뻔뻔하게 그를 보자 군발드 라르손은 으쓱한 뒤 말했다.

"자네가 언급한 그 양반이 공식 담화로 유명하다는 건 나도 익히 알지만, 설사 그 양반이라도 방금 자네가 한 말처럼 한심하기 짝이 없는 말을 했을 것 같진 않군. 맙소사. 자네들이 들은 욕이 뭐였지?"

"폴리스, 폴리스, 포타티스그리스."* 크반트가 대답했다.

---

* 스웨덴어로 'Polis, polis, potatisgris'는 '경찰, 경찰, 돼지 같은 경찰'이라는 뜻으로, 이 시절 스웨덴 시민들이 시위할 때 경찰을 조롱하며 외쳤던 구호다.

"자네들은 스스로 그런 말을 들을 만하지 않다고 생각하나?"

"절대 아닙니다." 크반트가 말했다.

군발드 라르손이 크리스티안손에게도 답을 요구하듯이 쳐다보자, 크리스티안손은 몸무게를 다른 발로 바꿔 실으면서 웅얼거렸다. "저도 아니라고 생각합니다."

"맞습니다. 아무리 시브도 종종……."

"시브는 또 뭔가? 그것도 버스 이름인가?" 군발드 라르손이 물었다.

"제 아내입니다." 크반트가 대답했다.

군발드 라르손은 털북숭이에 솥뚜껑만 한 두 손의 깍지를 풀고 양 손바닥을 책상에 척 붙였다. 그리고 말했다.

"그러니까 이렇게 된 일이라 이거지. 자네들은 카롤린스카베겐 거리에 있다가 호출을 받았어. 그때 웬 남자가 자전거를 타고 지나가면서 자네들에게 '폴리스, 폴리스, 포타티스그리스!' 하고 외쳤어. 자네들은 그에게 주의를 주어야 했지. 그 때문에 공항버스 터미널에 제때 도착하지 못했고."

"바로 그렇습니다." 크반트가 말했다.

"네에." 크리스티안손이 말했다.

군발드 라르손은 두 사람을 한참 바라보았다. 그런 뒤 낮은 목소리로 말했다. "정말인가?"

둘 다 답이 없었다. 크반트도 슬슬 불안해지는 표정이었다. 크리스티안손은 한 손으로 권총집을 초조하게 만지작거리면서 다른 손에 든 모자로 이마에 맺힌 땀을 닦았다.

군발드 라르손은 침묵이 더 깊어지도록 한참 잠자코 있었다. 그러더니 갑자기 두 팔을 번쩍 쳐들었다가 손바닥으로 책상을 쾅 내리쳤다. 그 서슬에 방 전체가 흔들렸다.

"거짓말이야!" 군발드 라르손이 소리쳤다. "처음부터 끝까지 다 거짓말이야. 자네들도 물론 알지. 자네들은 소시지 노점에 들렀어. 둘 중 한 명이 순찰차 앞에 서서 소시지를 먹었지. 자네들이 말한 대로, 그때 웬 남자가 자전거를 타고 지나갔고 누군가 자네들에게 뭐라고 외쳤어. 하지만 그 남자가 외친 게 아니라 자전거 뒤에 달린 유아용 안장에 앉아 있던 아이가 외친 거였어. 아이가 '폴리스, 폴리스, 포타티스그리스'라고 말한 것도 아니었어. '폴리스, 폴리스, 포타티스모스'라고 말했지. 아이는 아직 말을 제대로 못 하는 세 살짜리 꼬마였고."*

군발드 라르손이 입을 닫았다.

---

* 스웨덴어로 'Polis, polis, potatismos'는 '경찰, 경찰, 으깬 감자'라는 뜻으로, 위에서 말한 유명한 구호와 발음이 비슷하긴 하지만 아무 뜻도 없는 말이다. 한편 여기서 말하는 소시지란 스웨덴 거리에서 흔히 파는 평범한 간식으로, 으깬 감자나 새우 샐러드를 곁들인 것이 기본이고 빵에 끼워서 아예 핫도그처럼 먹는 경우도 흔하다. 따라서 아이가 "으깬 감자"라고 말했다는 대목은 영 난데없는 말이 아니라 경관이 먹고 있던 으깬 감자를 곁들인 소시지를 보고 한 말이라고 볼 수 있다.

크리스티안손과 크반트는 얼굴이 시뻘게졌다. 한참 뒤에야 크리스티안손이 중얼거렸다. "어떻게 아셨습니까?"

군발드 라르손은 두 사람을 잡아먹을 듯 차례차례 노려보았다. "자, 누가 소시지를 먹었지?"

"전 아닙니다." 크리스티안손이 말했다.

"이 배알 없는 놈." 크반트가 입아귀만 움직여서 속삭였다.

"좋아, 질문에 대답해주지." 군발드 라르손이 피곤한 듯이 말했다. "자전거에 탄 시민은 경찰복을 입은 두 머저리가 세 살짜리 아이가 한 말을 갖고서 십오 분 넘게 자신을 을러댄 걸 그냥 넘길 수 없었어. 그래서 경찰서로 항의 전화를 걸었지. 충분히 그럴 만해. 게다가 목격자들도 있었으니까."

크리스티안손이 울적하게 끄덕였다.

크반트는 최후의 변명을 시도했다. "입에 음식이 가득찼을 땐 소리를 잘못 듣기가 쉬워서……."

군발드 라르손이 오른손을 척 치켜들어서 크반트의 말을 잘랐다.

그는 노트를 끌어당기고 안주머니에서 펜을 꺼낸 뒤 큰 글씨로 이렇게 적었다. "꺼져!" 그러고는 그 장을 뜯어서 책상 건너편으로 밀었다. 그것을 집어 든 크리스티안손은 글을 읽은 뒤 얼굴을 더욱더 붉히면서 크반트에게 종이를 건넸다.

"한 번 더 말할 기분 아니야." 군발드 라르손이 말했다.

크리스티안손과 크반트는 종이를 가지고 떠났다.

4.

마르틴 베크는 이런 일을 전혀 몰랐다.

그는 베스트베리아알레에 있는 남부 경찰서의 자기 방에서 전혀 다른 문제를 고민하는 중이었다. 의자를 뒤로 밀고, 책상 서랍 아랫칸을 반쯤 끌어내어 그 위에 쭉 뻗은 두 다리를 얹어 두었다. 두 손은 바지 주머니에 꽂고 실눈으로 창밖을 바라보면서 새로 불붙인 플로리다 담배 필터를 잘근거렸다. 그는 생각하는 중이었다.

마르틴 베크는 국가범죄수사국 살인수사과 경감이었으니, 누가 보면 그가 일주일 전 스톡홀름 남부에서 발생하여 여태 해결되지 않은 도끼 살인 사건이나 전날 리다르피에르덴 만에서 건져 올려진 신원 미상 여성의 시신에 대해 고민하는 중이라고 생각했을지도 모른다. 하지만 그렇지 않았다.

그는 그날 저녁에 자신이 열기로 한 파티에 어떤 음식을 준비해야 하는지 고민하는 중이었다.

오월 말, 마르틴 베크는 셰프만가탄 거리에 방 두 개짜리 집을 구해서 원래 살던 집에서 나왔다. 아내 잉아와 십팔 년째 결혼 생활을 해왔지만 언제부터인지 부부 사이는 삐걱거렸고, 일월에 딸 잉리드가 친구와 함께 살겠다고 집을 나가 독립한 뒤에 그는 아내에게 별거를 제안했다. 처음에 아내는 반대했지만, 그가 집을 얻자 아내도 현실을 직시하고 받아들였다. 아내가 제일 아끼는 사람은 열네 살 된 아들 롤프였으니, 마르틴 베크는 아내가 아들과 단둘이 살게 된 것을 내심 기뻐할지도 모른다고 생각했다.

새집은 아늑하고 혼자 살기에 좁지 않았다. 그는 우울한 교외 지역인 바가르모센의 옛집에서 챙겨 나온 물건 몇 점을 들이고 필요한 것들을 산 뒤, 문득 충동에 휩싸여서 가장 친한 친구 세 명을 집들이에 초대했다. 그가 할 줄 아는 요리라는 것이 달걀 삶기와 차 끓이기뿐이라는 점을 고려하면 이만저만 무모한 짓이 아니었다. 그 사실을 지금에야 깨달은 것이 문제였지만. 그는 잉아가 집에 온 손님들에게 어떤 음식을 냈던지 기억하려고 해보았으나, 자신은 조리법도 재료도 모르는 푸짐한 요리들이 어렴풋이 떠오를 따름이었다.

마르틴 베크는 담배를 한 개비 더 피워 문 뒤, 발레프스카풍 넙치 요리와 오스카르풍 송아지고기 요리를 막막하게 떠올렸다. 하물며 쾨르 드 필레 프로방살은 더 막막했다. 게다가 그가 충동적으로 손님을 초대할 때 고려하지 않은 요소가 하나 더 있었다. 오늘밤에 올 세 손님처럼 먹성이 좋은 사람들은 또 없다는 점이었다.

마르틴 베크의 절친한 동료인 렌나르트 콜베리는 미식가이자 대식가였다. 마르틴 베크가 큰맘 먹고 구내식당으로 식사하러 갈 때마다 목격한 사실이었다. 콜베리가 식도락가라는 사실은 덩치만 봐도 알 수 있었다. 그는 일 년 전쯤 배에 칼을 맞아서 중상을 입은 일을 겪었는데도 이후에도 변함없이 많이 먹었다. 아내인 군 콜베리는 체형이 남편과는 다르지만 역시 잘 먹었다. 마지막으로, 경찰대학을 졸업하고 풍기단속반에 배치되어 마르틴 베크의 동료가 된 오사 토렐이야말로 진정한 가르강튀아였다.

마르틴 베크는 자신의 최연소 동료이자 오사의 배우자였던 오케 스텐스트룀이 버스에서 대량 살인자가 난사한 총에 맞아 죽었던 일 년 반 전에 오사가 얼마나 작고 가냘픈 모습이었는지를 똑똑히 기억했다. 오사는 힘든 고비를 넘겼고, 식욕을 되찾았으며, 살도 좀 붙었다. 대사율이 아주 높은 체질인 듯했다.

마르틴 베크는 오사에게 좀 일찍 와서 도와달라고 청해볼까 생각했지만, 이내 그 생각을 지웠다.

누군가 우렁차게 노크하는 소리가 들리더니 문이 벌컥 열리면서 콜베리가 들어왔다.

"그렇게 앉아서 무슨 생각 하나?"

콜베리가 손님용 의자에 털썩 앉으면서 물었다. 그의 무게에 의자가 위태롭게 삐걱거렸다.

콜베리가 온 경찰을 통틀어서 강도 수법과 호신술에 가장 정통한 수사관이라는 사실은 누구도 의심하지 않았다.

마르틴 베크는 서랍에 얹었던 발을 내리고 의자를 책상 가까이 당긴 뒤 차분하게 담배를 끄고 말했다.

"요르타겐의 도끼 살인 사건." 거짓말이었다. "새로운 소식은 없나?"

"부검 보고서 봤어? 피해자가 첫 방에 죽었다던데. 두개골이 유난히 얇은 사람이었나 봐."

"봤어." 마르틴 베크가 말했다.

"피해자의 아내와 언제 얘기해볼 수 있을지 기다려야지. 오늘 아침에 병원 측이 말하기로는 여자가 아직 충격에서 헤어나지 못했다니까. 어쩌면 여자가 남편을 내리쳐서 죽였을 수도 있잖아?"

콜베리는 일어나서 창문을 열려고 걸어갔다.

"그냥 닫아둬." 마르틴 베크가 말했다.

콜베리는 열던 걸 도로 닫았다.

"어떻게 참나? 찜통같잖아."

"더러운 공기를 마시느니 찜통에서 쪄지는 편이 나아." 마르틴 베크는 달관한 듯 말했다.

남부 경찰서 건물은 에싱엘레덴 고속도로에서 가까웠다. 휴가철이 시작된 오늘처럼 차량 통행이 많은 날은 공기가 매연으로 몹시 혼탁했다.

"자업자득이지." 콜베리가 이렇게 말하면서 어슬렁어슬렁 문으로 갔다. "좌우간 오늘밤까진 살아 있으라고. 7시라고 했나?"

"그래, 7시."

"벌써 배가 고프네."

콜베리는 도발하는 듯이 말했다.

"와준다니 기쁘군."

마르틴 베크가 대꾸했지만, 콜베리는 이미 문을 쾅 닫고 떠난 뒤였다.

잠시 후 전화가 울리기 시작했고, 사람들이 마르틴 베크가 서명할 문서와 살펴볼 보고서와 대답할 질문을 가지고 찾아왔다. 저녁 메뉴 고민은 당분간 미뤄야 했다.

오후 3시 45분, 마르틴 베크는 경찰서를 나서서 지하철을 타고 회토리스할렌 시장으로 갔다. 느긋하게 시장을 돌면서 장을 보다 보니 어느새 저녁을 준비할 시간이 부족해져서, 감라스탄에 있는 집으로 갈 때는 택시를 타야 했다.

6시 55분, 마르틴 베크는 식탁을 다 차리고 자신의 작품을 훑어보았다.

딜, 사워크림, 차이브를 밑에 깔고 절인 청어를 얹은 접시가 있었다. 채 썬 양파, 딜 허브, 레몬 슬라이스를 동그랗게 두르고 그 속에 어란을 둔 접시가 있었다. 훈제 연어 슬라이스를 얇은 양상추에 얹은 것. 완숙 계란 슬라이스. 훈제 청어. 훈제 가자미. 헝가리 살라미, 폴란드 소시지, 핀란드 소시지, 스코네 지방의 간肝 소시지. 큰 볼에 양상추와 신선한 새우를 섞은 샐러드. 그는 특히 이 마지막 요리가 자랑스러웠다. 직접 만들었는데 놀랍게도 맛이 좋았기 때문이다. 커팅 보드에는 여섯 종류의 치즈. 순무와 올리브. 호밀 흑빵과 헝가리 시골 빵과 뜨겁고 바삭한 바게트. 통에 든 버터. 불 위에서는 자글자글 끓는 물이 한창 감자를 익히면서 희미하게 딜 허브 향기를 풍겼다. 냉장고에는 피스포터 팔켄베르크 와인 네 병과 칼스버그 맥주 여러 캔이 있었고, 냉동실에는 뢰이텐 아쿠아비트 한 병이 있었다.

마르틴 베크는 애쓴 결과가 제법 만족스러웠다. 이제 손님만 오면 되었다.

오사 토렐이 맨 먼저 왔다. 마르틴 베크는 캄파리 소다를 두 잔 타서 한 잔을 건넸다. 오사는 잔을 들고 집을 둘러보았다.

침실, 거실, 부엌, 화장실, 현관으로 이뤄진 집이었다. 방들은 작았지만, 그편이 관리하기 쉽고 더 아늑했다.

"여기가 마음에 드는지 물어볼 필요도 없겠네요." 오사가 말했다.

"스톡홀름 토박이들이 대개 그렇듯이, 나는 늘 왕궁이 있는 감라스탄에서 한번 살아봤으면 하고 바랐지. 혼자 사는 것도 좋아." 마르틴 베크가 말했다.

오사는 고개를 끄덕였다. 그러고는 두 손으로 잔을 쥐고 두 발목을 겹친 자세로 창틀에 몸을 기댔다. 아담한 몸집, 큰 갈색 눈, 짧고 검은 머리카락, 가무잡잡하게 태운 피부를 가진 오사는 건강하고 차분하고 느긋해 보였다. 마르틴 베크는 오사의 그런 모습이 반가웠다. 그녀가 스텐스트룀의 죽음을 극복하기까지 시간이 많이 걸렸다는 걸 알기 때문이었다.

"자네는 어때?" 마르틴 베크가 물었다. "자네도 얼마 전에 이사했지."

"언제 놀러오세요." 오사가 말했다.

오사는 스텐스트룀이 죽은 뒤 한동안 군과 렌나르트 콜베리의 집에서 함께 살았다. 그 뒤에도 스텐스트룀과 살던 집으로 돌아가고 싶지 않았기 때문에, 그 집을 나와서 쿵스홀름스트란드 거리에 있는 원룸으로 옮겼다. 또 오사는 다니던 여행사를 그만두고 경찰대학에 들어갔다.

저녁 식사는 대성공이었다. 마르틴 베크는 많이 먹지 않았지만, 하기야 평소에도 많이 먹는 일이 드물었지만, 음식은 금세 동났다. 그는 자신이 손님들의 식욕을 과소평가했나 싶어 초조했지만, 식사를 마치고 일어서는 손님들은 흡족하게 배부른 표정이었다. 콜베리는 슬며시 바지 단추를 풀었다. 오사와 군이 와인보다는 아쿠아비트와 맥주를 좋아했기 때문에, 식사를 마쳤을 때 뢰이텐 병은 다 비었다.

마르틴 베크는 코냑을 탄 커피를 내갔다. 그리고 잔을 들면서 말했다. "자, 내일은 모처럼 우리가 다 쉬는 날이니, 끔찍한 숙취를 남겨봅시다."

"난 쉬는 날 아니에요." 군이 말했다. "새벽 5시만 되면 보딜이 나를 덮치고 아침을 요구한다고요."

보딜은 콜베리 부부의 만 두 살이 되어가는 딸이었다.

"그 생각은 하지 마." 콜베리가 말했다. "내일은 내가 숙취가 있든 없든 보딜을 돌볼게. 일 이야기도 하지 마. 괜찮은 일자리를 찾을 수만 있다면 난 작년 사건 이후에 당장 그만뒀을 거야."

"지금은 그런 생각 하지 말자고." 마르틴 베크가 말했다.

"안 하기가 어려우니까 말이지." 콜베리가 말했다. "경찰은 조만간 산산이 해체될 거야. 지방에서 올라온 촌뜨기들을 봐. 무슨 일을 해야 할지 모르는 채 제복을 입고 슬렁슬렁 돌아다니기만 하잖아. 행정은 또 어떻고!"

"아, 제발." 마르틴 베크는 주제를 돌리려고 애쓰면서 자기 잔으로 손을 뻗었다.

사실 그도 걱정스러웠다. 특히 요전의 조직 재편으로 경찰이 더 정치화하고 중앙 집중화된 점이 걱정스러웠다. 순찰 인력의 품질이 갈수록 낮아진다는 점도 사태 개선에 도움이 되지 않았다. 하지만 지금은 그런 문제를 토론하기에 알맞은 자리가 아니었다.

"아, 제발." 그는 처량하게 반복하고 잔을 들었다.

커피를 다 마신 뒤, 오사와 군이 설거지를 자청했다. 마르틴 베크는 말렸지만, 두 사람은 자기집이 아니라면 어디서든 설거지하기를 좋아한다고 대답했다. 그는 오사와 군이 뜻대로 하도록 놔두고 위스키와 물을 내갔다.

그때 전화가 울렸다.

콜베리가 시계를 보았다.

"10시 15분인데. 설마 말름이 우리더러 내일도 일해야 한다고 말하려는 건 아니겠지. 난 여기 없는 거야." 콜베리가 말했다.

말름은 얼마 전 은퇴한 전임 국장 함마르의 후임이었다. 좀 난데없는 인선이었다. 달리 말하자면, 말름은 국가경찰위원회에서 내려보낸 사람이었다. 그의 자격 조건은 정치적인 것밖에 없는 듯했고, 꼭 그렇지 않더라도 아무튼 미심쩍었다.

마르틴 베크가 전화를 받았다.

그러고는 금세 우거지상을 지었다.

거슬리는 말투로 이렇게 말한 사람은 말름이 아니라 국가경찰청장이었다. "문제가 생겼네. 자네가 내일 아침에 당장 말뫼로 내려가줬으면 해." 청장은 뒤늦게 덧붙였다. "밤늦게 방해했다면 미안하이."

마르틴 베크는 그 말에는 대답하지 않고 물었다. "말뫼로요? 무슨 일입니까?"

자신이 마실 하이볼을 섞던 콜베리가 눈썹을 치키면서 고개를 설레설레 저었다. 마르틴 베크는 콜베리에게 체념의 눈길을 보내면서 자기 잔을 가리켰다.

"빅토르 팔름그렌이라고 들어봤나?"

청장이 물었다.

"사업가요? 거물이라는?"

"그래."

"물론 들어봤습니다. 하지만 그가 여러 사업체를 거느리고 있고 갑부라는 것 외에는 모릅니다. 아, 그리고 모델인가 뭔가 하는 젊은 미녀와 결혼했죠. 그 사람한테 무슨 문제가 있습니까?"

"죽었어. 말뫼의 사보이 호텔 식당에서 신원 미상의 공격자가 쏜 총에 머리를 맞은 뒤 룬드의 신경외과에서 오늘밤 죽었어. 총격은 어젯밤에 벌어졌고. 베스트베리아에는 신문이 없나?"

마르틴 베크는 이 질문에도 대답을 삼갔다. 대신 물었다.

"말뫼에서 알아서 처리할 순 없답니까?"

그는 콜베리가 건네는 위스키잔을 받아서 한 모금 마셨다.

"거기 페르 몬손 없습니까? 몬손이라면 처리할 수 있을 텐데요……."

청장이 성급히 마르틴 베크의 말을 잘랐다.

"당연히 몬손이 있지만, 그래도 자네가 내려가서 도와줬으면 하네. 아예 사건을 넘겨받든가. 그리고 최대한 빨리 갔으면 좋겠고."

거참 고맙네요, 마르틴 베크는 생각했다. 밤 12시 45분에 브롬마에서 떠나는 비행기가 있지만 그것을 탈 생각은 전혀 없었다.

"내일 아침 일찍 떠났으면 좋겠어." 청장이 말했다.

그는 비행기 스케줄을 모르는 게 분명했다.

"대단히 복잡하고 민감한 문제야. 신속하게 해결해야 하네."

청장은 잠시 말이 없었다. 마르틴 베크는 술을 홀짝이면서 기다렸다. 마침내 상대가 이어 말했다. "자네가 맡았으면 하는 건 높은 분의 희망이라네."

마르틴 베크는 인상을 쓰면서 콜베리의 캐묻는 듯한 눈과 마주쳤다.

"팔름그렌이 그렇게 중요한 인물입니까?"

"그렇고말고. 그의 사업 영역 중 일부에는 중대한 이해관계가 걸려 있다네."

제발, 진부한 표현을 집어치우고 솔직하게 말하면 안 되나? 마르틴 베크는 생각했다. 무슨 이해관계에 무슨 사업 영역이라는 거야?

아마도 비밀스럽게 말해야 하는 일인 듯했다.

"아쉽지만 저는 그가 어떤 사업에 종사했는지 잘 모릅니다."

마르틴 베크가 말했다.

"그건 나중에 다 듣게 될 걸세. 중요한 건 자네가 최대한 빨리 말뫼로 내려가는 거야. 내가 말름에게도 말했는데, 기꺼이 자네를 보내주겠다더군. 우리는 이 범인을 잡는 데 전력을 다해야 하네. 언론과 이야기할 때는 입조심하고. 자네도 짐작하겠지만, 언론은 분명 이 사건을 대서특필할 테니까. 자, 언제 출발할 수 있나?"

"내일 아침 9시 50분에 떠나는 비행기가 있을 겁니다." 마르틴 베크가 주저하면서 대답했다.

"좋아. 그걸 타게." 청장은 뚝 끊었다.

5.

빅토르 팔름그렌은 목요일 저녁 7시 33분에 죽었다. 공식 사망 선고로부터 삼십 분 전만 해도 그를 담당한 의사들이 환자가 워낙 튼튼한 편인데다가 전반적인 상태가 그리 나쁘지 않다고 말했는데도.

그의 전반적인 문제는 머리에 총알이 박혀 있다는 점뿐이었다.

임종 현장에는 그의 아내, 뇌수술 전문의 두 명, 간호사 두 명, 룬드 경찰서에서 나온 경사 한 명이 있었다.

수술이 너무 위험하리라는 판단에는 모두의 의견이 일치했다. 그것은 일반인이 보기에도 합리적인 판단 같았다. 팔름그렌의 의식이 때때로 돌아왔다는 점, 게다가 한 번은 그의 상태가 아주 좋아서 사람들과 의사소통할 수 있을 정도였다는 점을 고려하면 더 그랬다.

그즈음에는 너무 피곤해서 자신이 산 사람이 아니라 송장 같다고 느끼고 있던 형사는 팔름그렌에게 질문을 두 가지 던졌다. "당신을 쏜 사람을 제대로 봤습니까?"와 "아는 사람이었습니까?"였다.

팔름그렌의 대답은 모호하지 않았다. 첫 질문에 대한 답은 긍정이었고, 두 번째 질문에 대한 답은 부정이었다. 팔름그렌은 자신을 죽일 사람을 똑똑히 보았다. 평생 처음이자 마지막으로.

그 대답을 얻었다고 해서 사태가 딱히 더 이해하기 쉬워진 것은 아니었다. 말뫼의 몬손은 불길한 예감으로 얼굴이 일그러졌다. 그는 잠을 간절히 원했다. 최소한 깨끗한 셔츠라도.

못 견디게 더운 날이었고, 경찰서 건물에 에어컨 같은 건 없었다.

그가 갖고 있던 단 하나의 실낱같은 단서는 날아갔다.

망할 스톡홀름 인간들, 몬손은 생각했다.

하지만 소리 내어 말하진 않았다. 예민한 스카케를 배려해서.

그리고 그 단서가 얼마나 가치 있었겠는가?

알 수 없는 일이다.

어쩌면 소용없는 것일 수도 있었다.

그래도 아쉬웠다. 덴마크 경찰이 쾌속선 스프링에렌 승무원들에게 물었더니, 밤 9시 말뫼발 코펜하겐행 운항 때 일했던 여성 승무원이 눈에 띄는 남자 승객이 있었다고 말했다. 남자가 삼십오 분 걸리는 항해의 초반에 후갑판에 서 있겠다고 고집했던 점 때문이라고 했다. 그의 외모가, 주로 옷차림이 인상착의 조건에 얼추 들어맞았다.

정황도 들어맞는 것 같았다.

그런 쾌속선은 여러모로 배보다는 비행기에 가깝기 때문에, 아무도 갑판에 서서 가지 않는다. 애초에 운항중 실외에 있는 것이 허용되는 일인지도 분명치 않다. 남자는 결국 객실로 내려와서 앉았다. 남자가 선상에서 면세 초콜릿이나 술이나 담배를 사진 않았기 때문에, 그의 필적이 남아 있진 않았다. 배에서는 뭐든 사려면 신청서를 작성해야 한다.

그 남자는 왜 가급적 오래 갑판에 서 있으려고 했을까?

무언가를 바다에 던지려고 그랬을지도 모른다.

만약 그렇다면, 무엇을?

무기를.

만약 그 남자가 정말 사건에 연관된 인물이라면 말이지만. 만약 그가 무기를 처분하려고 했다면 말이지만. 만약 문제의 남자가 뱃멀미를 걱정하지 않았고 그래서 실외에 있을 수 있었다면 말이지만.

"만약, 만약, 만약." 몬손은 이렇게 혼잣말한 뒤 마지막 이쑤시개를 콱 씹어서 부러뜨렸다.

끔찍한 하루였다. 우선, 하는 수 없이 실내에 머물러야 한다면 견디기가 힘들 만큼 날이 더웠다. 창으로 쏟아지는 뜨거운 오후 햇살도 피할 길이 없었다. 둘째, 손놓고 기다려야 하는 것이 괴로웠다. 제보를 기다리는 것이, 틀림없이 어딘가에 있겠지만 연락이 닿지 않는 목격자들을 기다리는 것이.

현장 조사도 탐탁지 않았다. 지문이 수백 개 발견되었지만, 그중 빅토르 팔름그렌을 쏜 남자의 지문이 하나라도 있다는 보장은 없었다. 감식반은 창문에 기대를 걸어보았으나, 유리에 남은 몇 안 되는 지문은 심하게 뭉개져서 식별할 수 없었다.

바클룬드가 가장 안달하는 문제는 탄피를 찾지 못했다는 점이었다.

그는 그 일로 몇 번이나 전화를 걸어 왔다.

"그게 대체 어디로 사라졌는지 모르겠다니까." 바클룬드는 짜증스레 말했다.

몬손은 그 의문의 해답은 워낙 간단한 것이니까 바클룬드라도 결국에는 스스로 알아낼 수 있을 거라고 여겼고, 그래서 살짝 짓궂은 말투로 이렇게만 말했다. "자네가 답을 찾으면 내게도 알려줘."

감식반은 발자국도 찾지 못했다. 워낙 많은 사람이 식당을 돌아다닌데다가 바닥에 빈틈없이 깔린 카펫에서 쓸 만한 발자국을 찾기란 불가능에 가까웠으니, 어쩌면 당연한 결과였다. 범인은 창을 넘은 뒤 밖에 매달린 화분을 디디고 나서 인도로 내려섰는데, 꽃들에게는 재앙이었지만 감식반은 거기서도 별다른 정보를 얻지 못했다.

"그 모임 말입니다." 스카케가 말했다.

"그래, 무슨 자리였다나?"

"사적인 모임이 아니라 사업상 모임이었던 것 같습니다."

"그랬을지도." 몬손이 말했다. "그 식탁에 앉아 있었던 사람들 명단은 갖고 있나?"

"물론입니다."

몬손과 스카케는 함께 검토했다.

빅토르 팔름그렌, 사장, 말뫼, 56세

샬로테 팔름그렌, 주부, 말뫼, 32세

함푸스 브로베리, 지사장, 스톡홀름, 43세

헬레나 한손, 지사장 비서, 스톡홀름, 26세

올레 호프옌센, 지사장, 코펜하겐, 48세

비르테 호프옌센, 주부, 코펜하겐, 43세

맛스 린데르, 부사장, 말뫼, 30세

"모두 팔름그렌 밑에서 일했나 보군." 몬손이 말했다.

"그런 것 같습니다. 물론 모두를 한 번 더 철저히 신문해야겠죠." 스카케가 말했다.

몬손은 한숨을 쉬며 지리적 분포를 따져보았다. 호프옌센 부부는 전날 저녁에 이미 덴마크로 돌아갔다. 함푸스 브로베리와 헬레나 한손은 이날 오전에 비행기로 스톡홀름으로 돌아갔고, 샬로테 팔름그렌은 룬드 병원의 남편 곁에 있었다. 아직 말뫼에 있는 사람은 맛스 린데르뿐이었다. 그것도 확신할 수는 없었다. 린데르는 팔름그렌의 부관으로서 출장을 많이 다닐 테니까.

그러니 저녁 7시 45분에 들어온 팔름그렌의 사망 소식은 운수 나쁜 하루의 절정을 이루는 불운이었다. 이제 이 사건은 살인 사건이 되었다.

그렇지만 실은 그보다 더 나쁜 일이 하나 더 남아 있었다.

밤 10시 30분, 피로에 절어 눈이 퀭한 두 사람은 커피를 마시고 있었다. 전화가 울려서 몬손이 받았다.

"네, 몬손 경감보입니다."

그는 곧 이렇게 말했다.

"알겠습니다."

몬손은 이 말을 세 번 반복한 뒤 인사하고 끊었다.

그리고 스카케에게 말했다. "이 사건은 이제 우리 소관이 아니야. 국가범죄수사국에서 사람을 보낸다니까."

"콜베리는 아니겠죠." 스카케가 불안한 듯 물었다.

"아니야. 베크가 몸소 납신다는군. 내일 오전에 온대."

"우리는 이제 어쩝니까?"

"집에 가서 자야지." 몬손이 일어나면서 말했다.

6.

스톡홀름에서 떠난 비행기가 말뫼의 불토프타 공항에 착륙했을 때, 마르틴 베크는 몸이 좋지 않았다.

그는 평소에도 비행을 아주 싫어하는데다가 이 금요일 아침에는 전날 밤 파티의 여파까지 있었으니 여행이 유달리 불쾌했다.

비교적 시원했던 객실에서 밖으로 나오니 후텁지근한 공기가 훅 밀려왔다. 마르틴 베크는 트랩을 다 내려오기 전부터 땀을 흘리기 시작했다. 국내선 도착 터미널로 걸어가는 동안 신발 밑창에 밟히는 아스팔트가 물렁물렁하게 느껴졌다.

택시도 숨막히게 더웠다. 창을 내리고 달리는데도 소용없었다. 얇은 셔츠 너머로 닿은 좌석의 인조 가죽이 델 것처럼 뜨거웠다.

몬손이 경찰서에서 기다리고 있다는 걸 알았지만, 그는 먼저 호텔로 가서 샤워하고 옷을 갈아입기로 결정했다. 이번에는 지금껏 말뫼에 올 때마다 묵던 상트예르겐 호텔이 아니라 사보이 호텔에 방을 잡아두었다.

도어맨이 어찌나 호들갑스럽게 반기는지, 마르틴 베크는 잠시 도어맨이 자신을 오래간만에 나타난 귀빈으로 착각한 게 아닌가 하고 생각했다.

북향 방은 환기가 잘되고 시원했다. 창밖으로 운하와 기차역이 보였고, 그 너머 항만과 코쿰스 조선소 부두가 보였고, 해협을 건너 코펜하겐으로 가는 흰 쾌속선이 푸르고 뿌연 수평선으로 막 사라지는 모습이 보였다.

마르틴 베크는 옷을 벗고 맨몸으로 방을 돌아다니면서 짐을 풀었다. 그다음 욕실로 가서 찬물 밑에 한참 서 있었다.

그는 다시 깨끗한 속옷과 새 셔츠를 입었다. 옷을 다 입고 보니 기차역 시계가 마침 12시 정각을 가리켰다. 그는 택시를 타고 경찰서로 가서 곧장 몬손의 방으로 올라갔다.

몬손은 하루의 이 시각이면 그늘이 지는 경찰서 마당으로 난 창을 열어두고 있었다. 셔츠 바람으로 맥주를 마시면서 서류 뭉치를 훌훌 넘겨보는 중이었다.

두 사람이 인사를 나누고, 마르틴 베크가 재킷을 벗고 손님용 의자에 앉아서 담배에 불을 붙이자, 몬손이 서류 뭉치를 건넸다.

"일단 이 보고서를 보면 될 겁니다. 보면 알겠지만 시작부터 잡친 수사였어요."

마르틴 베크는 서류를 꼼꼼하게 읽으면서 간간이 몬손에게 질문을 던졌다. 그러면 몬손이 보고서에 나와 있지 않은 세부적인 사항을 알려주었다. 몬손은 또 크리스티안손과 크반트가 카롤린스카베겐 거리에서 저지른 짓을 뢴이 살짝 미화하여 들려준 이야기도 마르틴 베크에게 전했다. 그 일 이후 군발드 라르손은 이 사건에 두 번 다시 관여하지 않겠다고 선언한 터였다.

마르틴 베크는 다 읽은 서류를 책상에 내려놓고 말했다. "목격자들을 제대로 신문하는 일부터 해야겠군요. 지금까지는 신문이 별로 생산적이지 못했던 것 같습니다. 그건 그렇고, 이 이상한 문장은 무슨 뜻입니까?" 그가 서류를 뒤적여 종이 한 장을 찾아낸 뒤 읽었다. "'범행 순간에 범죄 현장에 존재했던 복수의 시계들의 정확한 시각이 상호 불일치함으로 말미암아……' 무슨 의미가 있는 겁니까?"

몬손이 어깨를 으쓱했다.

"바클룬드가 썼습니다. 바클룬드 만나본 적 있습니까?"

"아, 그 사람. 그렇군요." 마르틴 베크가 대답했다.

마르틴 베크도 바클룬드를 만나본 적 있었다. 몇 년 전에 딱 한 번. 그걸로 설명은 충분했다.

차 한 대가 마당으로 들어와서 몬손의 창 밑에 섰다. 차 문이 쾅 닫히는 소리, 사람들이 뛰어다니면서 독일어로 뭐라고 떠드는 소리가 들려왔다.

몬손이 느릿느릿 일어나서 내다보았다.

"구스타브아돌프스토리 광장에서 일제 검문을 한 모양이군요." 몬손이 말했다. "아니면 부둣가에서. 요즘 단속을 강화했습니다만, 잡혀드는 건 대개 자기가 할 용도로 마리화나를 좀 갖고 있던 십 대들입니다. 이 동네에는 대량 반입이나 진짜 위험한 거래자는 거의 없어요."

"우리도 그렇습니다."

몬손은 창을 닫고 앉았다.

"스카케는 잘 지냅니까?" 마르틴 베크가 물었다.

"잘 지냅니다. 야심만만한 젊은이예요. 매일 밤 집에서 공부한다더군요. 일도 잘해요. 신중하고, 성급한 행동은 안 합니다. 그 사건 때 단단히 배운 모양이죠. 참, 콜베리가 아니라 당신이 온다는 소식을 듣고 아주 안도하더군요."

약 일 년 전, 벤뉘 스카케는 콜베리와 함께 알란다 공항에서 웬 남자를 붙잡으려다가 콜베리가 남자의 칼에 배를 찔리는 결과를 초래한 적이 있었다.

"스카케가 와서 축구팀 전력도 강화됐다고 하고." 몬손이 말했다.

"그렇습니까?" 마르틴 베크는 무심하게 대꾸했다. "지금 어딨습니까?"

"그저께 팔름그렌 일행으로부터 몇 자리 떨어진 자리에서 혼자 식사했던 남자를 찾는 중입니다. 에드바르손이라는 사람인데, 《아르베테트》 교정자랍니다. 그저께는 남자가 만취한 상태라서 조사하기 어려웠고, 어제는 남자와 연락이 안 됐습니다. 아마 숙취로 집에 처박혀 있으면서도 우리 노크 소리에 대답하지 않은 거겠죠."

"팔름그렌이 피격될 때 취해 있었던 사람이라면 목격자로 별 가치가 없을 수도 있겠군요." 마르틴 베크가 말했다. "팔름그렌의 아내는 언제 만날 수 있습니까?"

몬손은 맥주를 꿀꺽 삼키고 손등으로 입을 닦았다.

"오늘 오후에 만날 수 있다면 좋겠죠. 내일이나. 직접 만나보겠습니까?"

"당신이 만나는 게 더 좋을 것 같습니다. 나보다 당신이 팔름그렌을 더 잘 알 테니까요."

"그건 아닐 것 같지만. 좌우간 좋습니다. 결정권자는 당신이니까요. 그러면 당신은 에드바르손을 만나보세요. 스카케가 그 사람이 어딨는지 찾아내면. 내 예감에는, 이런저런 문제는 있어도 지금으로서는 그가 제일 중요한 목격자일 것 같습니다. 혹시 맥주 마시겠습니까? 미지근한 거긴 해도."

마르틴 베크는 고개를 저었다. 목이 말랐지만 미지근한 맥주는 내키지 않았다.

"함께 매점으로 올라가서 생수를 마시고 오는 건 어떻습니까?" 마르틴 베크가 제안했다.

두 사람이 바에 서서 생수를 한 병씩 마신 뒤 몬손의 방으로 돌아왔더니, 벤뉘 스카케가 의자에 앉아서 자기 수첩에 적힌 글을 읽고 있었다. 두 사람이 들어서자 스카케가 부리나케 일어섰다. 마르틴 베크는 그와 악수했다.

"에드바르손은 찾았나?" 몬손이 물었다.

"찾았습니다. 지금은 신문사에 있지만 3시쯤에는 집에 있을 거랍니다." 스카케가 대답하고서 수첩을 보았다. "캄레르가탄 2번지입니다."

"전화해서 내가 3시에 갈 거라고 말해." 마르틴 베크가 말했다.

캄레르가탄 거리의 아파트는 그 거리에 새로 지어진 건물들

중 처음 완공된 건물처럼 보였다. 길 건너편의 낡고 낮은 집들은 살던 사람들이 벌써 퇴거했고, 더 큰 아파트를 지을 공간을 내주기 위해서 곧 불도저에게 무너질 운명이었다.

꼭대기 층에 사는 에드바르손은 마르틴 베크가 초인종을 누르자마자 문을 열었다. 쉰 살쯤 된 에드바르손은 우뚝한 코에 입가 주름이 깊고 지적인 얼굴이었다. 그는 실눈으로 마르틴 베크를 본 뒤 문을 활짝 열고 말했다.

"베크 경감님? 들어오십시오."

마르틴 베크가 남자를 지나쳐서 들어선 집은 가구가 별로 없었다. 벽에는 온통 책장이었고, 창문 앞 책상에는 타이핑하다만 종이가 끼워진 타자기가 있었다.

에드바르손은 하나뿐인 안락의자에 수북이 쌓인 신문을 치우고 말했다. "여기 앉으세요. 마실 걸 가져오죠. 아이스박스에 찬 맥주가 있습니다."

"맥주 좋군요." 마르틴 베크가 말했다.

에드바르손은 좁은 부엌으로 가서 잔 두 개와 맥주 두 병을 가져왔다.

"벡스 맥주. 제격 아닙니까?" 에드바르손이 말했다.

그는 두 잔에 맥주를 따른 뒤 건너편 소파 등받이에 한 팔을 걸치고 앉았다.

마르틴 베크는 맥주를 한 모금 삼켰다. 푹푹 찌는 더위에 마시는 맥주는 시원하고 맛있었다. 그는 말을 꺼냈다.

"제가 왜 왔는지는 아시죠."

에드바르손은 고개를 끄덕이면서 담뱃불을 붙였다.

"네, 팔름그렌 때문이죠. 그 인간이 죽어서 안타깝다고는 말 못 하겠군요."

"팔름그렌을 알았습니까?" 마르틴 베크가 물었다.

"사적으로요? 아뇨, 그건 아닙니다. 하지만 여기서는 어떤 방면에서든 그와 마주치지 않을 도리가 없죠. 내가 받은 인상은 그가 고압적이고 오만한 인간이라는 거였습니다. 내가 원체 그런 인간형하고 안 맞는 탓도 있지만."

"'그런 인간형'이 무슨 뜻입니까?"

"돈을 전부로 알고 돈벌이를 위해서라면 수단과 방법을 가리지 않는 인간들."

"팔름그렌에 대한 의견은 혹시 내킨다면 나중에 더 얘기해주십시오. 일단은 다른 걸 먼저 여쭙겠습니다. 총 쏜 사람을 봤습니까?"

에드바르손은 희끗하게 세기 시작했고 앞부분이 곱슬곱슬한 머리카락을 손가락으로 훑었다.

"안타깝게도 별 도움이 되지 못할 것 같습니다. 나는 책을 읽던 중이었고, 그 남자가 창을 반쯤 넘어간 뒤에야 사태를 알아차렸습니다. 먼저 팔름그렌을 봤고, 그다음에 범인을 봤는데, 그것도 시야 언저리로 흘끗 본 것뿐이었습니다. 남자는 순식간에 사라졌어요. 내가 일어나서 창밖을 봤을 때는 이미 온데간데없었습니다."

마르틴 베크는 주머니에서 쭈글쭈글한 플로리다 담뱃갑을 꺼내어 한 개비에 불을 붙였다.

"어떻게 생겼는지 대충이라도 봤습니까?"

"내 기억에 어두운색 옷을 입었던 것 같긴 합니다. 양복, 아니면 한 벌이 아닌 재킷하고 바지. 그리고 젊지 않았어요. 내가 받은 인상이 그랬다는 것뿐이지만. 서른이나 마흔이나 쉰이라고는 말할 수 있어도 그보다 더 많거나 적거나 하진 않을 것 같습니다."

"선생님이 식당에 갔을 때 팔름그렌 일행은 벌써 와 있었습니까?"

"아니요. 내가 식사를 마치고 위스키를 마시고 있을 때 그들이 왔죠. 난 여기서 혼자 삽니다. 가끔 외식하면서 책을 읽으면 기분 전환이 되죠. 그럴 때는 보통 오래 앉아 있습니다." 에드바르손은 잠시 말을 멎었다가 덧붙였다. "우라지게 비싸긴 하지만."

"팔름그렌 일행 중에서 팔름그렌 말고 또 아는 사람은 없었습니까?"

"그의 아내하고, 그의 오른팔이라고 불리는…… 그렇게 불렸던 젊은 남자하고요. 나머지는 모르는 얼굴들이었지만 다들 그의 직원처럼 보였습니다. 그중 두 명은 덴마크어를 쓰더군요."

에드바르손은 바지 주머니에서 손수건을 꺼내어 이마에 맺힌 땀을 훔쳤다. 그는 흰 셔츠와 넥타이, 옅은 색 폴리에스테르 바지와 까만 구두 차림이었다. 셔츠는 땀에 절어 있었다. 마르틴 베크는 자기 셔츠도 축축해져서 몸에 들러붙는 기분이었다.

"혹시 그들이 무슨 이야기를 나누는지 들었습니까?" 마르틴 베크가 물었다.

"솔직하게 말하자면, 들었습니다. 나는 호기심이 많고 사람들을 즐겨 관찰하거든요. 그래서 사실은 좀 엿들었습니다. 팔름그렌하고 덴마크 남자는 일 이야기를 하더군요. 내용을 자세히 듣지는 못했지만, 로디지아를 여러 번 언급하는 걸 들었습니다. 팔름그렌은 판을 벌인 일이 한두 가지가 아니었어요. 팔름그렌이 제 입으로 직접 그렇게 말하는 걸 들은 적도 몇 번 있습니다. 그리고 듣자니 그는 수상한 거래도 많이 했던 모양이데요. 여자들은 그냥 여느 여자들이 나누는 잡담을 나눴습니다. 옷, 여행, 공통의 지인, 파티 이야기……. 팔름그렌의 아내하고 나머지 두 여자 중 젊은 쪽은 어떤 여자가 처진 가슴을 수술했는데 이제 테니스공 두 개가 턱에 올라붙은 것처럼 보인다는 이야기를 나누더군요. 샬로테 팔름그렌은 또 뉴욕의 '21'이라는 곳에서 열린 파티에 갔었는데 거기에 프랭크 시나트라가 왔고 마칸이라는 사람이 밤새도록 모두에게 샴페인을 사줬다는 얘기를 들려줬고요. 여자들은 그런 수다를 끝없이 떨었습니다. 트윌핏에서 나온 75크로나짜리 브래지어가 환상적이라는 둥, 여름에는 더워서 가발을 쓸 수 없으니 매일 머리를 올려야 한다는 둥."

마르틴 베크는 에드바르손이 그날 밤 책을 많이 읽진 못했겠다고 생각했다.

"다른 남자들은? 그들도 일 이야기를 했습니까?"

"많이는 안 하더군요. 사전에 이미 회의를 한 것 같았습니다. 네 번째 남자가, 그러니까 덴마크 남자도 아니고 젊은 남자도 아닌 사람이 '아까 회의에서' 어쩌고저쩌고했으니까요. 아뇨, 남자들 대화도 별 대단한 내용은 아니었어요. 예를 들면, 팔름그렌의 넥타이를 놓고 한참 이러쿵저러쿵하더라고요. 아쉽게도 팔름그렌이 내게 등을 돌리고 있어서 직접 보진 못했지만, 남자들이 모두 칭찬하자 팔름그렌이 파리 샹젤리제에서 95프랑을 주고 산 물건이라고 말했던 걸 보면 뭔가 특별한 넥타이였던 모양입니다. 네 번째 남자는 또 요즘 밤잠을 설치게 만드는 고민이 있다고 말했어요. 자기 딸이 흑인하고 동거하기 시작했다나요. 그랬더니 팔름그렌이 딸을 스위스로 보내라고 조언하더군요. 스위스에는 흑인이 거의 없다면서."

에드바르손은 일어나서 빈 맥주병을 부엌으로 가져가고 새로 두 병을 더 가져왔다. 이슬 맺힌 맥주는 아주 유혹적이었다.

"내가 그 사람들의 대화에서 기억하는 건 이 정돕니다." 에드바르손이 말했다. "별로 도움되는 내용은 없죠?"

"그러네요." 마르틴 베크는 솔직하게 대답했다. "팔름그렌에 대해서 뭘 더 아십니까?"

"대단한 건 없습니다. 그가 림함 쪽에 있는 오래된 상류층 저택들 중에서도 제일 큰 집에서 산다는 것. 떼돈을 벌었고 쓰기도 잘 썼다는 것. 아내에게도 쓰고 그 오래된 집에도 쓰고."

에드바르손은 잠시 말을 멎었다가 거꾸로 마르틴 베크에게 물었다. "경감님은 팔름그렌에 대해서 뭘 압니까?"

"저도 그 이상은 잘 모릅니다."

"빅토르 팔름그렌 같은 인간에 대해서 경찰이 나 정도밖에 모른다니 큰일이네요." 에드바르손은 이렇게 말하고 맥주를 쭉 들이켰다.

"팔름그렌은 총에 맞았을 때 사람들에게 말하던 중 아니었습니까?"

"맞습니다. 그가 일어나서 주절주절 말하기 시작했어요. 이렇게 다들 모여서 반갑고 일을 잘해줘고 고맙고 하는 객소리 있잖습니까. 여자들에게 설교도 하고 그러면서 신나게 지껄이더군요. 그런 일에 아주 능숙해 보였고 목소리도 아주 쾌활했어요. 종업원들은 그를 방해하지 않으려고 다들 물러났고 심지어 음악까지 껐죠. 웨이터들이 뿅 사라지는 바람에 난 얼음이나 쪽쪽 빨고 앉아 있어야 했습니다. 경감님은 팔름그렌이 무슨 사업을 했는지 정말 모릅니까? 아니면 기밀 사항입니까?"

마르틴 베크는 맥주잔을 보았다. 손을 뻗어서 쥐고 한 모금 조심스럽게 마셨다.

"솔직히 많이는 모릅니다. 하지만 나 말고 아는 사람들이 있을 겁니다. 그가 해외에서도 사업을 많이 했고 스톡홀름에서 부동산 회사도 운영했다더군요."

"그렇군요." 에드바르손은 이렇게 대꾸하고는 잠시 생각에 빠졌다.

한참 뒤에 그가 말했다. "내가 쥐꼬리만큼이나마 살인범을 봤던 건 그저께 이미 경찰에게 다 말했습니다. 경찰관 두 명이 내게 물었는데, 한 명은 자꾸 사건 발생 시각이 몇 시였느냐고 물었어요. 그보다 젊은 쪽은 그나마 좀더 영리해 보이더군요."

"선생님은 술에 취한 상태였지요?" 마르틴 베크가 물었다.

"네. 맙소사, 엄청 취했었죠. 게다가 어제도 진탕 마시는 바람에 아직까지 숙취가 있습니다. 이 빌어먹을 더위 때문이에요."

끝내주는군, 마르틴 베크는 생각했다. 숙취에 시달리는 형사가 숙취에 시달리는 목격자를 조사하다니, 아주 건설적이야.

"경감님도 이 느낌 아시죠."

"그럼요, 압니다." 마르틴 베크는 맥주잔을 들어 단숨에 비우고 일어나서 말했다. "고맙습니다. 조만간 저희가 다시 연락드릴 겁니다."

그는 선 채로 질문을 하나 더 던졌다.

"참, 혹시 범인이 쓴 무기를 보셨습니까?"

에드바르손은 머뭇거렸다.

"생각해보니까 남자가 총을 주머니에 집어넣는 순간에 언뜻 본 것도 같습니다. 나는 총을 잘 모릅니다만, 길고 가는 물건이었어요. 롤러인가 뭔가 하는 게 달린 것."

"회전식 실린더 말이군요. 이만 가보겠습니다. 맥주 잘 마셨습니다."

"언제 한번 다시 오세요." 에드바르손이 말했다. "이제 나는 청소용 롤러를 들고 이 돼지우리를 좀 치워야겠습니다."

몬손은 여태 책상에 거의 같은 자세로 앉아 있었다.

"소득이 있었느냐고 물어봐드릴까요?" 방으로 슬그머니 들어선 마르틴 베크에게 몬손이 말했다. "그래, 어땠습니까? 소득이 있었습니까?"

"좋은 질문이군요. 신통치 않았던 것 같습니다. 여기는 어땠습니까?"

"아무 일 없었습니다."

"팔름그렌 부인은?"

"내일 내가 만날 겁니다. 신중하게 해야죠. 상중인 사람이니까."

7.

페르 몬손은 말뫼의 묄레봉스토리에트 광장을 둘러싼 노동자 동네에서 나고 자랐다. 경찰로 일한 지는 이십오 년이 넘었다. 평생 말뫼에서 살았기에, 그는 누구보다 이 도시를 잘 알고 또 좋아했다.

하지만 그가 잘 모르는 구역, 불편하게 느끼는 구역이 한 군데 있었다. 프리드헴, 베스테르봉, 벨레부에 같은 동네가 있고 옛부터 부자가 많이 사는 서쪽 교외 지역이었다. 몬손은 기근이 심했던 1920년대와 1930년대에 꼬마였던 자신이 종종 림함으로 가는 길에 저택들이 늘어선 동네를 나막신 신은 발로 터덜터덜 걸었던 게 기억났다. 그 동네에서는 저녁으로 먹을 청어를 구할 수 있을지도 몰라서 그랬다. 그때 본 비싼 차들과 제복 입은 운전사들, 까만 원피스에 앞치마를 두르고 풀 먹인 흰 모자를 쓴 하녀들, 퉐로 만든 원피스나 세일러복을 입은 부잣집 아이들이 떠올랐다. 그때 몬손에게는 그 모든 것이 딴 세상처럼 느껴졌다. 동화 속 장면처럼, 그로서는 이해할 수 없는 풍경이었다. 지금은 운전사도 하녀도 대부분 사라지고 부잣집 아이도 겉모습은 여느 집 아이들과 크게 다르지 않은 시대가 되었지만, 몬손은 요즘도 그 동네에 가면 옛날에 받았던 것과 거의 비슷한 느낌이 들었다.

좌우간, 청어와 감자는 나쁜 식단이 아니었다. 몬손은 아버지 없이 가난하게 자랐지만 크고 건장한 청년이 되었고, 이후 나름대로 성공해서 잘살아왔다. 적어도 자신은 그렇게 생각했다.

빅토르 팔름그렌은 그 동네에 살았다. 그러니까 부인도 아직 그 동네에 살고 있을 터였다.

몬손은 그날 그 식탁에 둘러앉았던 사람들을 사진으로만 보았고, 그들에 대해서 달리 아는 바도 없었다. 다만 샬로테 팔름그렌이 빼어난 미인으로 통하고 미스 뭔가에 뽑혔던 사람이라는 사실은 알았다. 미스 스웨덴이었나? 미스 유니버스였나? 좌우간 그후 여자는 모델로 이름을 날렸고, 경력의 절정이던 스물일곱 살에 팔름그렌 부인이 되었다. 지금은 서른두 살이고, 아이를 낳지 않은데다가 외모 관리에 시간과 돈을 펑펑 쓸 수 있는 사람만이 가능한 방식으로 외모에 변화가 거의 없었다. 빅토르 팔름그렌은 아내보다 스물네 살 많았다. 어쩌면 이 사실이 이 결혼에 대한 쌍방의 동기를 알려주는지도 모를 일이었다. 팔름그렌은 사업차 만나는 사람들에게 자랑할 만한 근사한 무언가를 원했을 테고, 샬로테는 일이라고 할 만한 활동을 평생 두 번 다시 하지 않아도 될 만큼 많은 돈을 원했을 것이다. 그 점에서는 성공한 결합 같았다.

그야 어쨌든 샬로테 팔름그렌은 상중이었다. 그래서 몬손은 어느 정도 격식을 차려야 했다. 영 싫기는 해도 검은 양복과 흰 셔츠와 넥타이를 갖춰 입은 뒤, 차를 몰고 레게멘트스가탄의 자기집에서 벨레부에까지 그다지 멀지 않은 길을 달렸다.

몬손이 품고 있던 유년기의 기억은 세월과 더불어 윤색되어 살짝 과장되었을 텐데도, 팔름그렌 저택은 그 기억에 완벽하게 부합하는 듯했다. 길에서는 저택이 일부만 보였다. 지붕 약간과 풍향계만 보였다. 그것은 싱그럽고 잘 다듬어진데다가 높고 빽빽하기까지 한 산울타리 때문이었다. 몬손이 보니 산울타리 안쪽으로 철제 울타리가 있는 것 같았다. 부지는 어마어마하게 넓었고, 마당은 숫제 격식을 갖춘 정원인 것 같았다. 차가 드나들 수 있는 정문도 산울타리 못지않게 배타적이었다. 높고, 넓고, 꼭대기에 휘감아 오른 창끝 같은 무늬가 새겨진 구리 문에는 세

월을 알려주는 동록銅綠이 슬어 있었다. 문 두 짝 중 한 짝에는 큼직한 황동 문자들이 나란히 붙어 있었다. 그 문자들이 이루는 단어는 몬손도 이제 익숙한 이름인 '팔름그렌'이었다. 문 옆 짝에는 우편물 투입구와 전자 초인종 단추가 있었고, 그 위에 찾아온 손님을 들일까 말까 검사할 때 쓰는 사각형 구멍이 나 있었다. 누가 되었든 이 집으로 그냥 뚜벅뚜벅 걸어 들어갈 수는 없는 게 분명했다. 몬손은 안에서 당장 경보가 울릴지도 모른다고 생각하면서 손잡이를 살며시 눌렀다. 문은 물론 잠겨 있었다. 구멍도 단단히 막혀 있었다. 우편물 투입구로도 아무것도 안 보였다. 분명 뒤가 막힌 철제 우편함이 붙어 있으리라.

몬손은 손을 들어 초인종을 누르려다 말고 마음을 바꿨다. 팔을 내리고 주변을 둘러보았다.

길에는 몬손의 낡은 바르트부르크 자동차 외에도 빨간 재규어와 노란 MG가 세워져 있었다. 샬로테 팔름그렌이 스포츠카를 두 대나 집 앞에 세워뒀을까? 몬손은 가만히 서서 귀를 기울이다가 문득 안에서 웬 목소리가 들려오는 것 같다고 느꼈다. 하지만 소리는 뜨겁고 정체되어 아른아른한 공기에 짓눌린 듯 금세 잦아들었다.

끔찍한 여름이로군, 몬손은 생각했다. 십 년에 한 번 오는 염천炎天 더위였다. 그런데 자신은 팔스테르보 해변에 누워 있거나 집에서 팬티 차림으로 찬 음료를 마시는 대신 넥타이와 셔츠와 양복 차림으로 여기 이렇게 머저리처럼 서 있다니.

그러다 갑자기 무슨 생각이 났다. 이 저택은 아마 세기가 바뀌는 무렵에 지어진 오래된 건물을 백만장자에게 어울리도록 현대적으로 재단장한 것일 터였다. 그런 고택은 보통 뒷문이 있었다. 정원사, 요리사, 하녀, 심부름꾼, 보모 등이 주인 내외의 눈을 거스르지 않고 살그머니 드나들기 위해서였다.

몬손은 산울타리를 따라 걷다가 골목이 나오자 꺾어 들어갔다. 부지는 블록 전체를 차지한 듯했다. 높이가 고르고 여전히 통과를 허락하지 않는 산울타리가 끊일 줄 모르고 이어졌다. 몬손은 또 한 번 오른쪽으로 꺾어 부지 뒤쪽으로 왔다. 그곳에 그가 찾던 것이 있었다. 두 짝으로 된 철제 출입문이었다. 이곳에서는 집이 크고 무성한 나무들에게 가려져서 안 보였다. 그래도 근래 지어진 듯한 큰 차고가 보였고, 그보다 더 낡고 작은 건물도 보였는데, 틀림없이 헛간이었다. 뒷문에는 문패가 붙어 있지 않았다.

몬손은 문에 두 손을 대고 슬쩍 밀어보았다. 두 짝 다 안으로 열렸다. 문이 잠겼는지 아닌지 알아볼 필요조차 없다는 뜻이었다. 나무 그늘에 들어서니, 날이 얼마나 무더운지 실감났다. 땀방울이 칼라 속으로 떨어져서 등줄기를 타고 주르륵 흘렀다. 그는 문을 닫았다.

차고로 이어지는 자갈길에 바퀴자국이 선명했다. 마당으로 굽어드는 길에는 판석이 깔려 있었다.

몬손은 나무 그늘이 드리워진 잔디밭을 가로질러서 집 쪽으로 갔다. 꽃이 핀 금사슬나무와 재스민나무를 통과하니 예상대로 집 뒤편이 나왔다. 조용하고 아무도 없었다. 창은 다 닫혀 있었다. 건물에는 부엌과 지하실로 가는 계단, 그리고 정체 모를 이런저런 곁채가 딸려 있었다. 몬손은 위를 보았지만, 건물에 너무 바짝 붙어 서 있었기 때문에 집 전체가 눈에 들어오지는 않았다. 그는 오른쪽으로 돌아가서 화단으로 올라갔다. 화려한 작약꽃들 속에 선 뒤, 건물 모서리에서 고개를 빼꼼 내밀었다.

그의 눈앞에 펼쳐진 풍경은 여러모로 굉장했다. 드넓은 초록색 잔디밭은 영국 골프장처럼 잘 관리되어 있었다. 잔디밭 한복판에 하늘색 타일을 댄 콩팥 모양 수영장이 있었고, 그 속에서 맑고 파란 물이 일렁이고 있었다. 잔디밭 저 끝에는 사우나실, 평행봉, 체조용 링이 있었다. 사우나실 옆에 운동용 자전거도 있었다. 빅토르 팔름그렌은 뭇사람들이 언급하던 탄탄한 몸을 바로 저기서 다진 모양이었다. 수영장가에는 브루노 맛손이 디자인한 의자처럼 생긴 의자가 있었다. 그리고 그 위에 샬로테 팔름그렌이 눕다시피 한 자세로 앉아 있었다. 알몸으로, 눈을 감고서. 그녀는 얼룩덜룩한 데 없이 고르고 짙게 태운 살결에 금발이었다. 혹 그녀의 금발이 진짜가 아닐지도 모른다고 의심했던 사람이 있다면, 지금 그녀의 가랑이에 보이는 삼각형의 성긴 음모가 어찌나 옅은지 짙게 태운 살결에 대비되어 거의 하얗게 보일 지경이라는 사실이 반박 증거가 되어줄 터였다. 그녀의 얼굴은 말랐고, 무표정했고, 윤곽이 벨 듯 날카로웠으며, 입술은 일자로 꾹 닫혀 있었다. 몸도 아주 말랐다. 골반이 부자연스러워 보일 정도로 좁았고, 허리도 가늘었고, 가슴은 아이 같았다. 작은 젖꼭지는 옅은 갈색이었고, 유륜은 나머지 살결보다 색이 더 옅었다. 몬손에게는 그녀가 전혀 매력적으로 느껴지지 않았다. 쇼윈도의 마네킹이라고 해도 믿을 것 같았다.

저것 좀 보라지, 상중인 여자가 발가벗고 있다니.

하지만 안 될 건 또 뭐야. 상중인 여자라도 발가벗어야 할 때는 발가벗는 거지.

몬손은 엿보는 사람이 된 기분으로 작약들 틈에 서 있었다. 그야 물론 엿보고 있기는 했다.

그렇지만 몬손이 그곳에 계속 서 있는 건 눈앞의 장면이 아니라 소리 때문이었다. 눈에 보이지 않지만 가까운 곳 어딘가에서 뭘 하는지 몰라도 누가 움직이는 소리와 짤랑거리는 소리가 들려왔다.

곧 발소리가 들렸다. 웬 남자가 집이 드리운 그늘에서 걸어 나왔다. 그도 샬로테 팔름그렌만큼은 아니지만 짙게 태운 몸이었다. 그는 꽃무늬 버뮤다팬츠를 입었고, 빨그스름한 음료가 담긴 키 큰 유리잔을 두 개 들고 있었다. 잔에는 빨대와 얼음도 들어 있었다. 좋은 생각이었다.

몬손은 그가 사진에서 봤던 남자라는 사실을 한눈에 알아차렸다. 죽은 지 마흔여덟 시간도 안 된 빅토르 팔름그렌의 최측근이자 부하인 맛스 린데르였다.

린데르는 잔디밭을 가로질러 수영장으로 갔다. 의자에 누운 여자가 왼다리를 들고 발목을 긁었다. 여자는 눈을 계속 감은 채 오른팔을 내밀어 남자의 손에서 잔을 받았다.

몬손은 모서리 뒤로 물러섰다. 귀는 계속 기울였다. 린데르가 먼저 입을 열었다. "너무 십니까?"

"아니, 딱 좋아." 여자가 대답했다.

여자가 타일 바닥에 잔을 내려놓는 소리가 들렸다.

"우리 정말 끔찍하지 않아?" 샬로테 팔름그렌이 무심하게 말했다.

"그야 어쨌든 진짜 좋네요."

"동감이야."

여자의 말투는 여전히 무심했다.

한동안 조용했다. 그러다 여자가 은근히 감정이 실린 말투로 말했다. "그 웃긴 바지 벗는 게 어때?"

린데르가 대답했는지 아닌지 몬손은 알 수 없었다. 얼른 작약들 틈을 떠났기 때문이다.

몬손은 왔던 길을 조용히 씩씩하게 걸어 돌아갔다. 뒷문을 나와서 문을 잘 닫고, 산울타리를 따라 모퉁이에서 두 번 꺾은 뒤, 녹색 구리 정문 앞에 섰다. 일 초도 지체하지 않고 초인종을 눌렀다.

멀리서 벨이 울렸다. 일 분도 안 지나서 문으로 다가오는 가벼운 발소리가 들렸다. 구멍을 열고 몬손을 응시한 것은 옅은 청록색 눈동자였다. 금발 머리카락과 아주 길고 기술적으로 완벽한 속눈썹도 보였다.

몬손은 신분증을 꺼내어 구멍에 댔다.

"실례합니다. 몬손 경감보라고 합니다."

"아." 여자가 아이처럼 말했다. "그쵸, 경찰이시죠. 잠시 기다리시겠어요?"

"물론입니다. 제가 방해했습니까?"

"네? 아뇨, 아니에요. 잠시 기다리시면 제가……."

여자는 적절한 말을 생각해내지 못한 모양이었다. 구멍이 탁 닫히더니, 가벼운 발소리가 올 때보다 훨씬 더 급하게 멀어졌다.

몬손은 시계를 보았다.

여자는 3분 30초 만에 돌아와서 문을 열어주었다. 은색 샌들을 신고 가벼운 재질의 회색 민무늬 원피스를 걸친 모습이었다.

몬손은 여자가 원피스 밑에 뭘 더 입을 여유는 없었을 거라고 생각했다. 그럴 필요도 없었다. 그가 보기에는 딱히 내보일 것도 감출 것도 없는 몸 같았으니까.

"들어오세요." 샬로테 팔름그렌이 말했다. "기다리게 해서 죄송합니다."

여자는 대문을 잠그고 앞장서서 집으로 갔다. 밖에서 차가 출발하는 소리가 들렸다. 여자 말고도 또 잽싸게 발을 놀린 사람이 있던 게 분명했다.

몬손은 처음으로 보게 된 집 전체를 놀라운 심정으로 바라보았다. 그것은 집이 아니라 뾰족탑들과 이상한 돌출부들이 붙은 축소판 성이었다. 어디를 봐도 원래 이 집을 지었던 사람이 심각한 과대망상에 시달렸으며 건축가는 그림엽서에서 본 건물을 본떠서 설계했을 것이라는 생각만 들었다. 최근에 현관 포치와 유리 지붕 베란다를 몇 개 더해서 현대화한 것도 전체적인 인상에 도움이 되지 않았다. 터무니없는 건물이었다. 웃어야 할지 울어야 할지, 아니면 해체반을 불러서 날려버려야 할지 알 수 없었다. 건물은 무진장 육중해 보였다. 다이너마이트가 아니면 꿈쩍도 안 할 것 같았다. 진입로를 따라 독일에서 카이저 시대에 유행했던 양식 같은 흉측한 조각상이 줄줄이 서 있었다.

"네, 보시다시피 아름다운 집이죠." 샬로테 팔름그렌이 말했다. "현대화하는 데 돈이 꽤 들었어요. 이제는 모든 게 최상의 상태예요."

몬손은 가까스로 건물에서 눈을 떼어 주변을 둘러보았다. 이미 살펴볼 기회가 있었던 잔디밭은 빈틈없이 깎여 있었다.

그의 시선을 좇은 여자가 말했다. "정원사가 일주일에 세 번 와요."

"그렇군요."

"안으로 들어가시겠어요, 밖에 앉으시겠어요?"

"어느 쪽이든 괜찮습니다." 몬손이 대답했다.

맛스 린데르의 흔적은 싹 사라져 있었다. 유리잔도 없었다. 그러나 넓은 베란다 앞 포치에 카트가 있었고 그 위에 탄산수 한 병, 얼음 통, 병 몇 개가 놓여 있었다.

"시아버지가 산 집이랍니다." 여자가 말했다. "하지만 그분은 오래전에 돌아가셨어요. 빅토르랑 내가 만나기 전에."

"두 분은 어디서 만났습니까?" 몬손이 엉뚱한 질문을 던졌다.

"니스에서요. 육 년 전. 제가 거기서 패션쇼를 했을 때." 여자는 잠시 망설이다가 말했다. "안으로 들어가는 게 낫겠어요."

"그러시죠." 몬손은 대답했다.

"대접할 게 없네요. 마실 것 한두 잔은 드릴 수 있지만요."

"고맙지만 괜찮습니다."

"제가 집에 혼자 있거든요. 일하는 사람들을 다 보냈어요."

몬손이 대답하지 않자 여자가 잠시 후 말했다. "그 일이 있은 뒤, 혼자 있는 게 나을 것 같았어요. 저 혼자."

"이해합니다. 삼가 조의를 표합니다."

여자는 고개를 살짝 기울였지만 철저한 무심함 외에 아무 표정도 보이지 않았다.

슬퍼하는 연기를 하기에는 재능이 부족한지도 모르겠군, 몬손은 생각했다.

"음." 여자가 말했다. "그럼 안으로 들어가죠."

몬손은 여자를 따라 베란다 옆 돌계단을 올라갔고, 넓고 음울한 현관을 가로질러서, 가구가 꽉꽉 들어찬 초대형 응접실로 들어갔다. 여러 스타일이 그로테스크하게 섞여 있었다. 초현대적 가구가 있는가 하면 오래된 윙체어와 골동품스러운 탁자도 있었다. 여자는 1인용 안락의자 네 점, 소파 한 점, 두꺼운 유리를 덮은 거대한 탁자 하나로 구성된 응접세트로 그를 안내했다. 새것 같고 비싸 보였다.

"편히 앉으시죠." 여자가 판에 박힌 말을 했다.

몬손은 앉았다. 그가 평생 본 것 중 제일 큰 의자였다. 어찌나 깊게 꺼지는지 두 번 다시 일어날 수 없을 것처럼 느껴졌다.

"정말 마실 것 안 드려도 될까요?"

"괜찮습니다. 고맙습니다." 몬손이 말했다. "오래 폐 끼치진 않겠습니다. 하지만 안타깝게도 질문은 몇 가지 드리겠습니다. 이해하시겠지만, 우리는 부군을 죽인 범인을 조속히 붙잡고 싶습니다."

"네. 경찰이시니까요. 음, 뭘 말씀드릴까요? 엄청 슬픈 일이었어요. 이 모든 일이. 비극이에요."

"총 쏜 사람을 보셨죠?"

"네. 하지만 엄청 순식간에 벌어진 일이라서요. 전 뭐랄까, 일이 벌어진 뒤에야 정신이 들었어요. 그때야 나도 맞을 수 있었다는 끔찍한 생각이 들더라고요. 나머지 사람들도 다."

"범인은 전에 본 적 있는 사람이었습니까?"

"아니요. 확실히 아니에요. 전 이름이나 그런 건 잘 기억하지 못하지만 얼굴은 꽤 잘 기억해요. 룬드 경찰에게도 똑같이 말해줬어요."

"압니다. 하지만 그때는 당연히 혼란스러우셨을 테죠."

"그럼요. 끔찍했어요." 별로 확신은 없는 말투였다.

"지난 며칠간 생각을 많이 해보셨겠죠."

"네."

"그 남자를 똑똑히 보셨고요. 남자를 바라보는 방향으로 앉아 계셨으니까요. 어떻게 생긴 사람이었습니까?"

"음, 뭐라고 말하지? 엄청 평범해 보였어요."

"인상이 어땠습니까? 초조해 보였습니까? 아니면 절박해 보였습니까?"

"그게, 그냥 엄청 평범했어요. 그냥 보통 사람."

"보통 사람?"

"네. 우리가 어울리는 사람들하고는 다른."

"남자를 봤을 때 느낌이 어땠습니까?"

"아무 느낌 없었어요. 그 사람이 권총을 꺼낸 뒤에야 무서웠죠."

"무기를 보셨습니까?"

"그럼요. 무슨 권총 같은 거였어요."

"어떤 종류인지는 모르시고요?"

"총은 전혀 몰라요. 하지만 무슨 권총 같은 거였어요. 꽤 긴 것. 서부 영화에 나오는 것처럼."

"남자의 표정은 어땠는지 모르시고요?"

"모르겠어요. 아까 말했듯이 그냥 평범했어요. 얼굴보다 옷을 더 자세히 봤지만 그건 이미 다 말했는데."

몬손은 인상착의를 더 알아내려는 노력을 포기했다. 여자는 이미 말한 것 이상은 말하지 않을 생각이거나 설명하지 못하는 것 같았다. 그는 희한한 방을 둘러보았다. 여자가 그의 시선을 좇다가 말했다. "이 응접세트, 멋지죠?"

몬손은 고개를 끄덕이면서 값이 얼마나 나갈까 생각해보았다.

"제가 직접 구입했어요." 여자가 자랑스러운 듯 말했다. "핀 센터에서."

"늘 이 집에서 사십니까?" 몬손이 물었다.

"말뫼에 있을 때 이 집에서 안 살면 어디서 살겠어요?" 여자가 주뼛주뼛 되물었다.

"말뫼에 안 계실 때는?"

"이스토릴에도 집이 있어요. 겨울에는 거기서 살아요. 빅토르가 포르투갈에서 사업을 많이 하거든요. 물론 스톡홀름에도 회사가 갖고 있는 집이 있고요. 예르데트에."

여자는 잠시 생각하다가 덧붙였다. "하지만 그 집은 스톡홀름에 있을 때만 쓰고요."

"알겠습니다. 부군의 출장에 늘 동행하셨습니까?"

"네. 사교 행사가 있을 때는 늘 같이 갔어요. 회의에는 안 갔고요."

"알겠습니다." 몬손은 반복했다.

몬손은 뭘 알았다는 걸까? 여자가 대체로 산 마네킹 역할을 해왔다는 것, 보통 사람에게는 쓸모없는 값비싼 물건을 걸어두는 젊은 마네킹처럼 살아왔다는 것, 빅토르 팔름그렌 같은 사람에게는 모두의 부러움을 자아내는 아내가 하나의 무대 도구였다는 것.

"부군을 사랑했습니까?" 몬손이 갑자기 물었다.

여자는 놀라지 않은 듯했지만, 대답에 뜸을 들였다.

"사랑이라는 건 너무 한심한 소리 같아요." 여자가 마침내 말했다.

몬손은 이쑤시개를 하나 꺼내어 씹으면서 생각에 잠겼다.

여자가 신기한 듯이 그를 보았다. 여자가 진정한 관심 비슷한 걸 보인 순간은 이번이 처음이었다.

"왜 그러는 거예요?" 여자가 물었다.

"금연을 시작했을 때 몸에 붙은 나쁜 습관입니다."

"아, 그렇군요. 아니면 저기 상자에 담배랑 시가도 있는데요."

몬손은 여자를 슬쩍 본 뒤 새로운 방향으로 시도해보았다.

"수요일 저녁 식사는 거의 일에 관련된 모임이었지요?"

"네. 오후에 회의가 있었어요. 전 거기는 안 갔지만요. 그때 저는 집에서 옷을 갈아입었어요. 낮에 오찬이 있었거든요."

"무슨 회의였는지 아십니까?"

"보통 때처럼 사업 관련 회의였죠. 정확한 내용은 몰라요. 빅토르는 판을 벌인 일이 한두 가지가 아니었어요. 자기도 늘 그렇게 말했죠. '판을 벌인 일이 한두 가지라야 말이지' 하고."

"그 자리에 모인 분들은 다 아는 사람들이었죠?"

"가끔 만난 사이예요. 아니다, 함푸스 브로베리 씨랑 같이 온 비서는 아니에요. 그 여자는 처음 봤어요."

"다른 분들 중에 친한 사람이 있습니까?"

"딱히 없어요."

"린데르 부사장은 어떻습니까? 그분은 말뫼에 살죠."

"가끔 보는 사이예요. 회사 파티나 그런 때."

"개인적으로는 만나지 않고요?"

"네. 남편을 통해서만."

여자는 단조롭게 대답했고 완벽하게 태연해 보였다.

"부군은 총에 맞았을 때 서서 이야기하던 중이었죠. 무슨 이야기를 하셨습니까?"

"전 그렇게 자세히 듣지는 않았아요. 다들 모여서 반갑고 회사를 위해 애써줘서 고맙고, 뭐 그런 말. 다들 직원이었거든요. 우리가 한동안 떠나 있을 예정이기도 했고."

"떠나요?"

"네. 서해안에서 몇 주 동안 요트를 탈 예정이었어요. 보후슬

렌에도 별장이 있거든요. 아, 아까는 그 집을 빠뜨렸네요. 그다음에는 포르투갈에 갈 예정이었어요."

"그렇다면 부군께서는 한동안 직원들을 안 볼 예정이었겠군요?"

"네."

"부인도요?"

"네? 네, 저도 빅토르를 따라갈 거였으니까요. 포르투갈에서 골프를 칠 예정이었어요. 나중에. 알가르브에서."

몬손이 진 것이나 다름없었다. 여자의 무심한 태도 때문에 그녀의 말이 거짓인지 진실인지 알기 어려웠고, 여자에게 어떤 감정이라도 있는지 모르겠지만 만약 있더라도 워낙 잘 감춰져 있어서 읽어낼 수 없었다. 몬손은 마지막 질문을 던졌다. 그가 생각하기에는 바보 같은 질문이었다. 꼭 그렇진 않더라도 아무튼 무의미한 질문이었다. 그래도 관례적으로 묻는 질문이었다.

"혹시 부군을 죽이고 싶어 했을 만한 사람이나 단체를 아십니까?"

"아뇨. 대체 누가 그럴까요?"

몬손은 핀란드제 초대형 안락의자에서 몸을 일으키면서 말했다. "고맙습니다. 시간을 더 빼앗진 않겠습니다."

"전 괜찮았어요."

여자는 그를 따라 정문까지 왔다. 몬손은 고개를 돌려서 상중인 저택을 바라보지 않으려고 애썼다.

두 사람은 악수하고 헤어졌다. 몬손은 여자가 손을 좀 이상하게 잡는다고 생각했는데, 차에 타고서야 여자가 자기 손등에 입맞추기를 기대했다는 걸 깨달았다.

여자의 손은 날씬했고, 손가락은 길고 가늘었다.

빨간 재규어가 사라지고 없었다.

견딜 수 없을 만큼 더웠다.

"제기랄." 몬손은 중얼거리면서 시동을 걸었다.

8.

꿈도 꾸지 않고 잘 잔 뒤, 마르틴 베크는 토요일 아침 9시 5분이 되어서야 깼다. 전날 밤에는 몬손과 함께 호텔에서 푸짐한 스코네식 저녁을 먹었다. 스칸디나비아에서 가장 유명한 식당이 내준 요리들 때문에 여태 몸이 무거운 느낌이었다.

대체로 가뿐한 기분으로 깬 그는 잠시 누운 채 머무적거리면서 식욕이 늘었다는 점, 늘 예민했던 위가 아내와 별거한 뒤로 제법 잘 작동하기 시작했다는 점을 생각해보았다. 그렇다면 그가 오래 앓아온 소화불량은 신경성인 모양이었다. 사실 그는 내내 그렇지 않을까 하고 추측하고 있었다.

저녁 식사는 아주 즐겁고 꽤 길었다. 몬손은 서두부터 식사 중에는 팔름그렌 사건을 고민하지 말자는 제안을 꺼냈다. 아직 구체적으로 의논할 내용도 거의 없으니까. 좋은 의견이었다. 둘 다 조용히 평화롭게 식사한 뒤 하룻밤 푹 잘 필요가 있었다. 몇 시간만이라도 자유로운 기분을 맛보며, 계속 수사할 기력을 모아야 했다. 수사할 자료가 빈약했고, 둘 다 이 사건은 복잡한데다가 해결하기 어려울지도 모른다는 직감을 느끼고 있었다.

마르틴 베크는 시트를 젖히고 일어났다. 블라인드를 올리고 열린 창을 즐겁게 내다보았다. 벌써 더웠고 해가 쨍했다. 페르디난드 보베리의 설계로 1906년 지어진 위풍당당한 우체국 건물 너머로 수질 오염에도 불구하고 파랗고 매혹적인 바다에 뜬 배가 하얗게 반짝거렸다. 열차 연락선 말뫼후스가 뱃머리를 돌리려고 외항에서 큰 원을 그리며 돌고 있었다. 괜찮은 배였다. 1945년 코쿰스 조선소에서 전통의 원칙에 따라 건조된 배였다.

배가 배처럼 생겼던 시절이지, 마르틴 베크는 생각했다.

그는 잠옷을 벗고 욕실로 갔다.

그가 샤워기 밑에 서 있을 때 전화가 울렸다.

벨이 여러 번 울린 뒤에야 그는 가까스로 찬물을 잠그고 허리에 수건을 두르고 종종걸음으로 침대 맡 탁자로 가서 수화기를 들었다.

"베크입니다."

"말름일세. 어떻게 돼가나?"

어떻게 돼가나? 영원히 떨치지 못할 질문이었다. 마르틴 베크는 찡그리면서 대답했다. "아직 말하기 어렵습니다. 수사는 이제 시작됐으니까요."

"경찰서로 전화해서 자네를 찾았더니 스카케만 있더군."

국장이 불평했다.

"그렇군요."

"자고 있었나?"

"아닙니다." 거짓말은 아니었다. "안 잤습니다."

"살인범을 잡아야 하네. 당장."

"네."

"내가 압박을 많이 받고 있어. 국가경찰청장도 법무장관도 나를 압박한다네. 이제 외무부까지 개입했고."

말름의 목소리는 날카롭고 신경질적이었지만 원래 그랬다.

"신속히 잡아야 하네. 아까 말했듯이 당장."

"어떻게 하면 그럴 수 있습니까?" 마르틴 베크가 물었다.

국장은 이 질문에는 답하지 않았다. 예상된 바였다. 그는 경찰 실무를 전혀 모르다시피 하니까. 썩 좋은 행정가도 못 되었다.

대신 국장은 이렇게 말했다. "이 전화는 호텔 교환대를 거치는 거겠지?"

"그럴 겁니다."

"그러면 자네가 다른 전화로 내게 걸게. 우리집으로 걸어. 최대한 빨리."

"위험하지 않을 것 같은데요. 계속 말씀하셔도 됩니다." 마르틴 베크가 말했다. "이 나라에서 남의 전화를 도청할 만큼 한가한 사람은 경찰밖에 없습니다."

"아니, 아니, 안 돼. 내가 하려는 말은 극비인데다가 중요하다네. 이 사건은 우리가 최우선으로 다뤄야 하는 사건이고."

"왜 그렇습니까?"

"바로 그 이유를 설명하려는 거야. 하지만 자네가 직통 전화로 걸면 하지. 경찰서든 어디든 가게. 얼른. 내 입장이 난처해. 맙소사, 이 책임을 벗을 수 있다면 얼마나 좋을까."

"헛소리." 마르틴 베크는 혼잣말로 중얼거렸다.

"못 들었네. 뭐라고 했나?"

"아무것도 아닙니다. 금방 다시 걸겠습니다."

마르틴 베크는 전화를 끊었다. 느긋하게 몸을 닦고 옷을 입었다.

시간이 충분히 흘렀을 때, 그는 수화기를 들고 교환원에게 외부 통화를 요청한 뒤 말름의 스톡홀름 집 번호를 돌렸다.

첫 신호가 잦아들기도 전에 받은 걸 보면 국장은 전화기 옆에서 얼쩡거리고 있던 모양이다.

"말름 국장입니다."

"베크입니다."

"드디어 걸었군. 이제 잘 들어보게. 팔름그렌이 벌였던 활동에 대해서 정보를 몇 가지 줄 테니까."

"진작 알려주시지 그랬습니까."

"내 잘못이 아니야. 나도 이런 세부 사항은 어제야 들었어."

말름이 조용해졌다. 신경질적으로 바스락거리는 소리만 들려왔다.

"그래서요?" 마르틴 베크가 못 참고 물었다.

"이건 평범한 살인이 아니야." 말름이 말했다.

"평범한 살인이란 없습니다."

상대는 이 대답에 혼란스러워하는 듯했다. 말름이 잠시 생각하더니 말했다. "그래, 자네 말도 옳겠지. 나는 자네와 같은 실무 경험은 없고……."

정말 없지, 마르틴 베크는 생각했다.

"……주로 더 큰 행정적 문제를 맡아왔으니까."

"그래서, 팔름그렌은 어떤 활동을 했습니까?" 마르틴 베크가 성마르게 물었다.

"사업을 했어. 큰 사업을. 자네도 알다시피, 우리와 아주 민감한 관계를 맺고 있는 나라들이 몇 있다네."

"어떤 나라들이죠?"

"로디지아, 남아공, 비아프라, 나이지리아, 앙골라, 모잠비크 등등. 우리 정부는 그런 나라들과 정상적인 관계를 유지하느라 애먹고 있지."

"앙골라와 모잠비크는 국가가 아닙니다."

"사소한 걸 걸고넘어지지 말게. 아무튼 팔름그렌은 그런 나라들과 거래했어. 그런 사업은 대부분 포르투갈에서 이뤄졌지. 팔름그렌의 공식적인 본거지는 말뫼였지만, 가장 짭짤한 거래는 대부분 리스본에서 했을 거라고 생각된다네."

"팔름그렌이 뭘 거래했습니까?"

"무기. 그리고 기타 등등."

"기타 등등?"

"그래, 사실상 모든 걸 취급했어. 부동산 회사도 갖고 있었지. 여기 스톡홀름에 건물을 많이 소유하고 있었어. 말뫼의 회사는, 인상적인 사업체이기는 해도 겉치레에 지나지 않았던 것 같아."

"그래서 돈을 잔뜩 벌었고요?"

"그래. 어마어마하게 잔뜩. 그가 얼마나 부자인지 아무도 몰라."

"국세청은 할말이 없답니까?"

"많지. 하지만 그들도 확실한 건 모른다네. 팔름그렌의 회사 중 몇 개는 리히텐슈타인에 등록되어 있고, 수입은 대부분 스위스 은행으로 들어갔을 거야. 여기서는 그가 꼬투리 잡힐 일 없이 활동했지만, 국세청은 자신들이 그의 수익 내역을 거의 모른다는 걸 알고 있었어."

"이 정보는 어디서 나왔습니까?"

"외무부에서도 나왔고 국세청에서도 나왔고. 자네도 이제 위에서 이 사건을 왜 그렇게 염려하는지 이해하겠지."

"모르겠습니다. 왜죠?"

"정말 모르겠나?"

"모른다 치고 말씀해보십시오."

"들어보게." 말름이 짜증스럽게 말했다. "우리 나라에는 우리 정부가 내가 방금 언급한 나라들과 얽히는 걸 결사 반대하는 정치 집단이 있어. 작지만 아주 전투적인 집단이지. 또 많은 국민들은 스웨덴이 가령 로디지아나 모잠비크와 아무 관계도 없다는 정부 공식 입장을 곧이곧대로 믿고 있지. 팔름그렌의 활동은 제법 잘 감춰져왔지만, 우리가 가진 정보에 따르면 국내 과격파 집단들은 이미 그의 활동을 잘 알고, 그래서 그를 블랙리스트에 올려두었다고 해. 블랙리스트라니 진부한 표현이지만."

"못 알아들을 표현보다는 진부한 표현이 낫지요." 마르틴 베크는 격려하듯이 말했다. "이런 정보를 어디서 구한 겁니까? 블랙리스트 같은 이야기를?"

"국가경찰위원회 보안청이 이 문제를 조사한 적이 있다고 하네. 그래서 몇몇 영향력 있는 인물들은 이 사건 수사도 보안청이 넘겨받아야 한다고 주장하지."

"잠시만 기다려주십시오." 마르틴 베크는 말했다.

그는 수화기를 내려놓고 담배를 찾아보았다. 한참 뒤에야 바지 오른쪽 주머니에서 찌그러진 담뱃갑을 발견했다. 그동안 머릿속은 맹렬히 돌아갔다. 세포Säpo라고도 불리는 국가경찰위원회 보안청은 특수정보부로, 많은 이들로부터 경멸받는 집단이거니와 뭐니 뭐니 해도 뛰어난 무능함으로 유명했다. 세포가 드물게 사건을 해결하거나 스파이를 잡는 경우에는, 반드시 갖가지 증거라는 곁들이를 빙 두르고 큰 접시 한가운데에 묶어 올린 칠면조 요리처럼 범인을 대중에게 공개했다. 군대의 방첩부대도 세포보다는 유능했다. 그러나 이런 이야기는 여느 때는 거의 논의되지 않는 주제였다.

마르틴 베크는 담뱃불을 붙이고 전화로 돌아갔다.

"뭘 하는 건가?" 말름이 의심스레 물었다.

"담배를 피우는 중입니다."

국장은 말이 없었다. 소리로 보아 그는 딸꾹질을 했거나 놀라서 숨을 헉 마신 것 같았다.

"세포가 어쨌다고 했죠?" 마르틴 베크가 물었다.

"보안청? 보안청이 수사를 넘겨받아야 한다는 주장이 있었다고 했네. 보안청도 이 사건에 관심이 있는 것 같고."

"질문해도 됩니까? 보안청이 왜 관심을 보이죠?"

"살인범의 모두스 오페란디*를 생각해봤나?" 말름이 심각하게 말했다.

모두스 오페란디라, 어디서 주워들었을까. 마르틴 베크는 이렇게 생각하면서도 말했다. "생각해봤습니다."

"내가 아는 한, 전형적인 정치적 살해와 비슷한 점이 많아. 임무를 수행하겠다는 집념에 사로잡혀서 자신이 붙잡힐지 말지는 신경도 안 쓰는 광신자의 소행과."

"네, 그런 면이 있습니다." 마르틴 베크는 인정했다.

"그런 면이 다분하다고 보는 사람들이 많다네. 보안청도 그렇고."

말름은 효과를 배가시키기 위해서인지 잠시 뜸을 들인 뒤 말했다.

"자네도 알듯이, 나는 보안청 인력을 꿰고 있지는 않고 그들

* Modus operandi. 범행 수법이라는 뜻의 라틴어.

의 활동을 자세히 알지도 못해. 하지만 누가 귀띔해준 바로는 그들이 전문가를 내려보낼 거라고 하네. 벌써 보냈을 수도 있지. 애초에 말뫼에도 상주 요원이 있고."

마르틴 베크는 신물이 나서 반쯤 피운 담배를 꺼버렸다.

"공식적으로는 수사 권한이 우리에게 있어. 하지만 보안청이 일종의 병행 수사를 할 거란 점을 예상해야 하네."

"알겠습니다."

"그래. 그건 충돌을 피해야 한다는 뜻이지."

"네."

"하지만 무엇보다도, 최대한 빨리 살인범을 잡아야 한다는 뜻이야."

비밀경찰이 잡기 전에 말이지, 마르틴 베크는 생각했다. 그것 때문이라면 크게 서두를 필요 없는데.

"최대한 빨리." 말름이 결연하게 말했다. 그리고 덧붙였다. "자네에게도 모자의 깃털처럼 자랑스러운 업적이 될 거야."

"저는 모자가 없습니다."

"농담할 일이 아니야."

"하나 사면 되기는 하죠."

"농담할 일이 아니라니까." 말름이 거듭 꾸짖었다. "급한 일이기도 하고."

마르틴 베크는 체념한 눈빛으로 창밖의 햇살 가득한 풍경을 응시했다. 함마르도 함마르대로 골치였고 특히 마지막 몇 년은 더 그랬지만, 그래도 함마르는 최소한 경찰관이었다.

"수사를 어떻게 진행하는 게 좋겠다고 보십니까?" 마르틴 베크가 차분히 물었다.

말름은 골똘히 고민하다가 마침내 이런 대답을 생각해냈다.

"그런 세부적인 사항은 자네와 자네를 돕는 이들에게 전적으로 믿고 맡기지. 자네는 경험이 많으니까."

흠잡을 데 없는 대답이었다. 이어서 이렇게 말하는 말름의 목소리로 보아 자신도 흡족한 듯했다. "이제 우리가 전력을 기울일 거라고 봐도 되겠지?"

"네." 마르틴 베크는 기계적으로 대답했다.

사실 그는 딴생각에 빠져 있었다. 그가 물었다. "그러면 여기 말뫼에 있는 팔름그렌의 회사는 그냥 연막입니까?"

"그렇게까지 말할 수는 없지. 오히려 제법 훌륭한 회사일걸."

"무슨 업종입니까?"

"수출입."

"뭘요?"

"청어."

"청어?"

"그래." 말름이 놀라워했다. "몰랐나? 노르웨이와 아이슬란드에서 청어를 사들였다가 다시 수출하지. 어디로 수출하는지는 나도 몰라. 내가 아는 한 이 사업은 적법하게 운영되고 있다네."

"스톡홀름의 회사는 어떻습니까?"

"주로 부동산을 취급하지만……."

"하지만?"

"전문가들은 팔름그렌이 진짜 수익은 딴 데서 올렸을 거라고 봐. 우리가 확인하거나 개입할 길이 없는 수단으로."

"그렇군요, 알겠습니다."

"그리고 내가 자네에게 강조해두고 싶은 점이 두 가지 있네."

"뭡니까?"

"첫째는 팔름그렌이 유력가였다는 점이야. 영향력 있는 친구들도 많고. 아프리카나 다른 나라들과의 거래는 논외로 하더라도."

"이해했습니다."

"따라서 우리는 조심스럽게 진행해야 한다네."

"알겠습니다. 두 번째는?"

"이 사건이 정치적 살해일지도 모른다는 가능성을 고려하라는 거야."

"알겠습니다." 마르틴 베크는 이번만큼은 진지해졌다. "고려하겠습니다."

이 말로 대화는 끝났다.

마르틴 베크는 경찰서로 전화했다. 몬손은 아직 연락이 없고, 스카케는 바쁘고, 바클룬드는 나갔다고 했다.

좋은 생각이었다. 나가는 것.

유혹적인 날씨였고 더구나 토요일이었다.

몇 분 뒤 내려간 호텔 로비는 꽤 붐볐다. 손님들이 다양한 언어로 체크인하거나 체크아웃하고 있었다. 하지만 프런트 데스크 앞 인파 속에서도 한눈에 시선이 갈 수밖에 없는 사람이 한 명 있었다.

남자는 젊은 편이고 뚱뚱했다. 젊고 현대적인 재단의 하운즈투스 체크무늬 양복과 줄무늬 셔츠를 입었고, 샛노란 구두에 똑같이 샛노란 양말을 신었다. 곱슬머리는 반들반들했다. 콧수염은 끝이 위로 살짝 솟도록 다듬었는데, 보나마나 왁스를 바르고 콧수염 틀로 모양을 잡은 게 틀림없었다. 남자는 프런트 데스크에 짐짓 자연스럽게 기대어 서 있었다. 양복 단추 구멍에 꽃을 한 송이 꽂았고, 돌돌 만 《에스콰이어》를 옆구리에 끼고 있었다.

디스코텍 광고지에 나오는 모델 같았다.

마르틴 베크는 그를 알았다. 그의 이름은 파울손이고 스톡홀름의 선임 경사였다.

마르틴 베크가 방 열쇠를 맡기려고 그쪽으로 가자 파울손이 마르틴 베크를 빤히 쳐다보았다. 완벽하게 공허하고 나른한 그 시선에 주변의 다른 세 사람까지 고개를 돌려서 마르틴 베크를 보았다.

비밀경찰은 이미 납시었다.

마르틴 베크는 갑자기 웃음보가 터지려는 걸 참기 힘들었다. 비밀경찰 동료에게는 시선을 주지 않고 홱 몸을 틀어서 햇살 아래로 나갔다.

멜라르브론 다리 중간까지 왔을 때, 마르틴 베크는 몸을 돌려서 사보이 호텔 건물을 감상했다. 나쁘지 않았다. 근사한 전면이 잘 보존되어 있었고 아르누보풍 탑은 도시의 풍경에 도드라진 매력을 더했다. 마르틴 베크는 오래전에 그 건물을 설계한 사람이 누구인지도 알았다. 프란스 에켈룬드였다.

파울손이 호텔 계단에서 훔쳐보고 있었다. 거의 변장처럼 보이는 행색 때문에 공공의 적들 가운데 파울손을 알아보지 못하는 사람은 아무도 없었다. 더구나 파울손에게는 시위나 다른 소동과 관련하여 매번 TV 화면에 잡히는 놀라운 재주가 있었다.

마르틴 베크는 씩 웃었다. 그리고 발길 닿는 대로 항구 쪽으로 걸어갔다.

9.

벤뉘 스카케가 빌린 방은 경찰서에서 겨우 한 블록 떨어진 셀렉스가탄 거리에 있었다. 방은 넓고 아늑했다. 가구는 좀 낡았어도 편하고 실용적이었다. 란스크로나로 발령받은 경사에게 물려받은 방이었다. 하숙집 주인은 상냥하고 어머니 같은 노부인으로, 죽은 남편이 경찰관이라고 했다. 부인이 하숙자들에게 요구하는 조건은 하나, 경찰관이어야 한다는 것뿐이었다.

스카케의 방은 현관 옆이었다. 욕실과 부엌을 드나들기 편했고, 둘 다 얼마든지 자주 쓸 수 있었다.

벤뉘 스카케는 습관의 인간이었다. 정확히 말하자면 습관의 인간이 되려고 노력하는 중이었다. 천성적으로는 판에 박은 생활을 할 성격이 아니지만 그는 인생 목표를 달성하고자 스스로

정해둔 과제들을 해내려면 일과를 엄격히 따르는 편이 좋을 거라고 여겼다. 그의 목표는 국가경찰청장이 되는 것이었다.

스카케는 매일 아침 6시 30분에 일어났다. 맨손체조와 바벨 운동을 한 뒤, 냉수로 샤워하고 몸을 문질러 말린 후 옷을 입었다. 아침은 보통 사워밀크와 시리얼, 반숙 달걀, 통밀빵, 과일주스로 영양가 있게 먹었다. 근무시간이 몹시 불규칙할 수 있으므로, 하루 중 여유 시간에는 반드시 짬을 내어 운동하는 것을 원칙으로 삼았다. 그는 일주일에 최소 세 번 수영했고, 자전거를 많이 탔고, 가끔은 운동복을 입고 림함의 경기장까지 달렸다. 말뫼 경찰 축구팀의 연습에 성실히 참가했고, 팀에서 포지션도 맡았으며, 마리에달스플라넨 경기장에서 열리는 시합에는 모두 참가했다. 밤에는 법률 공부를 했다. 벌써 법학 학위 이수 과정을 두 학기 마쳤고, 가을에 세 번째 학기를 시작할 수 있기를 바랐다.

매일 오전 11시와 밤 9시에는 약혼자인 모니카와 통화했다. 두 사람은 스카케가 말뫼 근무를 시작하기 일주일 전에 스톡홀름에서 약혼했다. 얼마 전 물리치료사 공부를 마친 모니카도 말뫼에서 일을 구하려고 했지만, 좀 떨어진 헬싱보리에서 구할 수 있었다. 그 정도로 가까워진 것만 해도 발전이었다. 덕분에 드물게 두 사람의 쉬는 날이 일치하는 날에는 만날 수 있었다.

그러나 덥고 화창한 토요일인 이날 아침, 스카케는 일과에서 벗어났다. 무려 한 시간 더 늦게 일어나고 아침도 거를 만큼 크게 벗어났다. 아침 식사 대신 찬 초콜릿 우유를 보온병에 담아서 수영복과 수건과 함께 천 가방에 넣었다. 걸어서 경찰서로 가는 도중, 다비스할스토리 광장의 빵집에 들러서 시나몬 롤 두 개와 바닐라하트 패스트리 하나를 샀다. 그다음 경찰서의 커다란 구리 정문을 지나치고, 베르크스타스가탄 거리로 꺾은 뒤, 그곳에 세워둔 자전거로 다가갔다. 까만 덴마크제 자전거였다. 비스듬한 몸통에는 자전거 도둑들을 물리칠 요량으로 손수 흰 페인트로 "경찰"이라고 적어두었다.

스카케는 가방을 짐받이에 싣고, 슬롯스파르켄 공원의 우거진 나무들을 뚫고 달려서, 리베르스보리에 있는 목욕탕으로 갔다. 이른 시각인데도 벌써 타는 듯 더웠다. 그는 수영을 하고, 한 시간쯤 일광욕한 뒤, 바닷가 풀밭에 자리잡고 앉아서 가져온 음식을 먹었다.*

스카케가 오전 9시 30분에 사무실에 들어섰더니 책상에 바클룬드가 남긴 메모가 있었다.

* 스웨덴의 전통 목욕탕은 보통 실내 사우나뿐 아니라 수영장이나 야외 풀장까지 갖춘 공간이다.

몬손은 과부를 만나러 갔고, 베크는 아직 사보이에 있음. 전화를 받을 것. 나는 12:00에 복귀함.

바클룬드

스카케는 책상에 앉아서 울리지 않는 전화에 귀를 열어두고 빅토르 팔름그렌 사건을 생각했다. 살해 동기가 무엇이었을까? 팔름그렌은 부자였으니 돈이 손쉬운 설명일 수 있다. 아니면 권력. 그렇다면 그의 죽음으로 이득을 보는 사람이 누굴까? 샬로테 팔름그렌이—스카케가 아는 한—유일한 상속인이었으니 가장 유력한 후보였고, 맛스 린데르가 직책으로 보아 다음 후보였다. 팔름그렌 부인이 미인이라고 소문이 자자하고 아직 젊으니까 질투가 동기일 수도 있다. 그녀에게 애인이 있고 그 애인이 조연 역할에 질렸을지 모른다는 가설도 영 말이 안 되는 얘기는 아니었다. 하지만 그 경우라면 남편을 처리한 방식이 이상했다. 동기가 무엇이었든 수법은 계획성이 부족한 듯했다. 범인이 용케 도망치긴 했지만, 만약 그가 사전에 범행을 계획한 것이었다면 사후에 도망칠 수 있는 확률이 지극히 낮아 보였을 것이다. 게다가 피해자는 스물네 시간이 경과한 뒤에야 죽었다. 운이 나빴다면, 운이 좋았다면이라고 말해야 하는지도 모르겠지만, 팔름그렌이 살 수도 있었다. 범인은 팔름그렌이 그날 그 시각에 사보이 호텔 식당에 있으리라는 사실을 알아야 했다. 물론 범인이 완전 미치광이인지라 무턱대고 식당에 들이닥쳐서 맨 먼저 눈에 들어온 손님을 쏜 경우라면 얘기가 다르겠지만.

전화가 울렸다. 스톡홀름의 말름 국장이 마르틴 베크를 찾았다. 스카케는 마르틴 베크가 아직 호텔에 있을 거라고 알려주었다. 말름은 고맙다거나 잘 있으라는 말 따위 없이 뚝 끊었다.

생각의 흐름이 끊긴 벤뉘 스카케는 몽상에 빠져들었다. 자신이 홀로 살인자를 추적하고 붙잡아서 사건을 해결하는 모습을 상상했다. 그러면 승진하겠지. 그다음에는 승승장구할 일만 남겠지. 스카케가 백일몽에서 막 국가경찰청장으로 승진하려는 찰나, 다시 전화가 울려서 미래의 구상을 흩뜨렸다.

여자 목소리였다. 처음에 스카케는 여자의 말을 알아듣지 못했다. 여자의 스코네 사투리가 너무 강해서 스톡홀름 출신인 스카케는 알아듣기 어려웠다. 스카케는 말뫼로 전출되기 전에는 스코네에 와본 적이 없었다. 따라서 자신이 종종 스코네 사투리를 알아듣기 어렵다는 건 놀랍지 않았지만 스코네 사람들도 종종 자기 말을 알아듣지 못한다는 사실은 여태까지도 겪을 때마다 놀라웠다. 완벽한 표준 스웨덴어를 쓰는 자신의 말을.

"음, 신문에 난 살인 사건 말인데요." 여자가 말했다.

"네." 스카케는 대답하고 기다렸다.

"지금 전화 받는 분이 경찰 맞죠?" 여자가 의심스러운 듯 물었다.

"맞습니다. 스카케 경사라고 합니다."

"경사? 더 높은 분은 없나요?"

"잠시 외출하셨습니다. 저한테 말씀하셔도 됩니다. 저도 그 사건을 수사하는 중입니다. 무슨 이야기를 하려고 하십니까?"

스카케는 자신의 말투가 여자에게 확신을 심어주었으리라고 여겼지만 여자는 그의 권위를 전혀 못 믿는 것 같았다.

"제가 그리 가는 게 낫겠네요." 여자가 엄숙하게 말했다. "가까운 데 살거든요."

"네, 오십시오. 오셔서 스카케 경사를 찾……."

"그때는 더 높은 분이 돌아오셨을 수도 있겠죠." 여자는 전화를 끊었다.

십이 분이 흐른 뒤 누가 문을 두드렸다. 여자가 통화에서 스카케를 못 미덥게 여겼다면, 그의 실물을 보고는 더한층 못 미더운 기색이었다.

"나이가 더 많은 분을 기대했는데요." 여자가 가게에서 물건을 고르는 말투로 말했다.

"죄송합니다." 스카케는 뻣뻣하게 대꾸했다. "제가 마침 당직이라서. 앉으십시오."

그는 손님용 의자를 책상에 가까이 밀었다. 여자는 의자 가장자리에 조심스럽게 앉았다. 작고 통통한 여자는 옅은 초록색 여름 코트를 입었고 흰 밀짚모자를 썼다.

스카케는 책상 뒤 자기 자리로 돌아가서 말했다. "자, 부인. 성함이……."

"그륀그렌*이에요."

세상에 그런 이름도 있나? 스카케는 생각했다. 자기가 그렇다고 하니 있는 모양이지.

"그륀그렌 부인. 지난주 수요일 사건에 대해서 하실 말씀이 뭡니까?"

"그 살인 사건 말인데요." 여자가 말했다. "음, 그러니까 내가 살인범을 봤어요. 아, 물론 그때는 그가 범인이란 걸 몰랐죠. 오늘 아침에 신문을 보고서야 알았어요. 그제야 이해되더라고요."

스카케는 몸을 앞으로 숙이고 맞잡은 두 손을 압지에 얹었다.

"말씀해보시죠."

"음, 내가 코펜하겐에 장을 보러 갔었거든요. 간 김에 친구를 만나서 브뢰눔 바에서 커피를 마셨어요. 그래서 귀가가 좀 늦었

---

* 스웨덴어로 '초록색 나뭇가지'라는 뜻.

죠. 내가 사보이 호텔 맞은편 멜라르브론 다리 모퉁이까지 왔는데, 신호등에 빨간불이 켜졌어요. 서서 기다렸죠. 그런데 그때 웬 남자가 사보이 호텔 식당 창문에서 펄쩍 뛰쳐나오더라고요. 나도 우리 조카하고 몇 번 가봤기 때문에 거기가 식당이란 걸 알거든요. 처음에는 '뭐 저런 쥐새끼 같은 놈이 다 있어!' 싶었죠. 돈을 안 내고 튀려는 줄 알았으니까요. 하지만 신호등이 빨간불이었으니 내가 뭘 어쩔 수가 없었고, 주변에 다른 사람도 없었어요."

"남자가 이후에 어디로 갔는지 보셨습니까?"

"네, 봤어요. 호텔 왼쪽에 있는 자전거 거치대로 가서 거기 서 있던 자전거를 타고 드로트닝토리에트 광장 쪽으로 달려가더라고요. 그때 신호등이 파란불로 바뀌었고, 남자가 시야에서 사라졌어요. 나는 '저 식당 매니저라면 돈을 좀 잃어도 괜찮은가 보지' 하고 생각했기 때문에 더 걱정하지 않고 집으로 갔죠."

여자가 잠시 말을 멈췄다.

"음, 내가 길을 건널 때 호텔 정문으로 사람들이 나와서 둘러봤어요. 하지만 그땐 남자가 사라진 뒤였죠."

"남자의 인상착의를 설명할 수 있겠습니까?" 끓어오르는 열의를 잘 숨기지 못한 스카케가 수첩을 당기면서 물었다.

"음, 서른 살 아니면 마흔 살쯤 돼 보였어요. 마흔 살에 가까웠던 것 같아요. 머리가 꽤 벗어졌고, 아니, 대머리라는 말이 아니라 많이 허전하더라는 거예요. 머리카락은 까맸어요. 갈색 양복을 입고, 노르스름한 셔츠에 넥타이를 맸고. 넥타이 색깔은 모르겠네요. 신발은 검정색인가 갈색인가 그랬던 것 같아요. 옷이 갈색이었으니까 갈색이었겠죠."

"외모는 어땠습니까? 얼굴이나 체격이나, 뭔가 특별한 데가 있었습니까?"

여자는 떠올려보는 것 같았다.

"말랐어요. 몸도 마르고 얼굴도 마르고. 특별한 점은 없었어요. 키는 컸던 것 같아요. 당신보다는 작았지만 그래도 꽤 컸어요. 그것 말고는 더 말할 게 없네요."

스카케는 잠자코 앉아서 여자를 한참 바라보다가 물었다. "부인이 남자의 모습을 놓쳤을 때 그는 어디에 있었습니까?"

"신호에 걸려 있었던 것 같아요. 브룩스가탄 거리 교차로에서. 빨간불이 들어왔었나 보죠. 하지만 그때 내 신호등에 파란불이 들어왔는데, 내가 길을 건너고 나니까 남자는 사라지고 없었어요."

"흠. 어떻게 생긴 자전거인지 보셨습니까?"

"자전거요? 그냥 보통 자전거 같았는데요."

"색깔은 못 보셨습니까?"

"못 봤어요." 그륀그렌 부인은 고개를 저었다. "차들이 계속 쌩쌩 지나가면서 가렸거든요."

"알겠습니다. 남자에 대해서 더 기억나시는 점은 없습니까?"

"없어요, 지금 떠오르는 건. 내가 보상금을 받게 될까요?"

"그렇진 않을 것 같습니다." 스카케가 말했다. "시민에게는 경찰을 도울 도덕적 의무가 있으니까요. 혹 저희가 다시 연락드려야 할지도 모르니, 주소와 전화번호를 남겨주시겠습니까?"

여자는 주소와 전화번호를 불러준 뒤 일어섰다.

"음, 그럼 안녕히 계세요. 내가 신문에 날 수도 있을까요?"

"그럴 수는 있을 것 같습니다." 스카케는 여자를 격려하려고 말했다. 그리고 자리에서 일어나서 여자를 문까지 배웅했다.

"안녕히 가십시오. 협조해주셔서 감사합니다. 번거롭게 와주신 것도."

스카케가 문을 닫고 책상에 앉았을 때, 문이 다시 열리더니 여자가 고개를 쏙 내밀었다.

"있잖아요, 생각났어요!" 여자가 말했다. "그 남자가 자전거를 타기 전에 재킷 안에서 뭔가를 꺼내서 자전거 짐받이에 있는 종이 상자에 넣었어요. 그걸 까맣게 잊고 있었네."

"아." 스카케가 말했다. "그게 뭔지는 못 보셨습니까? 재킷 안에 있던 것?"

"아뇨. 남자가 등을 살짝 돌리고 있었거든요. 상자는 이만했어요. 크기는 짐받이만 하고, 높이는 십 센티미터쯤. 이건 나중에 남자가 자전거를 타고 떠날 때 본 거예요."

스카케는 다시 고맙다고 인사했다. 그륀그렌 부인은 떠났다. 이번에는 영영.

스카케는 당장 쾌속선 터미널로 전화를 걸었다.

그는 수첩이 새것일 때 표지에 이렇게 적어두었다.

경사 B. 스카케

통화가 연결되기를 기다리면서 스카케는 그 앞에 이렇게 적어넣었다. '선임'.

10.

토요일 오후 1시가 갓 넘었을 때, 마르틴 베크와 페르 몬손은 경찰서 식당 입구에서 마주쳤다.

마르틴 베크는 오전에 인두스트리함넨 부두를 산책하고 왔다. 여름 휴가철의 토요일인 이런 날, 부두는 조용하고 한적했다. 그는 제일 먼 석유 부두까지 가보았다. 선적이 잠시 중단된 부두의 모습은 과학소설 속 이국적 풍경을 보는 듯했다. 일직선으로 닦인 모랫길에 둘러싸인 땅에 탁한 물이 군데군데 고여 있었고, 모랫길 위에 트럭과 굴착기 바퀴자국이 깊게 파여 있었다. 마르틴 베크는 자신이 약 십오 년 전 처음 이곳을 본 뒤로 지금까지 항만 지역이 얼마나 더 넓어졌는지 보고 놀라웠다. 갑자기 배가 고팠다. 저녁을 푸짐하게 먹고 난 다음날 배가 고프

다니, 새롭고 반가운 현상이었다. 되찾은 식욕에 익숙해지는 건 금방이군, 그는 흡족하게 생각했다. 뜨거운 햇살을 받으면서 최대한 빨리 걸어서 시내로 돌아가는 동안, 그는 경찰서 식당의 점심 메뉴를 상상해보았다.

몬손은 배가 썩 고프진 않았다. 하지만 목이 몹시 말랐다. 샬로테 팔름그렌이 음료를 주겠다는 걸 거절했지만, 푹푹 찌는 차를 몰고 돌아오자니 맛스 린데르의 손에서 얼음 짤랑거리는 소리를 내던 빨그스름한 음료가 눈앞에 삼삼했다. 그는 집으로 가서 그리펜베리에르를 한 잔 섞을까 잠시 고민했으나 시각이 너무 이르다고 판단하고 단념했다. 구내식당에서 소다수나 한 잔 마시는 걸로 타협하기로 했다.

마르틴 베크의 허기는 식당에 들어서는 순간 좀 누그러졌다. 속을 장담할 수 없었기에, 그는 간단히 햄 오믈렛과 토마토 하나와 생수 한 병을 시켰다. 몬손도 똑같이 시켰다.

두 사람이 쟁반을 들고 자리를 잡고 보니 저쪽에 스카케가 있었다. 스카케는 간절한 눈빛으로 두 사람 쪽을 보고 있었다. 스카케 맞은편에 바클룬드가 마르틴 베크에게 등을 돌리고 앉아 있었다. 바클룬드는 접시를 옆으로 밀어두고 집게손가락으로 스카케에게 삿대질하고 있었다. 바클룬드가 무슨 말을 하는지는 두 사람의 귀에 들리지 않았지만 스카케의 표정으로 보건대 뭔가 설교하는 모양이었다.

마르틴 베크는 오믈렛을 얼른 먹고 바클룬드에게 갔다. 그의 어깨에 손을 얹으면서 온화하게 말했다. “미안하지만 잠시 스카케를 빌리겠습니다. 확인하고 싶은 일이 몇 가지 있어서요.”

바클룬드는 훼방꾼이 짜증스러운 듯했지만 항의하지 못했다. 이 오만한 스톡홀름 인간은 말뫼 경찰이 알아서 처리하지 못할 게 뻔하다는 듯이 국가경찰위원회가 수사를 지휘하라고 내려보낸 사람이었으니까.

스카케는 눈에 띄게 안도한 표정으로 마르틴 베크를 따라왔다. 몬손이 식사를 마친 뒤 세 사람을 식당을 나섰다. 바클룬드가 침통한 얼굴로 그들을 바라보고 있었다.

세 사람은 몬손의 방으로 갔다. 방은 그럭저럭 시원하고 바람이 통했다. 몬손은 회전의자에 앉은 뒤, 연필꽂이에서 이쑤시개를 꺼내어 포장지를 벗기고 입꼬리 쪽으로 물었다. 마르틴 베크는 담뱃불을 붙였다. 스카케는 복도 맞은편 제 방으로 가서 수첩을 가져온 뒤 마르틴 베크 옆 의자에 앉아서 무릎에 수첩을 얹었다.

마르틴 베크는 수첩 표지에 적힌 글자를 흘끗 보고 씩 웃었다. 그의 시선을 알아차린 스카케가 얼굴을 붉히면서 얼른 수첩을 가렸다. 그러고는 새로 등장한 목격자의 증언을 보고했다.

"이름이 정말 그륀그렌이라고?" 몬손이 의심했다.

스카케가 말을 마치자 마르틴 베크가 말했다. "쾌속선 승무원들을 확인해야겠군. 만약 그 남자가 갑판에 서 있었던 남자와 동일인이라면 승무원들이 상자를 봤을 거야. 남자가 그때까지 그걸 갖고 있었다면 말이지만."

"벌써 전화해봤습니다." 스카케가 말했다. "그 남자를 목격했던 승무원은 오늘 쉬는 날이랍니다. 하지만 내일 아침에 배로 해협을 건너온다니, 제가 가서 이야기해보겠습니다."

"좋아." 마르틴 베크가 말했다.

"그럼 자네 덴마크어를 할 줄 안단 말이야?" 몬손이 의심스럽다는 듯 물었다.

"그게 그렇게 어렵습니까?" 스카케가 휘둥그런 눈으로 말했다.

다음은 마르틴 베크가 말름의 전화와 비밀경찰 동료의 도착을 말해줄 차례였다.

"흠, 파울손이라는 이름이란 말이죠." 몬손이 말했다. "내가 TV에서 본 적이 있나 모르겠군요. 설명만 듣자면 여기 말뫼에 있는 친구하고 비슷하게 들리는데요. 페르손이라는 요원이죠. 그치도 늘 그런 양복을 입고 다닙니다. 희한하게 입어요. 청어 수출업은 당신이 아는 줄 알았습니다. 하지만 무기 거래 이야기는 나도 전혀 몰랐군요."

"이상한 일도 아닙니다." 마르틴 베크가 말했다. "애초에 사람들이 모르게 한 사업이었으니까요."

몬손은 이쑤시개를 뚝 부러뜨려서 재떨이에 버렸다.

"음, 발가벗은 과부가 나한테 팔름그렌이 포르투갈에서 사업을 많이 한다고 말했을 때, 그 비슷한 생각이 들기는 했었습니다."

"발가벗은 과부?" 마르틴 베크와 스카케가 합창했다.

몬손이 연필꽂이에서 새 이쑤시개를 꺼내면서 말했다. "'명랑한 과부'*라고 하고 싶지만, 사실 그렇지도 않았어요. 기쁘지도 슬프지도 않은 것 같습디다. 모든 일에 무관심한 것 같았어요."

"하지만 발가벗었다는 거죠." 마르틴 베크가 말했다.

몬손은 오전에 팔름그렌 저택을 방문했던 일을 들려주었다.

"몸매가 근사했겠죠?" 스카케가 말했다.

"아니, 내 생각엔 그렇지 않아." 몬손이 퉁명스럽게 대꾸했다.

그다음 마르틴 베크에게 말했다. "내가 린데르를 신문하는데 이의 있습니까?"

"없습니다." 마르틴 베크가 말했다. "하지만 나도 만나보고

* 〈명랑한 과부〉는 프란츠 레하르의 1905년 유명 오페레타 제목이다.

싶군요. 두 명은 있어야 그 사람을 다룰 수 있을지도 모르니까."

몬손이 끄덕였다. 그리고 한참 있다가 말했다. "정치적 동기가 어쩌고 하는 말을 믿습니까?"

"네, 그럴 수도 있잖습니까? 하지만 팔름그렌이 해외에서 벌였던 활동이 뭔지 좀더 알아보고 싶군요. 어떻게 알아봐야 할지는 모르겠지만. 맛스 린데르는 아마 그쪽 일은 잘 모를 겁니다. 아마 청어 사업만 담당했을 겁니다. 그건 그렇고, 덴마크 사람은 무슨 일을 했답니까?"

"아직 모릅니다." 몬손이 대답했다. "알아봐야죠. 잘 안 되더라도, 모겐센이라면 틀림없이 알려줄 겁니다."

세 사람은 한참 묵묵히 앉아 있었다. 그러다 스카케가 말했다. "만약 총 쏜 남자가 카스트룹에서 스톡홀름으로 날아간 남자와 동일인이라면, 우리는 그가 스웨덴인이란 걸 안 셈입니다. 그리고 만약 살인 동기가 정치적인 것이었다면, 범인은 팔름그렌이 로디지아나 앙골라나 모잠비크 같은 나라들과 거래하는 데 반대하는 입장이었을 겁니다. 만약 그렇다면, 범인은 아마 광적인 좌익 세력일 겁니다."

"자네 꼭 페르손처럼 말하는군." 몬손이 말했다. "그 양반은 사방에서 과격분자를 발견하는 재주가 있지. 하지만 자네 말에도 일리가 있어."

"사실 나도 말름과 통화하기 전부터 비슷한 생각을 했습니다. 정치적 살해처럼 보이는 데가 있으니까요. 범인의 특이한 모두스 오페란디가……."

마르틴 베크는 문득 말을 멎었다. 자신이 말름과 똑같은 표현을 쓴다는 사실이 짜증스러웠다.

"그럴 수도 있고 아닐 수도 있죠." 몬손이 말했다. "이 동네 급진파는 주로 룬드를 중심으로 활동합니다. 나도 그들을 좀 아는데, 대부분 더이상 평화로울 수 없는 사람들이죠. 세포는 그렇게 생각하지 않지만."

"범인이 이 동네 출신이라는 증거는 없습니다." 스카케가 말했다.

몬손이 고개를 저었다.

"이 동네 지리를 잘 안다는 점. 그리고 만약 그 자전거 정보가 옳다면 말이야."

"생각해보세요, 우리가 그 자전거를 찾아낼 수 있을지도 모릅니다." 스카케가 낙천적으로 말했다.

몬손이 스카케를 한참 쳐다보더니 다시 고개를 저으면서 다정하게 말했다. "귀여운 친구야, 자전거 추적이란 말이지……."

노크 소리가 들리더니, 바클룬드가 응답을 기다리지 않고 들어왔다. 그는 안경을 열심히 닦고 있었다.

"뭔가 의논들을 하시나 본데." 그가 짜증을 내며 말했다. "그러면 자네들은 탄피가 어디로 갔는지도 알지 모르겠군. 우리가 사방을 찾아봤단 말이야. 음식 속까지. 난 심지어 으깬 감자 속까지 철저히 뒤져봤어. 그런데도 탄피는 그림자도 안 보인단……."

"당연히 어딘가 있겠지." 몬손이 지겨운 듯 말했다.

"하지만 리볼버를 썼으니까." 마르틴 베크와 벤뉘 스카케가 동시에 말했다.

바클룬드는 꼭 벼락에 맞은 사람 같은 표정이었다.

일요일 오전에 벤뉘 스카케가 쾌속선 선착장에서 자전거를 내렸을 때, 스프링에렌호는 막 내항으로 들어오는 중이었다. 배는 중심을 잘 잡고 미끄러지듯이 다가왔다.

여전히 환상적인 날씨였다. 이런 날 비행기 객실에 가까운 공간에 갇혀서 해협을 건너기를 선택하는 승객은 많지 않았다. 객실에서 올라온 승객은 십여 명뿐이었다. 그들은 택시 승차장에 서 있는 유일한 택시를 차지하기 위해서 서둘러 건널판을 건넌 뒤 선착장 건물로 향했다.

스카케는 건널판에서 기다렸다. 오 분이 지나자 승무원 유니폼을 입은 금발 여성이 갑판에 올라왔다. 스카케는 여자에게 다가가서 자기소개를 하고 신분증을 보여주었다.

"그 승객에 대해서는 경찰에게 다 말했습니다만." 여자가 말했다. "코펜하겐 경찰에게."

스카케에게는 다행스럽게도 여자는 스웨덴어로 말했다. 하지만 물론 덴마크어 억양이 묻어 있었다.

"네, 압니다. 그런데 빠뜨린 질문이 있어서요. 혹시 지난주 수요일 저녁에 갑판에 서 있었던 남자가 손에 뭘 들고 있는지 보셨습니까?"

승무원은 아랫입술을 깨물고 눈살을 찌푸렸다가 마침내 머뭇머뭇 말했다.

"네에, 말씀을 듣고 보니…… 떠오르는데요……. 아, 혹시 그 승객이 까만 종이 상자를 들고 있지 않았나요? 이만한 걸?"

승무원은 두 손으로 크기를 표현했다.

"남자가 객실로 내려와서 앉을 때도 상자를 들고 있었습니까? 배에서 내릴 때는요?"

승무원은 잠시 생각해보더니 단호하게 고개를 저었다.

"아뇨, 그건 기억이 안 납니다. 정말 모르겠어요. 그 승객이 여기 갑판에 서 있을 때 팔에 상자를 끼고 있었던 것만 봤습니다."

"아무튼 고맙습니다." 스카케가 말했다. "귀중한 정보입니다. 코펜하겐 경찰과 말씀하신 뒤로 더 생각난 건 없습니까?"

이번에도 승무원은 고개를 저었다.

"아뇨, 더는 없습니다."

"아무것도?"

여자는 프로다운 미소를 지어 보이면서 말했다. "아무것도 없습니다. 자, 실례가 안 된다면 저는 이만 가서 다음 운항을 준비해야겠습니다."

스카케는 자전거를 타고 다비스할스토리 광장으로 돌아와서 자기 방으로 올라갔다. 사실 비번이었지만, 오전 11시가 다 되었으니 모니카에게 전화할 시각이었다.

스카케는 집보다 사무실에서 통화하는 걸 좋아했다. 집에서는 일단 요금 때문에 오래 통화할 엄두가 나지 않았고, 그가 전화를 쓸 때마다 집주인이 호기심을 보였다. 스카케는 모니카와의 통화를 방해받고 싶지 않았다.

모니카도 쉬는 날이라, 직장 동료와 함께 세내어 사는 집에 혼자 있었다. 통화는 한 시간 가까이 이어졌지만 스카케는 괜찮았다.

경찰이 요금을 지불할 테니까. 납세자들이 내면 더 좋고.

전화를 끊었을 때 스카케의 머릿속에는 빅토르 팔름그렌 살인 사건이 아닌 다른 생각이 가득했다.

11.

마르틴 베크와 몬손은 월요일 오전 8시에 경찰서에서 다시 만났다. 둘 다 기분이 저조했다. 몬손은 나른한 듯 굼뜨고 의욕이 없어 보였으며, 마르틴 베크는 울적하게 생각에 빠져 있었다.

둘 다 말없이 서류를 살펴보았다. 거기에도 고무적인 내용은 없었다. 일요일에는 도시가 더 더워지고 한산해졌다는 점 외에는 아무 일도 벌어지지 않았다. 경찰은 석간신문들에게 "수사가 답보 상태"라고 알렸다. 공허하고 진부한 그 표현이 이때만큼은 완벽하게 어울렸다. 유일하게 긍정적인 일은 스카케가 쾌속선에서 막연한 정보를 가져온 것뿐이었다.

칠월은 경찰 수사에 적합하지 않은 달이다. 날씨마저 화창하다면 휴가를 떠나는 것 외에는 다른 어떤 일에도 적합하지 않다. 스웨덴 왕국은 사실상 전부가 다 쉰다. 아무 일도 제대로 돌아가지 않는다. 사람을 만나기조차 어려운데 대부분의 사람들이 해외나 국내의 여름 휴가지로 떠나버리기 때문이다. 여기에는 스웨덴 국적의 프로 범죄자부터 공무원까지 거의 모든 범주의 사람이 다 포함된다. 근무를 서는 소수의 경찰관들은 주로 밀려드는 각양각색의 외국인이나 고속도로의 차량 통행을 단속하는 일에 매달린다.

마르틴 베크는 오래된 동료인 프레드리크 멜란데르와 이야기할 수만 있다면 뭐든 감수하겠다는 심정이었다. 현재 스톡홀름 강력반 경감보인 49세의 멜란데르는 온 경찰을 통틀어 가장 뛰어난 기억력을 지닌 사람이었다. 멜란데르는 지난 삼십 년간 일하면서 접한 이름, 날짜, 상황, 그 밖의 사실을 다 외웠다. 아무것도 잊지 않는 남자인 멜란데르는 팔름그렌의 수상한 사업에 대해서 유용한 이야기를 해줄 수 있는 몇 안 되는 사람 중 한 명이었다. 하지만 멜란데르는 마르틴 베크가 결코 닿을 수 없는 곳에 있었다. 멜란데르는 휴가중이었고, 휴가 때마다 그러듯이 이번에도 베름되에 있는 여름 별장으로 가서 완벽하게 고립되어 지내고 있었다. 그곳에는 전화가 없었으며 동료들 중에는 별장이 정확히 어디 있는지 아는 사람조차 없었다. 멜란데르의 취미는 나무를 패는 것이었고, 그는 이번 한 달의 휴가는 새로

2인용 변소를 짓는 데 바치겠다고 작정하고 있었지만, 그런 사실조차 그와 그의 키 크고 놀랍도록 못생긴 아내만 아는 일이었다.

게다가 마르틴 베크와 몬손은 원래 둘 다 이번 주에 휴가를 갈 계획이었다. 언제가 될지 모르는 미래까지 휴가가 미뤄질 게 분명하다는 깨달음이 둘의 우울한 표정에 반영되어 있었다.

아무튼 월요일 이날은, 가능하다면 말이지만, 두 사람이 만나야 할 목격자들이 있었다. 마르틴 베크는 스톡홀름으로 전화를 걸었다. 콜베리를 구구절절한 말로 설득하여 함푸스 브로베리 지사장과 그 비서 헬레나 한손을 만나보는 일을 맡기는 데 가까스로 성공했다.

"그들한테 뭘 물어봐야 하나?" 콜베리가 침통하게 물었다.

"나도 모르겠어."

"자네가 수사 책임자 아니야?"

"맞아."

"그런데 모른다고? 대체 나더러 뭘 찾아내라는 거야?"

"전반적인 상황을 파악하고 싶어."

"전반적인 상황? 나빠. 난 지금 열사병으로 죽어가고 있어."

"우리가 알고 싶은 건 동기야. 아니, 유력한 동기가 너무 많아서 그중에서 하나를 못 고르는 상황이라고 말해야겠군. 팔름그렌이 운영했던 회사의 분위기를 알면 개중에서 올바른 동기를 찾아낼 수 있을지도 몰라."

"알았어." 콜베리의 대답에는 의구심이 어려 있었다. "한손이라는 여자, 예쁜가?"

"그렇다던데."

"좋아. 무슨 일에든 기대할 만한 게 있는 법이지. 끊어."

마르틴 베크는 '소식 전해줘' 하는 말이 튀어나올 뻔했지만, 마지막 순간에 잘 참았다.

"안녕." 그는 이렇게만 말하고 끊었다. 그다음 몬손에게 말했다. "콜베리가 스톡홀름 쪽을 맡아준답니다."

몬손이 끄덕였다. "잘됐네요. 좋은 친구니까."

사실 콜베리는 그 이상이었다. 몬손은 마르틴 베크만큼 콜베리를 알지 못했다.

콜베리는 마르틴 베크가 전적으로 믿는 유일한 사람이었다. 콜베리는 건실한 판단력과 독자적으로 일을 꾸려나가는 능력을 갖췄다. 그뿐 아니라 상상력이 풍부했고, 체계적이었고, 흠잡을 데 없이 논리적이었다. 두 사람은 오래 함께 일했고 이제 별말을 주고받지 않아도 상대의 생각을 읽을 줄 아는 사이였다.

몬손과 마르틴 베크는 다시 묵묵히 앉아서 성의 없이 서류를 뒤적거렸다.

아침 9시가 좀 넘었을 때 두 사람은 일어나서 마당에 세워진 몬손의 차로 내려갔다.

월요일 아침 도로는 주말보다는 좀더 북적였지만, 몬손의 차가 빅토르 팔름그렌이 스웨덴 내 본사로 썼던 항구 근처 고층 건물에 도착하는 데는 십 분이면 충분했다. 지금은 맛스 린데르가 그곳을 다스리고 있을 터였다.

몬손은 대단히 불법적인 방식으로 차를 세운 뒤 햇빛가리개를 내렸다. 가리개 앞면에 단정한 글씨로 "경찰"이라고 인쇄한 직사각형 마분지가 붙어 있었다.

두 사람은 엘리베이터를 타고 7층으로 올라가서 내렸다. 널찍한 대기실이 나왔다. 새빨간 카펫이 빈틈없이 깔려 있고 공단 벽지가 발려 있었다. 낮은 탁자를 둘러싸고 편해 보이는 안락의자들이 놓여 있었고, 탁자에는 잡지가 쌓여 있었다. 대부분 외국 잡지였지만 《스벤스크 티스크리프트》와 《베칸스 아페레르》도 있었다. 큼직한 크리스털 재떨이 둘, 시가와 담배가 담긴 나무 상자, 상아 라이터, 빨간 장미가 꽂힌 묵직한 오레포르스제 유리 꽃병도 있었다. 방 왼편에는 긴 탁자가 있고, 스무 살쯤 된 금발의 접수 직원이 그 너머에 앉아서 자신의 매끄러운 손톱을 살펴보고 있었다. 탁자에는 인터폰 한 대, 보통 전화 두 대, 금속 받침대에 끼운 속기 노트, 압지에 놓인 도금 만년필이 있었다.

여자는 모델 같은 몸매였고, 아주 짧은 흑백 원피스를 입었다. 까만 스타킹에는 정교한 레이스 무늬가 있었고, 까맣고 우아한 구두에는 은색 버클이 달려 있었다. 립스틱은 흰색에 가까웠고, 하늘색 아이섀도가 눈꺼풀을 덮었다. 여자는 길게 늘어진 은색 귀고리를 했고, 이는 분필처럼 새하얬으며, 까만 인조 속눈썹 아래 눈동자는 파랗고 아둔해 보였다. 저런 타입의 여성을 좋아하는 사람에게는 거의 완벽해 보이겠는걸, 마르틴 베크는 생각했다.

여자는 경멸과 반감이 어린 눈길로 두 수사관을 보았다. 그러고는 길고 뾰족한 집게 손톱으로 앞에 놓인 약속 기록부를 콕 찌르면서 강한 스코네 사투리로 말했다. "경찰에서 오셨죠."

여자는 장난감처럼 작은 손목시계를 흘끗 본 뒤 덧붙였다.

"십 분쯤 일찍 오셨어요. 사장님은 통화중입니다."

그냥 사장님이라니, 맛스 린데르는 벌써 더 구체적으로 부르지 않아도 되는 위치로 올라선 것 같았다.

"지금 요하네스버그와 통화하고 계세요. 잠시 앉아 계시죠. 통화가 끝나는 대로 알려드리겠습니다. 몬손과 바크이시죠?"

"베크입니다."

"알겠습니다." 여자는 무관심하게 대답했다.

여자는 황금 만년필을 들고 약속 기록부에 작은 표시를 휙 그었다. 그다음 싫은 내색을 숨기지 않은 채 자신이 쓴 것을 확인한 뒤, 장미와 크리스털 재떨이와 담배가 놓인 탁자를 대충 가리켰다.

"가서 담배 피우세요."

치과 의사가 "입 헹구세요" 할 때의 말투였다.

마르틴 베크는 이 상황이 불편했다. 슬쩍 몬손을 보았다. 몬손은 구겨진 셔츠를 바지 밖으로 내어 입었고 다림질 안 된 회색 바지에 샌들을 신었다. 마르틴 베크는 간밤에 바지를 매트리스 밑에 깔아두긴 했지만 그래봐야 더 세련된 차림은 아니었다. 그러나 몬손은 아무렇지도 않은 기색이었다. 몬손은 의자에 털썩 앉은 뒤 가슴주머니에서 이쑤시개를 꺼내고는《베칸스 아페레르》를 삼십 초쯤 넘겨 보다가 으쓱하면서 잡지를 도로 탁자에 내던졌다. 마르틴 베크도 앉았다. 그는 열린 나무상자에 담긴 각양각색의 값비싼 담배들을 조심조심 구경하다가 결국 자신의 플로리다 담배를 한 개비 꺼내어 필터 끝을 손가락으로 꼬집은 뒤 성냥을 켰다.

그다음 주변을 둘러보았다. 접수 직원은 자기 손톱을 감상하는 일로 돌아가 있었다. 대기실은 쥐죽은듯 조용했다. 마르틴 베크는 어쩐지 뭔가 몹시 거슬렸는데, 한참 후에야 그게 뭔지 깨달았다. 문이 안 보였다. 물론 문이 몇 개 있었지만, 벽지에 어찌나 완벽하게 녹아들었는지 유심히 찾아보지 않으면 안 보였다.

몇 분이 흘렀다. 몬손은 멍하니 이쑤시개를 씹었다. 마르틴 베크는 담배를 끄고 또 한 개비에 불을 붙인 뒤, 일어나서 벽에 짜 넣어진 대형 어항으로 갔다. 그가 일렁이는 초록색 물속의 현란한 물고기들을 구경하면서 서 있는데, 인터폰이 나직하게 울려서 그 활동을 중단시켰다.

"지금 보시겠답니다." 접수 직원이 말했다.

일 초 뒤, 완벽하게 위장된 문들 중 하나가 열리고 서른다섯 살쯤 되어 보이는 흑발 여성이 나타나서 그들에게 들어오라고 손짓했다. 여자의 움직임은 빠르고 정확했고, 태도는 침착했다. 전형적인 중역 비서로군, 마르틴 베크는 생각했다. 만약 이 공간에서 진짜 업무란 것이 이뤄지고 있다면 아마 저 여성이 다 하고 있겠지. 몬손이 일어나서 묵직하고 느긋한 걸음걸이로 앞장섰다. 두 사람이 들어간 공간은 책상 하나, 전동 타자기, 서류함 여러 개, 폴더가 잔뜩 꽂힌 선반이 있는 작은 방이었다.

흑발 비서는 한마디 말 없이 다른 문을 열고 두 사람이 지나가도록 잡아주었다. 안으로 들어선 마르틴 베크는 자신이 이곳에 어울리지 않게 투박하고 촌스러운 존재 같다는 기분이 더 짙어졌다.

맛스 린데르가 침통하지만 친절하고 정중한 미소를 띠며 일어나는 책상을 향해 몬손이 성큼성큼 걸어가는 동안, 마르틴 베크는 그 공간의 세 요소를 차례차례 살펴보았다. 창밖의 풍경, 방안의 가구들, 그리고 자신들이 이제 만날 사람.

마르틴 베크에게는 상황을 잽싸게 파악하는 능력이 있었다. 스스로도 그 점이 자신이 선택한 직업에서 가장 큰 자산이라고 느꼈다. 몬손이 이쑤시개를 황동 재떨이에 버리고 남자와 악수하는 동안, 마르틴 베크는 핵심적인 요소를 찬찬히 살펴보았다.

커다란 전망 창으로 내다보이는 풍경은 끝내줬다. 저 아래에서 부두가, 정확히 말하자면 여러 부두들이 분주하게 돌아가는 모습이 보였다. 화물선과 여객선, 예인선, 크레인, 트럭, 기차, 착착 쌓인 컨테이너가 빽빽했다. 항만 너머로는 외레순드 해협과 덴마크가 보였다. 크리스털처럼 맑은 풍경이었다. 최소 스무 척은 되는 배가 한눈에 들어왔다. 그중에는 코펜하겐을 오가는 여객선도 여러 척 있었다. 사보이 호텔의 방 창문에서 보는 풍경도 나쁘지 않았지만, 이 파노라마는 그것과 비교할 수 없이 훌륭했다. 좋은 쌍안경 하나만 있으면 될 것 같았다.

정말로 그 방에는 예나에서 만들어진 해상용 칼 자이스 쌍안경이 있었다. 쌍안경은 큰 철제 책상의 오른쪽에 놓여 있었다. 책상은 린데르가 창 없는 벽에 등을 면하고 앉도록 놓여 있었고, 등뒤의 벽에는 거친 바다에서 조업중인 저인망어선의 사진을 어마어마하게 크게 확대한 것이 붙어 있었다. 어선 갑판으로 물거품이 쏟아졌고, 뱃머리에서 집채만 한 파도가 용솟음쳤다. 노란 방수모와 방수복을 입은 남자들이 우현에 댄 널빤지 발판 위에 한 줄로 서서 그물을 끌어올렸다. 충격적인 대비였다. 바다에서 근근이 생계를 이어보려고 사투하는 남자들과 그들의 노동으로 부를 일구면서 호화로운 사무실에 조용히 평화롭게 앉아 있는 남자. 극적인 대비였지만 의도한 건 아닐 터였다. 냉소에도 한계가 있을 테니까. 창문 맞은편 벽에는 마티스, 샤갈, 살바도르 달리의 석판화가 한 점씩 걸려 있었다. 방에는 손님용 가죽 안락의자 둘, 등받이가 곧은 자카란다 목재 의자가 여섯 개 딸린 회의용 탁자도 있었다.

두 수사관이 확보한 정보에 따르면, 맛스 린데르는 서른 살이었다. 린데르의 외모는 나이와 지위에 완벽하게 어울렸다. 훤칠하고 체격 좋은 남자였다. 갈색 눈동자, 깔끔하게 가르마 탄 머리카락, 뚜렷한 이목구비와 각진 턱에 마른 얼굴. 옷차림은 아주 점잖았다.

마르틴 베크는 몬손을 보았다. 자신은 아까보다 더 땀투성이에 구깃구깃해진 기분이었다.

그는 자기소개를 하고 린데르와 악수했다.

그다음 마르틴 베크와 몬손은 가죽 의자에 앉았다.

책상 뒤의 남자는 두 팔꿈치를 책상에 대고 열 손가락 끝을 맞붙였다.

"자." 그가 말했다. "살인범을 잡으셨습니까?"

몬손과 마르틴 베크는 동시에 고개를 흔들었다.

"그러면 제가 두 분을 어떻게 도와드릴까요?"

"팔름그렌 사장에게 적이 있었습니까?"

마르틴 베크가 물었다.

우습도록 일차원적인 질문이었지만, 어디서부터든 대화를 시작해야 했다. 하지만 린데르는 그 질문을 과하게 심각하게 받아들이고 답을 신중히 생각해보는 듯했다. 이윽고 그가 말했다.

"빅토르 팔름그렌처럼 폭넓은 분야에서 사업을 벌이는 사람은 적을 만들지 않을 도리가 없습니다."

"특별히 떠오르는 인물이 있습니까?"

"너무 많은데요." 린데르가 희미하게 미소 지었다. "여러분, 오늘날의 사업계는 전쟁터입니다. 현재와 같은 시장 상황에서는 자선을 베풀거나 감상에 빠질 여유가 없습니다. 죽느냐 죽이느냐일 때가 많죠. 경제적 관점에서 그렇다는 말입니다. 하지만……."

"하지만?"

"하지만 우리 사업가들은 서로를 총으로 쏴대는 방법은 쓰지 않습니다. 따라서 저는 웬 기분 상한 경쟁자가 권총을 들고 일류 호텔 식당으로 걸어 들어와서 사적인 방법으로 장부를 결산하려고 했다는 가설은 기각해도 좋다고 믿습니다."

몬손이 무슨 생각이 떠오른 듯 몸을 뒤척였지만 아무 말도 하지 않았다. 마르틴 베크는 하는 수 없이 대화를 끌어갔다.

"누가 당신의 상사를 쐈는지 모르겠습니까?"

"범인을 제대로 보진 못했습니다. 제가 비케 옆에, 비케는 가까운 사이에서 부르던 이름입니다만, 앉아 있었기 때문에 범인에게 등을 돌리고 있기도 했고, 무슨 일이 벌어진 건지 얼른 알아차리지 못하기도 했습니다. 먼저 총성을 들었죠. 소리가 크지 않았고 별로 무섭지도 않았습니다. 그런데 비케가 식탁에 엎어지더군요. 저는 벌떡 일어나서 비케에게 몸을 숙였는데, 몇 초쯤 지난 뒤에야 중상을 입었다는 걸 깨달았습니다. 그래서 제가 돌아봤을 때는 범인이 사라진 뒤였고, 호텔 직원들이 사방에서 도우려고 달려오고 있었습니다. 이런 이야기는 그날 밤 경찰에게 다 말했습니다."

"압니다." 마르틴 베크가 말했다. "제가 질문을 제대로 던지지 못한 것 같군요. 제 말은, 어떤 사람이 그런 짓을 했을까 하는 점에 대해서 의견이 있으신가 하는 거였습니다."

"미친 사람이죠." 맛스 린데르는 추호의 망설임도 없이 대답했다. "미친 사람이 아니고서야 누가 그런 짓을 하겠습니까."

"팔름그렌 사장은 운 나쁘게 선택된 희생자였다는 겁니까?"

린데르는 그 점을 생각해보았다. 그러더니 다시 희미한 미소를 지으면서 말했다. "그건 경찰이 알아낼 일이죠."

"제가 듣기로 팔름그렌 사장은 해외에서도 사업을 많이 했다고요?"

"맞습니다. 다양한 영역에서 활동했죠. 우리가 여기서 하는 일은 원래의 사업, 즉 통조림용 생선을 수출입하는 일입니다. 이 회사는 비케의 부친인 1대 팔름그렌 사장이 세웠습니다. 저는 나이가 어려서 그분은 못 뵈었습니다만. 다른 해외 사업이라면 저는 거의 모릅니다."

린데르는 잠시 멎었다가 덧붙였다. "하지만 앞으로는 아마 그런 영역에도 더 익숙해져야 하겠죠."

"이제 이…… 사업체 전체의 책임은 누가 맡습니까?"

"샬로테겠죠. 샬로테가 유일한 상속인일 겁니다. 자녀나 다른 친척은 없으니까요. 하지만 그 문제는 변호사들이 확인해봐야 할 겁니다. 선임 변호사가 휴가중에 황급히 돌아왔습니다. 금요일 밤에 돌아와서 지금 조수들과 함께 서류를 검토하는 중입니다. 당분간 우리는 평소대로 일할 테고요."

일한다고? 마르틴 베크는 생각했다.

"당신은 팔름그렌 사장의 후계자가 될 생각입니까?" 몬손이 불쑥 끼어들었다.

"아니요. 그렇게 말하진 않겠습니다. 게다가 저는 이렇게 큰 사업체를 운영하는 데 필요한 경험도 재능도……."

린데르가 말을 뚝 끊었다. 몬손은 더 파고들지 않았다. 마르틴 베크도 말이 없었다. 결국 린데르가 다시 입을 열었다.

"지금으로서는 현재 위치에 전적으로 만족합니다. 그리고 제가 장담하는데 이 사업 하나만 운영하는 데도 품이 꽤 든답니다."

"청어는 좋은 사업입니까?" 마르틴 베크가 물었다.

린데르는 너그럽게 미소 지었다.

"음, 우리가 청어만 취급하는 것은 아닙니다만. 아무튼 회사의 재정 상태는 매우 건실하다고 말씀드릴 수 있습니다."

마르틴 베크는 새로운 방향으로 공격해야 할 필요를 느꼈다.

"그날 저녁의 참석자들을 모두 잘 아시겠지요."

린데르는 잠시 생각하다가 대답했다. "네. 브로베리 지사장의 비서를 제외하고."

남자의 얼굴에 언뜻 적대감이 비치지 않았나? 마르틴 베크는 뭔가 있다고 보고 밀어붙였다.

"브로베리 지사장은 당신보다 연배가 높죠. 나이도 그렇고,

팔름그렌과 함께 일한 경력도 그렇고."

"네, 마흔다섯쯤 될 겁니다."

"마흔셋입니다." 마르틴 베크가 말했다. "그분이 팔름그렌 사장과 함께 일한 지는 얼마나 됐습니까?"

"1950년대 중반부터니까 십오 년쯤 됐겠군요."

맛스 린데르는 이 주제가 싫은 게 분명했다.

"그런데도 당신이 더 높은 자리에 있죠?"

"무엇을 높은 위치로 보느냐에 따라 다르겠죠. 함푸스 브로베리는 스톡홀름에서 그곳 부동산 회사를 맡고 있습니다. 주식 거래 사업도 맡고 있고."

린데르의 얼굴에 확연한 반감이 떠올랐다. 밀어붙여야겠군, 마르틴 베크는 생각했다. 조만간 남자가 말실수할지도 몰라.

"팔름그렌 사장은 분명 브로베리보다 당신을 더 신뢰한 것 같은데요. 브로베리는 십오 년이나 일했지만 당신은…… 아, 일하신 지 얼마나 됐습니까?"

"오 년 되어갑니다." 맛스 린데르가 대답했다.

"팔름그렌 사장은 브로베리를 안 믿었습니까?"

"너무 믿었죠."

린데르는 불쑥 내뱉고는 방금 한 말을 취소하고 기록에서도 지우고 싶다는 표정으로 입을 꾹 다물었다.

"당신은 브로베리를 신뢰하지 못할 인물로 보십니까?" 마르틴 베크는 잽싸게 물었다.

"그 질문에는 답하고 싶지 않습니다."

"당신과 그분 사이에 갈등이 있었습니까?"

린데르는 잠시 말이 없었다. 상황을 판단하려는 것 같았다.

"네." 한참 만에 그가 말했다.

"어떤 갈등이었습니까?"

"철저히 사적인 사업상의 문제였습니다."

"그가 회사에 충성하지 않는다고 보십니까?"

린데르는 대답이 없었다. 괜찮았다. 이미 대답한 것이나 마찬가지였다.

"음, 그러면 우리가 브로베리 지사장과 그 문제에 대해서도 이야기해봐야겠군요." 마르틴 베크가 아무렇지도 않은 듯 말했다.

책상 뒤의 남자는 안주머니에서 길고 가는 시가를 꺼내어 셀로판 포장을 벗기고 찬찬히 불을 붙였다.

"이 문제가 내 상사의 살인 사건과 무슨 관계인지 모르겠군요."

"아무 관계 없을 수도 있겠죠." 마르틴 베크가 말했다. "그래도 우리는 살펴봐야 합니다."

"두 분이 제게 더 알고 싶은 게 있습니까?" 린데르가 시가를 빼끔거리면서 물었다.

"수요일 오후에 회의가 있었지요?"

"네."

"어디서?"

"여기서."

"이 방에서요?"

"아니요. 회의실에서."

"무슨 회의였습니까?"

"내부적인 일이었습니다. 회의에서 오간 말을 자세히 알려드릴 방법은 없고, 방법이 있더라도 안 하겠습니다. 팔름그렌 사장이 한동안 일에서 손뗄 예정이었기 때문에 우리에게 스칸디나비아 업무 상황을 보고받고자 했다는 것만 말씀드리겠습니다."

"그 자리에서 그가 뭔가 질책한 게 있었습니까? 팔름그렌 사장이 못마땅하게 여긴 점이 있었습니까?"

대답은 잠깐 지체한 뒤 나왔다.

"없었습니다."

"당신은 그가 질책해야 하는 상황이라고 여겼습니까?"

린데르는 대답하지 않았다.

"우리가 함푸스 브로베리와 이야기해보는 데 반대하십니까?"

"오히려 그 반대죠." 린데르가 중얼거렸다.

"죄송합니다만, 잘 못 들었습니다."

"아무것도 아닙니다."

침묵. 마르틴 베크는 이제 이 방향으로 더 밀어붙일 수 없을 것 같았다. 뭔가 냄새가 났지만 이 일이 살인과 관계있다는 증거는 없었다.

몬손은 내내 목석 같았다. 린데르는 잠자코 기다렸다.

"아무튼 팔름그렌 사장이 브로베리보다 당신을 더 신뢰했던 건 확실해 보입니다." 마르틴 베크는 명백한 사실인 양 말했다.

"그럴 수 있습니다." 린데르가 건조하게 대꾸했다. "아무튼 그 문제는 그의 죽음과 아무 관계 없습니다."

"두고 봐야죠." 마르틴 베크가 말했다.

린데르의 눈에 불꽃이 튀었다. 화난 걸 감추려고 애쓰고 있었다.

"자, 귀한 시간을 많이 잡아먹었군요." 마르틴 베크가 말했다.

"네, 솔직하게 말하자면 그렇습니다. 이 대화는 빨리 매듭지을수록 좋겠죠. 두 분께나 제게나. 똑같은 이야기를 반복할 이유는 없을 테니까요."

"그러면 일단 이걸로 마치겠습니다." 마르틴 베크는 일어서려고 하면서 말했다.

"고맙습니다." 린데르가 말했다. 비아냥과 극도의 경계심이 담긴 목소리였다.

이때 몬손이 앉은 채로 자세를 가다듬더니 느릿느릿 말했다.

"괜찮다면 나도 몇 가지 묻겠습니다."

"뭐지요?"

"샬로테 팔름그렌과 어떤 사이입니까?"

"아는 사이입니다."

"얼마나 잘 압니까?"

"그건 제 사생활입니다."

"그렇긴 하죠. 그래도 질문에 답해줬으면 좋겠는데요."

"어떤 질문에?"

"팔름그렌 부인과 관계를 맺는 사이입니까?"

린데르는 싸늘하게 비난하는 눈길로 몬손을 보았다.

일 분쯤 침묵한 뒤, 남자는 시가를 재떨이에 뭉개면서 말했다. "네."

"애정 관계?"

"성적 관계입니다. 경찰도 이해할 만한 표현으로 단순하게 말하자면 가끔 같이 자는 사이입니다."

"그런 관계를 맺은 지 얼마나 됐습니까?"

"이 년."

"팔름그렌도 알았습니까?"

"아닙니다."

"그가 알았다면, 어떻게 반응했을까요?"

"모르겠습니다."

"반대하지 않았을까요?"

"꼭 그랬을지는 모르겠습니다. 샬로테와 나는 생각이 자유로운 사람들입니다. 관습 따위는 신경쓰지 않습니다. 빅토르 팔름그렌도 그런 사람이었습니다. 게다가 그 결혼은 감정적으로 헌신하는 관계라기보다는 실용적인 계약에 가까웠습니다."

"언제 마지막으로 만났습니까?"

"샬로테요? 두 시간 전에."

몬손은 가슴주머니를 뒤져서 이쑤시개를 하나 더 꺼냈다. 그리고 그것을 들여다보면서 물었다. "여자가 침대에서는 어떻습니까?"

맛스 린데르는 말문이 막혀서 몬손을 노려보다가 이윽고 말했다. "당신 제정신입니까?"

마르틴 베크와 몬손은 일어나서 인사를 건넸다. 상대의 답은 듣지 못했다. 흑발의 유능한 비서가 두 사람을 다시 대기실로 안내했다. 프런트 데스크의 금발 직원은 전화를 붙들고 사적인 대화를 속닥거리고 있었다.

두 사람이 차에 앉았을 때 몬손이 말했다.

"영리한 친구로군요."

"그러게요."

"거짓말했다가 들통날 것 같은 상황에서는 사실을 말할 만큼 영리하군요. 팔름그렌에게 쓸모가 많은 친구였겠어요."

"맛스 린데르에게는 훌륭한 선생이 있었던 것 같고." 마르틴 베크가 말했다.

"문제는 사람이 총에 맞는 일을 일으키지 않을 만큼 영리한가 하는 건데." 몬손이 말했다.

마르틴 베크는 그저 으쓱했다.

12.

렌나르트 콜베리는 어떻게 해야 좋을지 알 수 없었다.

그가 떠맡은 일은 불쾌하고 무의미해 보였다. 하지만 그 일이 까다로울 것이라는 예상은 조금도 하지 못했다. 그저 몇 명에게 전화를 걸어서 이야기를 나누면 그만일 줄 알았다.

오전 10시 조금 전, 콜베리는 베스트베리아의 남부 경찰서를 나섰다. 경찰서는 조용하고 평온했다. 인력이 부족한 탓이었다. 반면 일이 부족할 일은 없었다. 복지국가가 제공한 비옥한 표토에서 어느 때보다 다양한 범죄가 왕성하게 자라고 있었으니까.

이런 현상의 이유는 수수께끼였다. 적어도 국정 운영을 맡은 사람들, 그리고 사회가 매끄럽게 기능하도록 만드는 어려운 일을 맡은 전문가들이 보기에는 수수께끼였다.

지형학적으로 근사한 경관과 정돈되고 세련되기까지 한 외관 밑에서, 스톡홀름은 사실 마약중독과 성적 일탈이 어느 때보다 판치는 아스팔트 정글이 되어 있었다. 파렴치한 장사꾼들은 극도로 외설적인 포르노를 유통시켜서 사실상 합법적으로 엄청난 수익을 올렸다. 전문 범죄자들은 수가 늘었을뿐더러 더 조직화되었다. 가난한 프롤레타리아 계층이 생겨났는데 특히 노인이 많았다. 심한 인플레이션 탓에 세계에서 생활비가 가장 비싼 도시 중 하나가 되었고, 최근 조사에 따르면 많은 은퇴자가 생활비를 아끼기 위해서 개나 고양이 사료로 연명한다고 했다.

청소년 범죄와 알코올의존증이 증가세라는 사실(후자는 물론 과거부터 줄곧 문제였다)에 놀라는 사람은 공무원 조직과 내각의 높은 양반들뿐이었다.

스톡홀름이 이렇게 되다니.

콜베리가 나고 자란 도시는 이제 거의 사라졌다. 도시계획자들의 허가하에, 부동산 투기꾼들의 증기삽과 이른바 교통 전문가들의 불도저가 썩 괜찮던 옛 주거지를 대부분 초토화했다. 몇 안 되나마 옛 문화를 보존하고 있는 동네들은 이제 처량해 보였다. 도시의 옛 성격, 분위기, 생활양식이 사라졌다. 혹은 바뀌었다. 이제는 어떻게 손을 쓰기도 어려웠다.

그동안 경찰 조직 내에서도 잡음이 더 많이 생겨났다. 경찰은 과중한 업무에 시달렸는데, 인력 부족이 한 이유였지만 그 밖에 더 중요한 다른 이유들도 있었다. 경찰관을 무턱대고 많이 모집하는 것보다는 더 나은 사람들을 모집하는 것이 더 중요했다. 하지만 아무도 그런 생각은 하지 않는 듯했다.

렌나르트 콜베리는 이런 생각에 빠져 있었다.

함푸스 브로베리가 관리한다는 주택단지로 가는 데는 시간이 꽤 걸렸다. 그곳은 스톡홀름에서도 한참 남쪽, 콜베리가 어릴 때는 그냥 시골이어서 학교에서 단체로 소풍 가던 지역에 있었는데, 지금은 지난 몇 년간 우후죽순 생겨난 영리 위주의 주거 단지 중 하나가 되어 있었다. 황량한 벌판에 날림으로 지어 올린 고층 아파트가 모여 있는 곳. 건물주에게 최대의 수익을 보장하고 불행하게도 그곳에 살게 된 세입자들에게는 불쾌함과 불편함을 보장하는 것이 유일한 목적인 곳. 주택 공급이 오랫동안 인위적으로 수요에 미달하는 수준으로 유지되어왔기 때문에, 이제 이런 아파트조차 수요가 많았다. 집세도 천문학적인 수준이었다.

단지의 관리 사무소는 그나마 제일 나은 공간을, 나름대로 정성껏 지은 공간을 차지했을 터였다. 그러나 그곳도 이미 벽에서 습기가 배어났고 심하게 휜 문설주와 석조부 사이에 틈이 벌어져 있었다.

하지만 콜베리의 관점에서 가장 큰 단점은 함푸스 브로베리가 그곳에 없다는 점이었다.

널찍하고 꽤 세련되게 갖춰진 브로베리의 개인 사무실 외에도 회의실 하나와 작은 방 두 개가 더 있었다. 작은 방에서 남자 관리인 한 명과 여자 직원 두 명이 근무했다. 한 여자는 쉰 줄이었고, 다른 여자는 갓 열아홉 살을 넘은 듯했다.

나이 많은 여자 쪽은 진짜 악질처럼 보였다. 콜베리가 추측하기로 여자의 주 업무는 세입자를 을러서 쫓아내거나 수리 요청을 거절하는 일일 듯했다. 어린 여자는 서투르고 못생기고 여드름이 났으며 아마 괴롭힘에 시달리는 듯했다. 남자 관리인은 체념한 표정이었다. 그의 일은 하수구와 변기를 아주 못 쓰진 않을 정도로만 손보면서 누구로부터도 감사라곤 듣지 못하는 일일 것 같았다.

콜베리는 악질과 상대해야 한다는 가정하에 접근했다.

아뇨, 브로베리 사장님은 안 계신데요. 금요일 오후 이후로 안 오셨어요. 그날 사무실에 십 분쯤 계시다가 서류 가방을 챙겨 가셨어요.

아뇨, 브로베리 사장님이 언제 돌아올 거라는 말씀은 안 했는데요.

아뇨, 여자 직원 중에 헬레나 한손이라는 사람은 없고 생전 처음 듣는 이름인데요.

물론 브로베리 사장님이 쓰는 사무실이 시내에 하나 더 있죠. 쿵스가탄 거리에. 사장님도 한손 씨라는 사람도 거기 있지 않을까요.

아뇨, 팔름그렌 회장님은 부동산 관리에는 관여하지 않아요. 단지가 사 년 전에 지어졌는데 그동안 딱 두 번 오셨어요. 두 번 다 브로베리 사장님과 함께.

관리 사무소에서 무슨 일을 하느냐고요? 그야 집세를 걷고 단지 내 질서를 유지하죠.

"세상에서 가장 쉬운 일이라고는 할 수 없답니다." 악질이 신랄하게 말했다.

"그래요, 눈에 선합니다." 콜베리는 이렇게 대꾸하고 나왔다.

다시 운전해서 가는 동안, 콜베리는 셰르마르르브링크에 있는 자기집을 유혹적일 만큼 가깝게 지나쳤다. 거기 콜베리의 가족이 있었다. 곧 두 살이 되는 딸 보딜이 있었고, 무엇보다도 나날이 예뻐지고 고혹적인 매력을 뿜는 아내 군이 있었다. 관능주의자인 콜베리에게 군은 그 이상 좋을 수 없는 아내였다.

하지만 그는 강철 같은 의지를 발휘했다. 심호흡하고, 셔츠 소매로 이마의 땀을 닦고, 시내 쪽으로 차를 몰았다. 이내 쿵스가탄 거리에 다다랐다. 그는 차를 세우고 내려서 건물 현관으로 들어간 뒤, 주소를 제대로 찾아왔는지 확인했다.

입주자 안내판을 보니 이 건물에는 주로 영화 회사들과 법률 회사들이 세들어 있는 듯했다. 그러나 그가 찾던 이름도 있었다.

4층에 '함푸스 브로베리 유한회사'뿐 아니라 '빅토르 팔름그렌 금융'도 있다고 적혀 있었다.

콜베리는 낡고 삐걱거리는 엘리베이터를 타고 올라갔다. 과연 코담뱃빛 문에 두 회사의 명판이 함께 붙어 있었다. 콜베리는 손잡이를 잡고 돌렸다. 문은 잠겨 있었다. 초인종이 있었지만, 콜베리는 무시하고 습관대로 주먹으로 문을 탕탕 쳤다.

웬 여자가 문을 열었다. 여자가 큰 갈색 눈으로 콜베리를 보면서 말했다. "세상에, 무슨 일이시죠?"

"브로베리 씨를 만나러 왔습니다."

"안 계십니다."

"당신이 헬레나 한손입니까?"

"아닙니다. 누구시죠?"

콜베리는 그제야 정신을 가다듬고 뒷주머니에서 신분증을 꺼냈다.

"죄송합니다. 이놈의 더위 때문인가 봅니다."

"경찰이시군요."

"네. 콜베리라고 합니다. 잠시 들어가도 되겠습니까?"

"물론입니다." 여자는 대답하고 옆으로 비켜섰다.

콜베리가 들어선 방은 지극히 평범한 사무실이었다. 책상, 폴더, 타자기, 서류함, 그 밖의 사무용품들이 있었다. 안쪽에 반쯤 열린 문으로 또 다른 방이 보였다. 함푸스 브로베리의 개인 사무실 같았다. 책상 하나와 대형 금고 하나로 꽉 차 보이는 방은 비서의 방보다 작지만 더 안락하게 꾸며져 있었다.

콜베리가 둘러보는 동안, 여자는 문을 잠그고 와서 캐묻는 눈으로 그에게 물었다. "왜 제게 한손이냐고 물으셨죠?"

여자는 서른다섯쯤 되어 보였다. 날씬하고 가무잡잡했으며, 눈썹이 굵고 머리카락이 짧았다.

"브로베리 씨의 비서이신 줄 알았습니다." 콜베리가 멍하니 말했다.

"제가 브로베리 사장님의 비서입니다."

"아, 그렇다면……."

"하지만 제 이름은 한손이 아닙니다." 여자가 말을 이었다. "결혼 전 성도 아니고요."

콜베리가 여자를 슬쩍 보니, 왼손 약지에 두꺼운 금반지가 두 개 끼워져 있었다.

"그러면 성함이 어떻게 되십니까?"

"사라 모베리입니다."

"지난 수요일에 팔름그렌 사장이 총에 맞았을 때 말뫼에 계시지 않았습니까?"

"아닙니다."

"저희가 알기로는, 브로베리 씨가 말뫼에 있을 때 비서와 함께였다던데요."

"그렇다면 딴 사람입니다. 저는 출장에는 동행하지 않습니다."

"그 비서의 이름이 한손이라던데요." 콜베리는 고집스럽게 말하면서 바지 주머니에서 한 귀퉁이가 접힌 종이쪽지를 꺼냈다. 그리고 그것을 뚫어져라 보면서 말했다. "헬레나 한손 씨. 여기 그렇게 적혀 있는데요."

"그런 분은 모릅니다. 게다가 저는 결혼했고 아이도 둘 있습니다. 아까 말씀드렸듯이, 출장에는 동행하지 않습니다."

"그러면 이 한손이라는 사람은 누구일까요?"

"모르겠습니다."

"회사의 다른 분야에서 일하는 직원일까요?"

"그렇더라도 저는 못 들어본 이름입니다." 여자는 예리한 눈으로 콜베리를 보면서 마저 말했다. "지금 이 순간까지는." 그 다음 막연한 말을 덧붙였다. "물론, 흔히 출장 비서라고 불리는 사람들이 있기는 합니다."

콜베리는 이 주제를 포기했다.

"브로베리 씨를 마지막으로 언제 봤습니까?"

"오늘 아침에요. 10시 좀 넘어서 오셔서 사무실에 이십 분쯤 있다가 나가셨습니다. 은행에 가신 것 같습니다."

"지금은 어디 있을까요?"

여자는 시계를 흘끗 보고 대답했다. "아마 집에요."

콜베리는 손에 쥔 쪽지를 보았다.

"리딩예에 산다고요?"

"네, 셰데르베겐 거리에 사십니다."

"결혼했습니까?"

"네. 열일곱 살 된 따님도 있습니다. 하지만 따님과 부인은 집에 안 계십니다. 스위스로 휴가 가셨습니다."

"확실합니까?"

"네. 제가 직접 비행기표를 예약했으니까요. 지난 금요일에. 당일에 바로 떠나신 걸 보면 즉흥적인 결정이었던 것 같습니다."

"브로베리 씨는 지난 수요일 말뫼에서 그 일이 벌어진 뒤에도 평소처럼 일했습니까?"

"아니요." 여자가 대답했다. "아니요, 평소대로였다고는 말할 수 없죠. 목요일에는 아주 긴장된 분위기였습니다. 그때까지는 상황이 불확실했으니까요. 금요일에서야 팔름그렌 사장님이 돌아가셨다는 소식을 들었죠. 브로베리 사장님은 금요일에 여기 한 시간쯤 나와 계셨습니다. 오늘은 아까 말씀드렸듯이 이십 분쯤 계셨고요."

"언제 돌아오겠다는 말은 없었습니까?"

여자는 고개를 저었다.

"보통은 사무실에 그보다 더 오래 있습니까?"

"그럼요. 거의 늘 여기 계십니다. 저 방에서 일하십니다."

콜베리는 안쪽 문으로 걸어가서 함푸스 브로베리의 방을 훑어보았다. 책상에 까만 전화기가 세 대 있었고, 금고 옆에 우아한 여행 가방이 서 있었다. 크진 않지만 돼지가죽으로 만들어진 가방이었고, 끈 두 줄이 위쪽에서 버클로 여며져 있었다. 새것 같았다.

"브로베리 씨가 토요일이나 일요일에 여기 나왔었는지 아십니까?" 콜베리가 물었다.

"음, 누가 여기 오긴 했습니다. 저희는 토요일에 일하지 않기 때문에, 저는 평소대로 주말 내내 쉬었습니다. 그랬다가 오늘 아침에 출근했더니 그사이 누가 물건을 좀 옮긴 게 눈에 들어오더군요."

"그 누군가가 브로베리 씨 말고 다른 사람일 가능성도 있습니까?"

"거의 없습니다. 이 사무실 열쇠는 사장님과 저만 갖고 있습니다."

"브로베리 씨가 오늘 돌아올 것 같습니까?"

"모르겠습니다. 은행에서 곧장 귀가하실 수도 있죠. 그럴 가능성도 큽니다."

"리딩예라." 콜베리는 중얼거렸다. "셰데르베겐 거리."

콜베리의 집에서 점점 더 멀어지고 있었다.

"안녕히 계십시오." 그는 갑자기 말하고 그곳을 나섰다.

차로 돌아오니 이제 푹푹 쪘다. 콜베리는 땀을 뻘뻘 흘리면서 리딩예로 차를 몰았다.

베르탄 해협을 건너면서 보니, 프리함넨 항구에 큰 배 여러 척과 유람선 수백 척이 들어와 있었고 배마다 반쯤 벌거벗고 일광욕하는 휴가객들이 가득했다. 콜베리는 이렇게 여기저기 쏘다니는 게 바보짓이라는 생각이 들었다. 그냥 경찰서에 앉아서 전화로 그 사람들에게 베스트베리아로 출두하라고 명령했어야지. 하지만 그랬다면 아무도 안 나타났을 테고, 콜베리는 분통 터져 죽었을 것이다. 게다가 마르틴 베크가 급한 일이라고 했다.

리딩예의 셰데르베겐 거리에 있는 집들은 최고급은 아니었다. 그래도 콜베리가 보고 온 꾀죄죄한 주택단지와는 하늘과 땅 차이였다. 여기 사는 사람들은 팔름그렌이나 브로베리 같은 인간들에게 고혈을 빨리는 불행을 겪지 않았다. 크고, 비싸 보이고, 빈틈없이 가꿔진 잔디밭이 딸린 단층 주택들이 길 양쪽에 늘어서 있었다.

함푸스 브로베리의 집은 닫혀 있었고 괴괴했다. 차고까지 타이어 자국이 나 있었지만, 콜베리가 차고 옆면의 작은 창으로 들여다보니 안이 비어 있었다. 분위기로 보아 얼마 전까지만 해도 차가 두 대 세워져 있었던 것 같았다. 콜베리가 초인종을 누르고 대문을 두드려도 아무도 나오지 않았다. 큰 창들에는 블라인드가 내려져 있어서 집안을 살짝 엿보는 것도 불가능했다.

콜베리는 헐떡거리며 옆집으로 갔다. 옆집은 브로베리의 집보다 더 크고 세련되었다. 문패의 이름도 귀족 집안 이름이었다. 정확히는 몰라도 하여간 귀족처럼 들리는 이름이었다.

콜베리는 초인종을 눌렀다. 키 큰 금발 여성이 문을 열었다. 차가운 인상에 오만한 태도였다.

콜베리가 신분을 밝히자 여자는 업신여기는 눈으로 그를 볼 뿐 들어오라고 말할 마음은 없는 듯했다.

그가 용건을 말했더니 여자가 차갑게 대꾸했다.

"우리는 이웃을 염탐하는 취미가 없습니다. 난 브로베리 씨를 모르니까 도와드릴 수 없어요."

"유감이군요."

"당신에게는 그렇겠지만 나한테는 아니에요."

"이만 가보겠습니다." 콜베리가 말했다.

콜베리를 감정하듯이 뜯어보던 여자가 문득 난데없는 질문을 던졌다. "누가 당신을 여기로 보냈죠?"

여자의 목소리와 파란 눈동자에 의심이 어려 있었다. 여자는 서른다섯에서 마흔 사이로 보였다. 아주 잘 관리된 몸이었다. 콜베리는 여자가 누구를 닮았다는 생각이 들었지만, 누구인지 떠오르지 않았다.

"안녕히 계십시오." 그는 맥없이 으쓱하면서 말했다.

"가세요." 여자가 쐐기를 박듯이 말했다.

콜베리는 차로 돌아와서 종이쪽지를 보았다.

헬레나 한손의 주소는 바사스타덴의 베스테로스가탄 거리였고 전화번호도 있었다. 콜베리는 리딩예의 레욘베겐 거리에 있는 경찰서로 갔다. 사복 경찰관 몇 명이 종이컵으로 탄산음료를 마시면서 이번 주 축구 복권을 어떻게 찍을지 고민하고 있었다.

"'고 어헤드 데벤터르'가 어떨지 압니까?" 한 명이 콜베리에게 물었다.

"전혀." 콜베리가 대답했다.

"'영 보이스'는?"

"그게 무슨 이름들입니까?"

"'고 어헤드 데벤터르'하고 '영 보이스'. 축구팀요. 축구 복권에서 붙는 팀. 하지만 어디 팀인지 알아야 말이지. 축구 복권 있잖소."

콜베리는 통통한 어깨를 으쓱했다. 축구는 콜베리가 손톱만큼도 흥미 없는 일 중 하나였다.

"'고 어헤드 데벤터르'는 데벤터르 팀이겠죠." 콜베리가 말했다. "네덜란드 도시."

"젠장, 국가살인수사과는 그런 것도 아나 보네. 그 팀이 잘할 것 같습니까?"

"그냥 전화 한 통 빌려 쓰려고 왔습니다만." 콜베리가 지친 목소리로 말했다.

"쓰세요. 아무거나."

콜베리는 헬레나 한손의 전화번호를 돌렸다. 고장 신호가 들렸다. 전화국에 걸어서 그 번호의 정보를 요청했더니, 사용이 중단된 번호라고 했다.

"함푸스 브로베리라는 사람 압니까?" 콜베리는 복권을 찍고 있는 두 경찰관에게 물었다.

"그럼요. 셰데르베겐에 살죠. 그 사람처럼 살려면 돈이 무진장 많아야 돼요."

"여기 주민은 다 괜찮은 사람들이죠." 한 경찰관이 말했다.

"한 번이라도 그 사람과 얽힌 일이 있었습니까?"

"아아뇨." 다른 경찰관이 컵에 탄산음료를 더 따르면서 말했다. "여기는 법과 질서가 지켜지는 동네예요."

"스톡홀름이 아니지." 아까 말했던 경찰관이 심술궂게 말했다. "범죄가 발생하더라도 고상한 내용이죠. 도끼로 남의 머리를 깨부수고 다니는 사람은 없단 말입니다. 늙다리 부랑자나 약에 취한 애들이 곳곳에 숨어 있진 않거든. 아무튼, '고 어헤드 데벤터르'에 거는 게 좋겠어."

두 경찰관은 콜베리에게 흥미를 잃었다.

"안녕히." 콜베리는 침울하게 말하고 떠났다.

바사스타덴으로 한참 차를 모는 동안, 콜베리는 리딩예에서도 세련된 겉모습 밑에서 범죄가 적잖이 벌어지고 있다는 사실을 떠올렸다. 차이라면 그곳 사람들은 더 부자라서 남부끄러운 치부를 더 쉽게 숨길 수 있다는 점뿐이었다.

베스테로스가탄 거리의 건물에는 엘리베이터가 없었다. 콜베리는 층마다 계단통이 다른 위치에 있는 계단을 다섯 층이나 터덕터덕 걸어 올라가야 했다. 노후한 건물이었다. 이곳 건물들이 대개 그렇듯이 건물주마저 방치한 곳이었다. 아스팔트 안마당의 쓰레기통 주변을 크고 통통한 쥐들이 돌아다녔다.

콜베리는 이 집 저 집 초인종을 눌러보았다. 여러 번 문이 열렸고, 다양한 사람들이 경계하는 눈으로 내다보았다.

이 동네 사람들은 경찰을 두려워했다. 그럴 이유가 충분했다.

헬레나 한손은 찾을 수 없었다.

그런 이름의 사람이 살고 있는지 예전에 살았는지 아는 주민도 없었다. 이곳 주민들에게는 경찰에 정보를 주는 것이 인기 좋은 여가 활동이 아닌 모양이었고, 어차피 이런 곳에서 사는 사람들은 보통 이웃을 거의 몰랐다.

콜베리는 밖으로 나왔다. 몇 시간 동안 흘린 땀에 이미 쫄딱 젖은 손수건으로 얼굴을 닦았다.

몇 분쯤 생각해보다가, 포기하고 집으로 갔다.

한 시간 뒤, 군이 물었다. "렌나르트, 그런데 왜 그렇게 비참해 보여?"

콜베리는 샤워하고, 식사하고, 아내와 사랑을 나누고, 다시 샤워하고, 이제 허리에 수건을 두르고 앉아서 찬 캔맥주를 들이켜는 중이었다.

"왜냐하면 비참하니까." 그가 대답했다. "이 망할 일 때문에……."

"그만둬."

"그렇게 간단한 문제가 아냐."

콜베리는 경찰관이었다. 그리고 경찰관인 이상, 가급적 좋은 경찰관이 되려고 애쓰는 걸 그만둘 수 없었다. 꼭 천성에 그런 충동이 새겨져 있는 것 같았다. 그것은 왜인지는 몰라도 그가 감당해야 하는 짐이었다.

콜베리가 마르틴 베크에게 받았던 지시는 간단하고 평범한 것이었지만, 그 때문에 지금 그는 궁지에 몰려 있었다. 콜베리는 인상을 찌푸리면서 말했다. "군, 출장 비서가 뭐야?"

"보통은 서류 가방에 잠옷, 칫솔, 피임약을 넣어 다니는 일종의 콜걸을 말해."

"창녀나 마찬가지네?"

"응. 너무 게을러서 출장지에서 여자를 구하는 것조차 귀찮아하는 사업가들이 애용하지."

콜베리가 곰곰 생각해보니 자신에게는 도움이 필요했다. 베스트베리아에서 구할 순 없었다. 휴가철이라 베스트베리아는 안 그래도 일손이 달렸다.

잠시 뒤 그는 한숨을 쉬고 전화기로 손을 뻗어서 쿵스홀름스가탄의 경찰서로 걸었다.

전화를 받은 사람은 콜베리가 가장 통화하고 싶지 않은 인물이었다.

군발드 라르손이었다.

"좀 어떠냐고?" 군발드 라르손이 퉁명스럽게 대꾸했다. "어떨 것 같나? 난 지금 칼로 찌른 사건, 쌍방 폭행, 강도, 환각제에 취해서 꼭지가 돈 외국인들이 벌인 사건에 목까지 잠겨 있어. 게다가 여기는 텅 비었고. 멜란데르는 베름되에 갔지, 뢴은 지난주 금요일 밤에 아리에플로그로 갔지, 스트룀그렌은 마요르카에 있지. 무더위에 사람들은 갈수록 더 날뛰고. 다들 판단력이고 뭐고 내버린단 말이야. 그래서 자네는 나한테 원하는 게 뭐지?"

콜베리는 군발드 라르손을 싫어했다. 콜베리가 보기에 그는 덩치 크고 아둔하고 속물적인 무뢰한일 뿐이었다. 판단력으로 말하자면, 그러는 군발드 라르손 자신도 거의 없었다. 아마 요람에서부터 내버렸을걸.

콜베리는 생각은 저렇게 했지만 말은 이렇게 했다. "음, 팔름그렌 사건 때문인데."

"난 그 사건에 관여하고 싶지 않아." 군발드 라르손이 득달같이 말했다. 이미 그 사건에 관계된 일로 충분히 고초를 겪은 군발드 라르손이었다.

좌우간 콜베리는 자신의 구슬픈 사연을 들려주었다.

군발드 라르손은 간간이 심술궂게 툴툴거리면서 들었다. 한번은 콜베리의 말을 끊고 이렇게까지 말했다. "그렇게 퍼질러 앉아서 재잘대봐야 아무 일도 안 돼. 그건 내 사건이 아니라고."

하지만 이야기의 어느 대목인가가 그의 흥미를 끈 모양이었다. 콜베리가 말을 마치자 군발드 라르손이 물었다. "리딩예의 셰데르베겐 거리라고 했나? 몇 번지지?"

콜베리는 번지수를 알려주었다.

"흠." 군발드 라르손이 말했다. "내가 자네를 도울 수 있을지도 모르겠군."

"그러면 고맙지." 콜베리는 없는 마음을 짜내어 말했다.

"솔직히 말하자면, 자네를 위해서 하는 건 아냐." 군발드 라르손은 말했다. 진심인 것 같았다.

물론 군발드 라르손의 말은 진심이었다.

콜베리는 군발드 라르손이 왜 갑자기 흥미를 보이는지 궁금했다. 너그러움은 군발드 라르손이 갖춘 덕목이 아니었다.

"한손이라는 창녀 말인데." 군발드 라르손이 심각하게 덧붙였다. "그건 풍기단속반하고 얘기해보는 게 좋을걸."

"내 생각도 그래."

"당연하지. 아귀가 맞잖아. 여자는 말뫼에서 처음 신문받을 때 신분증을 보여줘야 했을 거야. 하지만 집주소야 맘대로 지어낼 수 있었겠지. 그러니까 여자 이름은 진짜로 헬레나 한손일 거야."

콜베리도 그 정도 생각은 떠올린 뒤였지만, 구태여 입을 열진 않았다.

콜베리는 전화를 끊은 뒤 곧장 다시 걸었다.

이번에는 풍기단속반으로 걸어서 오사 토렐을 부탁했다.

13.

군발드 라르손은 통화를 마치자마자 내려가서 차를 타고 리딩예로 향했다.

긴장된 얼굴에 이상하게 음침한 미소가 떠올라 있었다.

그는 운전대에 얹은 자신의 큼직한 털북숭이 손을 보면서 뭐가 즐거운지 킬킬거렸다.

셰데르베겐 거리에 도착한 뒤, 군발드 라르손은 여전히 괴괴한 브로베리의 집에는 흘긋 눈길만 주고 곧장 옆집으로 가서 초인종을 눌렀다. 두 시간 전에 콜베리를 한껏 모욕하고 돌려세웠던 싸늘한 금발 여자가 이번에도 문을 열었다.

하지만 현관에 선 거인 같은 남자를 본 여자는 태도가 백팔십도로 변했다.

"군발드." 여자가 경악하면서 말했다. "대체…… 대체 어떻게 그 면상을 여기 들이댈 생각을 했지?"

"아." 군발드 라르손이 희롱하듯이 대답했다. "오래된 애정은 죽지 않는 법이지."

"십 년 넘게 못 본 게 정말 고마운 일이었는데."

"말 참 착하게 하는군."

"지난겨울에 네 얼굴이 신문에 실렸더라고. 그래서 신문을 몽땅 벽난로에 태워버렸지."

"정말 착하다니까."

여자는 금색 눈썹을 의심스레 찌푸리면서 물었다. "아까 웬 뚱뚱보를 여기 보낸 게 너야?"

"아니야. 하지만 사실 같은 이유로 찾아왔지."

"미쳤네."

"그런 것 같나?"

"아무튼 난 아까 그 남자한테도 했던 말밖에 할 게 없어. 난 이웃을 염탐하지 않아."

"그러셔? 됐고, 집에 들여보내줄 거야 말 거야? 아니면 내가 이 염병할 나무문이랑 석고 패널까지 몽땅 걷어차 부수고 들어가야겠나?"

"창피한 줄 알아야지. 하지만 너는 낯이 워낙 두꺼우니까 창피 따위는 모르겠지."

"갈수록 더 그렇지 뭐야."

"현관에 서서 나를 욕보이게 하느니 들어오게 하는 편이 낫겠지."

여자는 문을 열었다. 군발드 라르손은 집안으로 들어섰다.

"네게 쥐여사는 남편은 어딨나?" 그가 물었다.

"후골드는 참모총장실에서 일해. 책임이 막중한 자리인데다가 요즘 특히 바빠. 참모총장이 휴가중이라."

"엿이나 잡수라지. 그자는 십삼 년 동안 널 자빠뜨리지도 못한 모양이야? 몇 년인지는 정확히 모르겠지만."

"십일 년." 여자가 말했다. "그리고 말조심해. 나 혼자 있는 게 아니니까."

"그러셔? 애인이라도 왔나? 귀여운 사관생도들?"

"천박한 말은 자제하시지. 옛친구가 차 한잔 마시러 들렀어. 소니아라고, 아마 기억할 텐데."

"아니, 기억 안 나. 고맙게도."

"소니아는 그동안 좀 순탄치 못하게 살았어." 여자가 금발 머리카락을 가볍게 매만지면서 말했다. "아무튼 점잖은 직업을 갖고 있으니까. 치과 의사야."

군발드 라르손은 대꾸하지 않았다. 그는 여자를 따라 아주 넓고 우아한 거실로 들어섰다. 낮은 탁자에 은제 찻잔 세트가 놓여 있었고, 키 크고 호리호리한 갈색 머리 여자가 소파에 앉아서 영국식 비스킷을 야금야금 먹고 있었다.

"우리 큰오빠야." 금발 여자가 말했다. "불행하게도. 이름은 군발드. 직업은…… 경찰. 경찰이 되기 전에는 그냥 건달이었고. 마지막으로 본 지 십 년이 넘었는데 그전에도 자주 보진 않았어."

"왜 갑자기 점잖게 굴고 이러셔." 군발드 라르손이 말했다.

"오빠에겐 그렇겠지. 말해봐, 아버지가 살아 계셨던 마지막 육 년 동안은 뭘 했어?"

"선원이었지. 이 집안의 그 누구보다 훌륭한 일을 했다고 말할 수 있지."

"책임은 우리가 다 지게 해놓고." 여자가 신랄하게 말했다.

"그래서 돈은 누가 다 차지하셨더라? 재산은?"

"오빠는 해군에서 불명예 제대하기 전에 이미 상속분을 흥청망청 다 썼잖아." 여자가 차갑게 대꾸했다.

군발드 라르손은 거실을 둘러보았다.

"아, 망할."

"무슨 뜻이야?"

"말 그대로야. 망할. 저 오십 센티미터짜리 은으로 된 수탉 같은 건 어디서 났어?"

"포르투갈에서. 크루즈로 세계 여행을 할 때 리스본에서 샀어."

"얼마나 줬나?"

"몇천 크로나." 여자가 무심하게 대꾸했다. "정확히는 기억 안 나. 지금은 직함이 뭐야? 순경?"

"선임 경사."

"아버지가 무덤에서 벌떡 일어나시겠군. 아직 경감인가 뭔가 하는 것도 못 달았단 말이야? 돈은 얼마나 벌어?"

"네 알 바 아냐."

"여기는 왜 왔어? 돈 꾸려고? 그런대도 놀랍지 않지만."

여자는 남매의 대화를 묵묵히 듣고 있는 친구에게 엄연한 사실을 말하듯이 태연히 덧붙였다. "오빠는 불손한 걸로 유명해."

"맞아." 군발드 라르손은 자리에 앉으면서 말했다. "잔이나 하나 더 가져오지."

여자는 방을 나갔다. 군발드 라르손은 어린시절의 친구를 호기심 어린 눈길로 쳐다보았다. 상대는 눈을 마주치지 않았다. 둘 다 말이 없었다.

군발드 라르손의 동생이 은제 컵홀더를 끼운 유리잔을 무늬가 새겨진 작은 은쟁반에 얹어 나왔다.

"왜 온 거야?"

"너도 알잖아. 지금부터 내게 브로베리라는 사람하고 그 상사에 대해서 아는 바를 하나도 빠뜨리지 말고 말해줘야겠어. 상사의 이름은 팔름그렌. 지난주 수요일에 죽었지."

"죽어?"

"그래. 신문 안 읽나?"

"읽을지도 모르지. 하지만 오빠가 알 바 아냐."

"살해됐어. 총으로."

"살해? 총? 대체 무슨 끔찍한 일을 처리하고 다니는 거야?"

군발드 라르손은 무표정하게 잔에 차를 따랐다.

"있지, 아까 말했잖아. 난 이웃을 염탐하지 않아. 오빠가 아침에 보낸 그 망나니한테도 똑같이 말했어."

군발드 라르손은 차를 한 모금 마셨다. 그러더니 잔을 탕 내려놓았다.

"꼴불견은 그만 부리시지, 동생. 넌 걸음마를 뗀 순간부터 고양이처럼 호기심이 많았어. 난 네가 브로베리에 대해서 끝내주게 많이 안다는 걸 알아. 팔름그렌에 대해서도. 너랑 쥐새끼 같은 네 남편 모두 두 사람을 알걸. 너희 그 고상하신 계층 사람들이 어떻게 사는지는 나도 제법 잘 아니까."

"상스럽게 굴어서 될 일이 아니야. 어쨌든 난 아무 말 안 할 거야. 더구나 오빠한테는."

"그렇게 나온다 이거지. 그러면……."

여자는 조롱하듯이 군발드 라르손을 보면서 말했다. "그러면, 뭐?"

"그러면 이 동네 제복 순경을 불러서 함께 반경 일 킬로미터 내의 모든 집을 돌아다닐 거야. 내 소개를 하고, 내 여동생이 바보 천치라서 하는 수 없이 다른 주민들에게 도움을 구한다고 말할 거야."

여자는 말문이 막혀서 그를 응시하다가 마침내 중얼거렸다.

"설마 정말로 그럴 생각은……."

"제대로 들었어. 정말로 그럴 거야. 그러니까 당장 아는 걸 토해내는 게 나을걸."

동생의 친구는 이제 드러내진 않아도 분명히 흥미롭게 남매의 대화를 듣고 있었다.

긴장된 침묵이 흐른 뒤, 여자가 체념하고 말했다. "그래, 오빠는 그런 짓을 저지르고도 남을 인간이니까." 그러고는 곧장 말했다. "뭘 알고 싶어?"

"브로베리를 아나?"

"응."

"팔름그렌도?"

"대충. 파티에서 한두 번 만난 사이야. 하지만……."

"하지만?"

"아무것도 아냐."

"브로베리가 요 며칠간 뭘 했지?"

"내 알 바 아냐."

"그건 그렇지. 하지만 넌 분명 옆집에서 누가 움직일 때마다 일일이 훔쳐봤을 텐데. 말하시지."

"지난 금요일에 그 사람 가족이 떠났어."

"그건 나도 알아. 또?"

"같은 날 그가 자기 아내의 차를 팔았어. 흰색 페라리."

"어떻게 알지?"

"구매자가 왔었으니까. 두 사람이 집 앞에 서서 흥정했어."

"그런 것도 다 봤군. 또?"

"브로베리 씨가 지난 며칠간 저 집에서 자지 않은 것 같아."

"그건 어떻게 알지? 집에 들어가서 확인해봤나?"

여자는 절망하는 표정으로 대답했다. "오빠는 전보다 더 심해졌군."

"대답이나 해, 젠장."

"바로 옆집에서 벌어지는 일을 전혀 모르기도 어려운 법이야."

"맞아, 특히 너 같은 참견쟁이라면. 그래서 그가 집에는 안 왔다는 거지?"

"몇 번 오기는 했어. 내가 본 바로는 물건을 몇 가지 내가는 것 같았어."

"자동차 딜러 말고 또 온 사람이 있었나?"

"그게……."

"누가 언제 왔지?"

"금요일에 그가 금발 아가씨와 함께 왔어. 두 사람은 두 시간쯤 머물다가 뭔가 물건을 내와서 차에 실었어. 여행 가방들도 있었고 다른 물건들도 있었고."

"그렇군. 계속 얘기해봐."

"어제도 손님들이 왔었어. 아주 고상한 웬 커플과 변호사처럼 보이는 남자. 그 사람들은 함께 집을 둘러보면서 이것저것 살펴봤고, 내가 변호사 같다고 생각한 남자는 내내 뭔가를 적었어."

"무슨 일 같았지?"

"내 생각에는 브로베리 씨가 집을 팔려고 한 것 같아. 그리고 성공한 것 같아."

"그들의 대화를 들었나?"

"띄엄띄엄 듣지 않을 수 없었어."

"그랬겠지." 군발드 라르손이 건조하게 말했다. "대화로 보아 그가 집을 판 것 같다?"

"그래."

"가구랑 나머지 개똥 같은 것들도 다?"

"으, 대체 왜 그렇게 추잡하게 말하는 거야."

"넌 걱정 안 해도 되니까 대답이나 해. 왜 그가 판매에 성공했다고 생각하지?"

"왜냐하면 대화를 띄엄띄엄 들었으니까. 예를 들어, 그 사람들이 세상에서 제일 좋은 거래는 신속한 거래라고 말했어. 또 이런 거래는 누이 좋고 매부 좋은 거라고 말했어."

"계속 말해봐."

"그러고는 꼭 오랜 친구들처럼 헤어졌어. 악수하고 서로 어깨를 두드리고. 브로베리 씨가 손님들에게 물건을 몇 가지 넘겨줬고. 열쇠 같은 것들이었겠지."

"그다음엔?"

"손님들은 차를 몰고 떠났어. 까만 벤틀리."

"브로베리는?"

"두어 시간쯤 더 집에 있었어."

"뭘 했지?"

"난로에서 뭔가를 태웠어. 두 굴뚝에서 모두 연기가 한참 피어올랐거든. 내 생각에는……."

여자가 말을 끊었다.

"네 생각에는?"

"이상한 일이었지. 날씨가 이렇게 무더우니까."

"그러고는?"

"그가 블라인드를 모조리 내렸어. 그리고 차를 몰고 떠났어. 그후로는 그를 다시 못 봤어."

"여동생아." 군발드 라르손이 상냥하게 말했다.

"왜?"

"넌 훌륭한 경찰이 되었을 거야."

여자는 형언하기 어려운 표정으로 찡그렸다. "이렇게 계속 날 고문할 거야?"

"당연하지. 너는 브로베리를 얼마나 잘 알지?"

"이따금 얼굴을 보는 사이야. 이웃이니까 그럴 수밖에 없지."

"팔름그렌은?"

"아까 말했듯이 대충만 알았어. 브로베리 씨 집에서 열린 파티에 몇 번 함께 참석했었어. 한번은 우리가 마당에서 파티를 열었을 때 그 사람이 오기도 했고. 그럴 땐 예의상 이웃을 초대해야 하니까. 마침 팔름그렌 씨가 브로베리 씨 집에 와 있었기 때문에 함께 온 거야."

"팔름그렌은 혼자 왔나?"

"아니. 아내와 함께. 젊고 대단히 매력적인 여성."

"그렇군."

여자는 더 말이 없었다.

"자." 군발드 라르손이 말했다. "그들에 대한 네 의견은 어떻지?"

"아주 부유한 사람들이지." 여자가 사실적으로 말했다.

"너도 그렇고. 너랑 네 가짜 귀족 남편도."

"응. 맞아." 여자가 대꾸했다.

"유유상종이니까." 군발드 라르손이 철학적으로 말했다.

여자가 그를 한참 보더니 이윽고 날카롭게 말했다. "오빠가 꼭 알아줬으면 하는 점이 있어."

"뭔데?"

"그 사람들, 브로베리와 팔름그렌, 그들은 우리와는 달랐어. 돈이야 그들도 많지. 특히 팔름그렌은. 이제 과거형으로 말해야 하나. 하지만 그들에게는 스타일과 품위가 없어. 자기 앞길을 막는 것이라면 사람이든 뭐든 가차없이 짓밟는 사업가일 뿐이지. 내가 듣기로 브로베리는 무슨 악덕 부동산 업주라던데. 팔름그렌은 해외에서 수상쩍은 사업을 벌였고. 그런 사람들은 돈 덕분에 상류층에 입장할 수 있지만, 그래도 뭔가 부족해. 완전히 받아들여지지는 않아."

"흠, 말에 뼈가 있군. 달리 말해 너는 브로베리를 인정하지 않는다?"

"아니, 인정해. 하지만 순전히 그의 돈 때문이야. 팔름그렌도 마찬가지고. 그 사람은 재산 덕분에 거의 모든 곳에서 영향력을 발휘하지. 우리 사회는 팔름그렌이나 브로베리 같은 사람들에게 점점 더 많이 의존하게 됐어. 그런 이들이 정부나 의회보다 더 국가 운영에 영향력을 발휘할 때가 많지. 따라서 우리 같은 사람들도 그들을 받아들일 수밖에 없고."

군발드 라르손은 역겨운 표정으로 동생을 보았다.

"뭐, 그러시다면야." 그가 말했다. "하지만 나는 머지않은 미래에 너를 포함한 상류층 쓰레기들이 모두 놀라 자빠질 일이 벌어질 거라고 생각하는데."

"그럴 일이 뭐지?"

"넌 얼마나 멍청하기에 네 주변과 세상에서 벌어지는 일을 까맣게 모르는 거냐?"

"나한테 소리지르지 마." 여자가 차갑게 말했다. "우리는 이제 애가 아니니까. 그리고 내 생각에는 오빠가 이만 어디 먼 데로 사라질 때가 된 것 같은데."

"먼 데라면 벌써 다녀왔어. 내가 선원이었단 사실을 잊었나 보군."

"후골드가 금방 올 거야. 그이가 왔을 때 오빠가 여기 없었으면 좋겠어."

"그놈은 근무시간이 짧은 모양이군."

"그래. 고급 전문직 종사자들은 보통 그렇지. 잘 가, 군발드."

군발드 라르손은 일어났다.

"뭐, 아무튼 네가 도움이 되긴 했어."

"오빠가 협박하지 않았다면 난 한마디도 안 했을 거야."

"나도 알아."

"나로서는 앞으로 또 십 년 동안 오빠를 못 본다면 참 기쁘겠어."

"나도 마찬가지야. 그럼 이만."

여자는 대답하지 않았다. 여자의 친구가 따라 일어나면서 말했다.

"나도 이만 가볼게."

군발드 라르손은 그녀를 보았다. 크고 날씬한 여자였다. 군발드 라르손의 어깨까지 올 만큼 컸다. 옷차림은 우아하고 단정했다. 화장은 과하지 않았다. 딱 알맞은 정도였다. 그는 밖에서 다른 차를 못 봤던 게 떠올라서 그녀에게 말했다.

"시내까지 태워줄까요?"

"그러면 고맙죠."

두 사람은 함께 나섰다.

군발드 라르손은 더이상 브로베리의 집이 아닌 옆집을 흘끗 보고 어깨를 으쓱했다.

함께 차에 탄 뒤, 그는 여자가 결혼반지를 꼈는지 확인했다. 반지는 없었다.

"미안하지만, 아까 그쪽 이름을 제대로 못 들었습니다."

"린드베리예요. 소니아 린드베리. 전 그쪽을 어릴 때 본 기억이 나요."

"그렇습니까?"

"물론 그때는 저보다 훨씬 크셨죠. 지금도 그렇지만."

군발드 라르손은 여자에게서 매력을 느꼈다. 데이트하자고 청할까. 뭐, 나중에 해도 되겠지. 서두를 필요는 없으니까. 조만간 전화하면 되겠지.

"어디 내려드릴까요?"

"스투레플란에요. 제 병원이 비르게르얄스가탄 거리에 있어요. 집도 거기고요."

잘됐군, 군발드 라르손은 생각했다. 물어볼 필요가 없어졌어.

차가 스투레플란에 설 때까지 두 사람은 더 아무 말도 하지 않았다.

"안녕히 가세요. 고맙습니다."

여자가 말하면서 손을 내밀었다. 군발드 라르손은 그 손을 잡았다. 여자의 손은 가늘고 건조하고 차가웠다.

"안녕히 가십시오."

군발드 라르손은 문을 닫고 차를 출발시켰다.

쿵스홀름스가탄의 사무실로 돌아와보니, 메시지가 열다섯 개쯤 쌓여 있었다. 베스트베리아로 전화를 걸어주길 바란다는 콜베리의 메시지도 있었다. 군발드 라르손은 시급한 업무를 먼저 처리한 뒤, 남부 경찰서로 전화했다.

"여보세요." 콜베리가 받았다.

군발드 라르손은 취재원에게 들은 이야기를 전달했다. 하지만 취재원이 누구인지는 밝히지 않았다.

"훌륭한데, 라르손. 그 인간은 해외로 뜨려는 모양이군." 콜베리가 말했다.

"벌써 떴을 수도 있지."

"그건 아닐 거야. 내가 아까 말했던 여행 가방이 쿵스가탄 거리의 사무실에 아직 있더라고. 방금 비서한테 전화해봤는데, 비서 말이 브로베리가 삼십 분 전에 전화해서 5시 넘어야 사무실에 돌아갈 거라고 말했대."

"어디 호텔에서 지내고 있는 모양이군." 군발드 라르손이 곰곰이 생각하면서 말했다.

"아마도. 지금부터 확인해보려고. 하지만 그가 본명으로 체크인했을 것 같진 않아."

"그럴 리 없겠지. 그건 그렇고, 창녀는 찾았나?"

"아직. 지금 풍기단속반 연락을 기다리는 중이야."

침묵.

한참 뒤에 콜베리가 하소연했다.

"내가 시간에 쫓겨서 그러는데 말이야, 만에 하나 내가 5시까지 쿵스가탄에 못 가게 되면 자네나 다른 사람이 그 망할 고리대금 사무소를 감시해줄 수 있나?"

평소대로라면 군발드 라르손은 싫다고 대답할 터였다. 그는 연필꽂이에서 종이칼을 꺼내어 큼직한 앞니 사이를 쑤시면서 골똘히 생각했다.

"그러지." 군발드 라르손이 마침내 입을 열었다. "내가 처리하지."

"고마워."

내 사랑스러운 여동생에게 고마워하시지, 군발드 라르손은 이렇게 생각하면서 말했다. "하나만 더."

"뭔데?"

"브로베리는 팔름그렌이 총에 맞을 때 같은 테이블에서 식사하고 있었어."

"그래서?"

"어떻게 그가 살인에 연루될 수 있지?"

"나한테 묻지 마." 콜베리가 대답했다. "모든 일이 다 쉬쉬하면서 진행되는 모양이야. 마르틴은 알겠지."

"베크라." 군발드 라르손은 싫은 내색으로 말했다.

대화는 그것으로 끝이었다.

14.

렌나르트 콜베리는 한 시간 좀 넘게 기다리고서야 풍기단속반으로부터 답을 받았다. 그동안 그는 베스트베리아의 자기 책상에 묵직하게, 무기력하게, 땀 흘리면서 앉아 있었다. 오전에 간단히 해치울 수 있는 일인 줄 알았던 임무가—두 목격자와 이야기 나누는 일이—어쩌다 보니 결사적인 추적으로 발전했다.

함푸스 브로베리와 수수께끼의 헬레나 한손은 갑자기 경찰의 추적망에 올랐고, 콜베리는 거미처럼 추적망의 한가운데에 도사리고 있었다. 놀라운 점은 콜베리가 자신이 왜 두 사람을 찾아내야 하는지 아직 모른다는 점이었다. 둘 다 정식으로 고발되진 않은 상태였고, 둘 다 이미 말뫼에서 경찰 신문을 거쳤으며, 상식적으로 둘 다 빅토르 팔름그렌 살인 사건과 무슨 관계가 있을 것 같지는 않았다.

그런데도 콜베리는 두 사람을 가급적 빨리 붙잡아야 할 것 같다는 직감을 떨칠 수 없었다.

왜?

나도 어느새 경찰관의 직업병에 잡아먹힌 거지, 콜베리는 우울하게 생각했다. 이십삼 년 동안 일하다 보니 인간이 완전히 망가진 거지. 더는 보통 사람처럼 생각하지 못하는 거지.

이십삼 년간 매일같이 경찰관들과 접촉하다 보니, 이제 그는 다른 세상과 제대로 된 관계를 유지할 능력을 잃었다. 가족과 함께하는 시간에도 솔직히 완벽하게 자유로운 기분은 아니었다. 마음속에 늘 뭔가 찜찜한 것이 있었다. 콜베리가 가족을 이루기까지 아주 오래 기다렸던 건 경찰이 여느 직업과는 다르기 때문이었다. 경찰은 전적으로 헌신해야 하는 일이었다. 한순간도 맘 편히 쉴 수 없는 일이었다. 게다가 비정상적인 상황에 놓인 사람들과 매일 대면하다 보면 결국 자신도 비정상이 되기 마련이었다.

압도적인 다수의 동료들과는 달리 콜베리는 자신이 처한 상황을 명료하게 꿰뚫어 보고 분석할 줄 아는 능력이 있었다. 그리고 놀랍고 또한 안타깝게도, 그는 또렷한 시각으로 그렇게 했다. 콜베리의 문제는 관능주의자인 동시에 책임감 있는 인간이라는 점이었다. 그럼에도 감수성이나 개인적 관여 따위는 열의 아홉의 경우에 스스로에게 허락할 수 없는 직종에서 일한다는 점이었다.

왜 경찰관은 대체로 다른 경찰관하고만 어울릴까?

그러는 편이 더 쉽기 때문이다. 그래야 시민들과의 거리를 지키기가 더 쉽기 때문이다. 하지만 그러다 보니 경찰 내부의 기괴한 동료애를 간과하기도 쉬웠고, 실제로 그런 현상이 오랫동안 억제되지 않고 커져만 왔다. 그것은 곧 경찰관들이 자신이 보호해야 하는 사회, 무엇보다 자신도 그 일원이어야 하는 사회로부터 동떨어져서 산다는 뜻이었다.

예를 들면, 경찰관은 다른 경찰관을 비판하지 않는다는 것이 불문율이었다. 예외가 있어도 극소수였다.

요전에 발표된 사회학 연구가 있었는데, 그걸 보면 경찰관들은 휴가중 다른 시민들과 어울려야 하는 상황에 처했을 때 자신이 경찰이라는 사실을 밝히기를 창피해하는 경우가 많다고 했다. 경찰의 역할에 대한 정의가 잘못 세워진 탓이었고, 경찰이라는 직종에 관한 헛소문이 많은 탓이었다.

누구든 자신을 향한 공포나 불신이나 공공연한 경멸을 쉴 새 없이 접하면 피해망상에 시달리기 마련이다.

콜베리는 진저리를 쳤다.

그는 공포를 조장하는 사람이 되고 싶지 않았고, 불신과 경멸을 받는 사람이 되고 싶지도 않았다. 피해망상에 시달리는 사람이 되기도 싫었다.

하지만 그는 함푸스 브로베리와 헬레나 한손이라는 두 사람을 붙잡고 싶었다. 왜 그런지는 자신도 모르겠지만.

콜베리는 물을 마시려고 화장실로 갔다. 수도꼭지를 몇 분이나 틀어두었지만 물은 여전히 미지근했다. 그는 구시렁거리면서 자리에 돌아와 앉았다. 멍하니 꼭짓점 다섯 개짜리 별을 압지에 그렸다. 하나 더 그렸다. 그리고 하나 더 그렸다.

콜베리가 꼭짓점 다섯 개짜리 별을 일흔다섯 개째 그렸을 때 전화가 울렸다.

"콜베리입니다."

"여보세요, 오사예요."

"뭘 좀 찾았나?"

"그런 것 같아요."

"뭐지?"

"한손이라는 사람의 주소를 알아냈어요." 오사 토렐이 잠시 멎었다가 말했다. "최소한 이 사람이 그 사람이라는 건 거의 확실해요."

"그래서?"

"우리 쪽에 기록이 있더라고요."

"매춘으로?"

"네, 하지만 상류층 대상. 흔히 콜걸이라고 불리는 부류예요."

"어디 사나?"

"바네르가탄 거리예요. 그 다른 주소는 가짜예요. 우리가 아는 한 여자가 베스테로스가탄 거리에 산 적은 없어요. 하지만 전화번호는 아주 가짜는 아니었어요. 실제로 예전에 그 번호를 영업용으로 썼던 것 같아요."

"이름은? 헬레나 한손이 본명인가?"

"그런 것 같아요. 여자는 지난 수요일에 말뫼에서 신분증을 제시해야 했을 테니까 이름을 속였을 것 같진 않아요."

"전과가 있나?"

"그럼요. 십 대 때부터 매춘을 해왔는걸요. 우리 부서와 접촉할 일이 많았지만 최근 몇 년은 좀 뜸했어요."

오사 토렐은 잠시 조용했다. 콜베리는 오사가 지금 어쩌고 있을지 눈앞에 생생히 그릴 수 있었다. 책상에 구부정히 앉아서 곰곰이 생각하면서 손톱을 씹고 있을 것이다. 자기처럼.

"시작은 다른 사람들과 다르지 않았던 것 같아요. 처음에는 돈을 안 받았겠죠. 그러다 길에서 몸을 팔기 시작했고, 꽤 세련된 편인지 수입이 더 나은 부류로 상승했죠. 그 세계에서 콜걸은 거의 존경받는 집단이에요."

"그럴 것 같군."

"실제로 콜걸은 매춘부 중 최고의 인재들이에요. 콜걸은 아무 일이나 받지 않아요. 보수가 짭짤한 일만 골라서 받죠. 이 여자가 말뫼에서 그랬던 것처럼 스스로를 출장 비서, 심지어 중역 비서로 부른다는 사실만 봐도 꽤 세련된 상류층 사회에 출입할 수 있을 만큼 품위가 있다는 뜻이에요. 레예링스가탄 거리에서 몸을 파는 것과 외스테르말름의 아파트에 앉아서 전화가 울리길 기다리는 것 사이에는 큰 차이가 있죠. 여자는 아마 단골이 있을 테고, 약속이라고 해야 하나 뭐라고 해야 하나, 아무튼 일을 많아야 일주일에 하나만 받을 거예요. 대충 그래요."

"자네 부서는 현재 그 여자에게 직접적으로 관심이 있나?"

"네. 제가 말하려는 게 그 문제예요. 만약 여자가 다른 종류의 범죄에 연루되어 있기 때문에 구속을 두려워한다면, 우리가 그걸 기회로 삼아서 콜걸 조직 전체를 밝혀낼 수 있을지도 몰라요."

"겁은 줘볼 수 있겠지. 사람을 보내서 여자를 잡아오도록 해."

콜베리는 다시 생각해보고 말했다. "나도 그 여자를 여자의 집에서 직접 만나보고 싶군. 이 사건에는 뭔가 수상한 데가 있어. 뭔지는 아직 모르겠지만."

"무슨 뜻이죠?"

"어쩐지 여자가 이 브로베리와 팔름그렌 사건에 좀더 깊이 관여했을 거라는 느낌이 들어. 자네는 이 여자를 아나?"

"부서에 있는 사진으로 얼굴만 봤어요. 사진으로는 일단 단정한 직장인처럼 보여요. 물론 그 점이 업계에서 성공할 수 있었던 이유 중 하나겠죠."

"그렇지. 겉치레를 잘해야 할 거야. 사교 행사에서 실수를 저질러선 안 될 테니까."

"맞아요. 내가 듣기로 어떤 여자들은 속기도 할 줄 안대요. 최소한 보통 사람을 속일 만큼은 할 줄 안다더군요."

"여자의 전화번호도 아나?"

"아니요."

"안타깝군."

"그럴 수도 있고 아닐 수도 있죠." 오사 토렐이 말했다. "이런 업계의 여자들은 전화번호를 자주 바꿔요. 당연히 전화번호부에 등록되지 않은 번호를 쓰고, 가입자도 보통 다른 사람 이름으로 돼 있어요. 그렇다는 건……."

"그렇다는 건 그들이 진정한 프로라는 거지. 일류."

오사 토렐이 한참 조용하다가 물었다. "이 여자를 붙잡는 게 왜 그렇게 급하죠?"

"솔직히 말하면, 나도 잘 몰라."

"모른다고요?"

"그래. 마르틴이 나더러 여자를 만나보라고 했어. 일단은 정례적인 절차로, 말뫼에서 그날 밤 어떤 걸 봤는지 혹은 못 봤는지를 물어보라고 했어."

"음, 시작점으로 나쁘지 않네요. 거기서 다른 단서가 나올 수도 있으니까."

"내가 바라는 게 그거야. 라르손이 알아준 바로는, 여자가 지난 토요일에 리딩예에 있는 함푸스 브로베리의 집에 갔었대. 그리고 브로베리는 꽤 수상한 짓을 꾸미고 있는 게 확실해."

"여자가 팔름그렌 살인에 직접 관여했다고는 믿기 힘든데요. 하지만 뭐, 내가 아는 내용은 지난 며칠 동안 신문에서 읽은 게 전부니까."

"맞아. 나도 여자가 총격과 직접적인 관계가 있을 것 같진 않아. 하지만 그 사건에서 파생된 다른 문제들이 많은데, 내 직감에 왠지 우리가 그것들을 다 살펴봐야 할 것 같아. 내 소관이 아니라도."

"브로베리가 무슨 일을 꾸미는 것 같나요?"

"모종의 대규모 금융 사기가 아닐까. 여기 있는 자산을 모두 번갯불에 콩 구워 먹듯이 황급히 현금으로 바꾸고 있는 것 같

아. 오늘 해외로 뜰 계획이 아닐까 싶어."

"사기사건반에 연락하지 그래요?"

"그러기에는 시간이 없어. 브로베리는 그쪽에서 일에 착수하기도 전에 손닿지 않는 곳으로 내뺐을걸. 어쩌면 그 한손이라는 여자도. 하지만 우리가 팔름그렌 살인 사건을 내세우면 명분이 되지. 둘 다 목격자니까, 내가 간섭할 수 있다 이거야."

"내가 신참이기는 한데요." 오사 토렐이 말했다. "게다가 난 살인 수사는 거의 모르지만요. 마르틴은 정말 저녁 식사 참석자 중 하나가 자기 잇속을 차리려고 팔름그렌을 해치우기까지 했다고 생각하나요?"

"응. 그것도 여러 가설 중 하나인 것 같아."

"그 인물이 살인자를 고용했을 거라고?"

"그래, 대충."

"만약 내 의견을 묻는다면, 그 가설은 좀 무리한 것 같은데요."

"나도 그렇게 생각해. 하지만 과거에 그런 일이 정말 있었어."

"알아요. 달리 고려되는 가능성은 뭐가 있죠?"

"우선, 순전히 정치적인 범행일 가능성. 세포도 나섰다는군. 내가 듣기로는 세포 요원 한 명이 벌써 말뫼로 내려갔대."

"마르틴과 다른 수사관들에게 대단히 기쁜 일이겠군요."

"그러게 말이야. 물론 세포는 여느 때처럼 수사할 테니까 일이 년은 지나야 준비가 끝나고 그 뒤에 가서야 본격적으로 활동에 나서시겠지."

"마르틴처럼 정치를 사랑하는 사람에게 말이에요." 오사 토렐이 말했다.

저 말은 사실 마르틴 베크가 정치에 조금이라도 관련된 일이라면 뭐든 싫어하는데다가 대화중에 시위, 암살, 정치 개입에 관련된 말이 나올라치면 얼른 입을 다문다는 뜻이었다.

"흠." 콜베리가 말했다. "아무튼 팔름그렌은 국제 원조와 정확히 반대되는 활동으로 그 막대한 재산의 대부분을 벌었던 것 같아. 해외에 무기를 판매해서 폭리를 취한다든가 하는 방식으로. 그러니까 마르틴이든 다른 누구든 범인이 팔름그렌을 정말 정치적 이유로, 이를테면 그 업계의 다른 사람들에게 경고하려는 뜻으로 제거했을 가능성도 아예 배제할 순 없어."

"가엾은 마르틴." 오사 토렐이 말했다. 그 목소리에는 따스함이 담겨 있었다.

콜베리는 혼자 씩 웃었다. 콜베리는 오케 스텐스트룀이 죽은 뒤로 오사 토렐과 친해졌고, 오사의 기민한 지성과 여성으로서의 매력을 둘 다 아주 높이 샀다.

"자, 그러면……." 콜베리가 말했다. "자네하고 내가 최대한 빨리 이 사랑스러운 숙녀의 집으로 가서 뭔가 흥미로운 정보를 짜낼 수 있는지 알아보는 게 어떨까. 내가 차를 가지고 가서 도중에 자네를 태워 가지. 여자가 집에 있을 수도 있으니까 운을 시험해보자고."

"좋아요." 오사 토렐이 말했다. "하지만……."

"하지만?"

"음, 내가 경고 하나 하자면, 여자는 상당히 다루기 힘든 상대일 거예요. 그러니까 우리가 온건하게 접근하는 편이 좋을 거예요. 최소한 처음에는. 내가 신참이라는 건 알아요. 그런 내가 당신에게 충고한다는 게 미친 소리 같겠지만, 그래도 난 그동안 이런 고객들을 대상으로 경험을 좀 쌓았거든요. 헬레나 한손 같은 사람은 경찰을 상대하는 법을 잘 알아요. 오랜 세월 동안 쓴맛을 보면서 터득한 거죠. 그러니까 우격다짐은 통하지 않을 거예요."

"자네 말이 옳겠군."

"그건 그렇고 브로베리는 누가 감시하고 있죠?"

"우리가 운이 좋다면, 숙녀의 품에서 그를 발견할 수도 있겠지. 그렇지 않다면, 군발드 라르손이 기꺼이 맡아주겠다고 했어. 이상한 일이지."

"그렇다면 어쨌든 우격다짐이 있겠네요." 오사 토렐이 신랄하게 말했다.

"그렇겠지. 그럼 내가 이십 분쯤 뒤에 자네를 태우러 가지."

"좋아요. 이따 봐요."

"안녕."

콜베리는 손을 전화기에 올린 채 잠시 가만히 있다가 군발드 라르손에게 걸었다.

"네." 군발드 라르손의 목소리는 적대적이었다. "이번엔 또 무슨 일인가?"

"여자의 위치를 알았어."

"잘됐군." 군발드 라르손은 무관심하게 대꾸했다.

"내가 오사 토렐과 함께 만나러 가볼 참이야."

"잘됐군."

"자네는 평소보다 더 비딱하군그래."

"이유가 있어." 군발드 라르손이 말했다. "이십 분 전에 회토리에트 광장에서 터키인 하나가 단도에 할복을 당했어. 그가 살 수 있을지 없을지 아무도 몰라. 내가 남자를 봤을 때는 그가 자기 내장을 뱃속에 담아두는 데 애먹고 있더군."

"그 짓을 저지른 인간은 잡았나?"

"아니. 하지만 누군지는 알아."

"다른 터키인?"

"아니, 전혀. 순종의 스톡홀름 토박이. 열일곱 살 애송이인데

약에 취해서 정신이 나갔어. 지금 추적하는 중이야."

"왜 그랬다나?"

"왜? 거참 망할 질문이로군. 제 손으로 스톡홀름의 외국인 문제를 풀어보겠다는 묘안이라도 떠올랐던 모양이지. 세상이 나날이 끔찍해지고 있어."

"그건 그래. 이봐, 내가 브로베리의 사무실에 제때 갈 수 없을 것 같아서 말인데."

"걱정하지 마." 군발드 라르손이 말했다. "내가 처리할 테니까. 그 남자에게 흥미가 생기기 시작했어."

두 사람은 한마디도 더 덧붙이지 않고 동시에 끊었다.

콜베리는 군발드 라르손이 왜 평소와 달리 이토록 협조적인지 궁금했다.

그는 쿵스가탄 거리의 사무실로 전화를 걸었다.

"아뇨, 브로베리 사장님은 아직 연락이 없습니다." 사라 모베리가 말했다.

"여행 가방은 아직 방에 있습니까?"

"네. 아까 전화하셨을 때 그렇게 말씀드렸는데요."

"미안합니다. 그냥 확인해본 겁니다."

콜베리는 오전에 방문했던 주택단지 관리 사무소로도 전화를 걸었다. 함푸스 브로베리는 그곳에도 나타나지 않았다고 했다. 연락도 없다고 했다.

콜베리는 나가서 손을 씻고, 책상에 메모를 써둔 뒤, 차로 내려갔다.

오사 토렐은 쿵스홀름스가탄 거리의 경찰서 계단에서 기다리고 있었다. 콜베리는 인도로 차를 갖다 대면서, 넓은 계단을 걸어 내려와서 인도를 가로지르는 오사 토렐을 기분 좋게 바라보았다.

콜베리가 보기에 오사 토렐은 아주 매력적인 여자였다. 짧고 까만 머리카락도, 큰 갈색 눈도. 체구가 아담하지만 골반이 보기 좋게 넓은데다가 앞으로 더 멋있어질 것 같은 몸매였다. 날씬하면서도 탄탄했다.

오사는 행동거지도 아주 관능적이었지만, 콜베리가 아는 한 스텐스트룀이 죽은 뒤로 섹스를 그만두었다.

콜베리는 오사가 언제까지 그렇게 지낼지 궁금했다.

내가 이미 최고의 아내를 만나지만 않았어도……. 렌나르트 콜베리는 괜히 생각해보았다.

그러고는 팔을 뻗어서 오른쪽 차문을 열어주었다.

"타지, 오사."

오사 토렐은 숄더백을 무릎에 얹고 옆자리에 탄 뒤에 콜베리에게 충고했다. "아까 약속했던 것처럼, 일단은 온건하게 가는 거예요."

콜베리는 고개를 끄덕이고 차를 출발시켰다.

오 분 뒤, 차는 바네르가탄 거리의 오래된 아파트 앞에 섰다.

두 사람은 각자 차문을 열고 양쪽으로 내렸다.

"그렇게 도로로 내릴 때는 조심해야죠." 오사 토렐이 말했다.

콜베리는 또 끄덕였다.

"자네 말이 옳아."

그는 제발 깨끗한 셔츠로 갈아입고 싶었다.

15.

집은 3층이었고, 문에 정말로 헬레나 한손이라는 이름이 붙어 있었다. 콜베리가 문을 두드리려고 주먹을 들었지만 오사 토렐이 그의 팔에 손을 얹어 자제시키고 대신 초인종을 눌렀다.

대답이 없었다. 오사 토렐은 삼십 초 뒤 다시 눌렀다.

이번에는 문이 열렸다. 젊은 금발 여자가 무슨 일이냐고 묻는 푸른 눈으로 그들을 보았다. 여자는 폭신한 슬리퍼를 신고 흰 목욕 가운을 입고 있었다. 머리에 수건을 터번처럼 두른 걸 보니 방금 샤워했거나 머리를 감은 것 같았다.

"경찰입니다." 콜베리가 말하면서 신분증을 꺼내 보였다.

오사 토렐도 똑같이 했지만 입은 열지 않았다.

"헬레나 한손 되시죠?"

"네, 그런데요."

"지난주 말뫼에서 있었던 사건 때문에 왔습니다. 잠시 이야기를 나누고 싶습니다."

"전 별로 말씀드릴 게 없고, 그나마 아는 것도 거기 경찰에게 다 말했는데요. 그날 밤에."

"그때 대화가 철저하지 못했던 것 같습니다." 콜베리가 말했다. "당시에는 당연히 충격을 받은 상태이셨을 테고, 그런 상황에서는 보통 증언이 피상적이죠. 그래서 우리는 늘 며칠 지나서 목격자들이 사건을 곰곰이 생각해볼 여유를 가진 다음에 다시 한번 묻습니다. 잠시 들어가도 되겠습니까?"

여자는 망설였다. 안 된다고 말하려는 게 분명했다.

"시간을 많이 빼앗진 않겠습니다. 그냥 의무적인 절차일 뿐입니다." 콜베리가 말했다.

"네." 헬레나 한손이 말했다. "제가 시간이 많지 않거든요, 하지만……."

여자는 말을 멈췄다. 콜베리와 오사 토렐은 여자가 문장의 결말을 차분히 고민할 수 있도록 가만히 놔두었다.

"제가 뭘 걸치는 동안 잠깐 밖에서 기다리시겠어요?"

콜베리가 끄덕였다.

"방금 머리를 감았거든요. 일이 분이면 될 거예요."

여자는 더이상 대화를 허락하지 않고 두 사람의 면전에서 문을 닫았다.

콜베리가 조심하자는 뜻으로 손가락을 세워서 자기 입술에 가져다 댔다. 오사 토렐이 잽싸게 무릎을 꿇고는 소리 나지 않도록 조심스럽게 우편함 뚜껑을 열었다.

집안에서 소리가 들려왔다. 처음에는 전화 다이얼이 달가닥거리는 소리였다. 헬레나 한손은 누군가와 통화하려고 했다. 듣자니 상대가 받은 모양이었고, 여자는 낮은 목소리로 누군가를 연결해달라고 말했다. 전화는 연결되었다. 그다음에는 말소리가 안 들렸다. 하지만 청력이 뛰어나게 좋은 오사 토렐이 들어보니 건너편에서 전화가 응답 없이 한참 울리기만 하는 것 같았다. 마침내 여자가 말했다. "아, 안 계시다고요. 고맙습니다."

수화기를 내려놓는 소리가 들렸다.

"누군가에게 전화하려고 했지만 연결되지 않았어요. 교환원을 통한 것 같아요." 오사 토렐이 속삭였다.

콜베리가 소리 없이 입술만 달싹였다. "브로베리."

"여자가 브로베리라고 말하지는 않았어요. 말했다면 내가 들었을 거예요."

콜베리는 다시 조심하라는 표정을 지어 보인 뒤 말없이 우편함을 가리켰다. 오사 토렐은 오른쪽 귀를 구멍에 가져다 댔다.

더 잘 들리는 귀였다. 안에서 이런저런 소리가 났다. 오사 토렐은 까맣고 굵은 눈썹을 찡그렸다.

몇 분 뒤 오사 토렐이 일어나면서 속삭였다.

"뭔가를 급히 하는 모양이에요. 아마 가방을 싸는 것 같아요. 가방을 딸깍 잠그는 소리가 들린 것 같거든요. 그다음에 그걸 바닥에서 끌거나 밀거나 한 뒤에 문을 열었다가 닫았어요. 지금은 옷을 입고 있어요."

콜베리는 곰곰이 고개만 끄덕였다.

잠시 뒤 헬레나 한손이 다시 문을 열었다. 여자는 원피스를 입었고, 머리는 의심스러울 만큼 단정했다. 콜베리와 오사 토렐은 여자가 젖은 머리에 가발을 썼다는 사실을 한눈에 알아차렸다.

두 사람은 의심을 사지 않으려고 문에서 가급적 멀리, 계단 가까이 서 있었다. 오사 토렐은 태연히 담배를 피우고 있었다.

"들어오세요." 헬레나 한손이 말했다.

여자의 목소리는 듣기 좋았고 놀랍도록 교양 있었다.

두 사람은 안으로 들어가서 둘러보았다.

현관, 방 하나, 부엌 하나로 구성된 아파트였다. 꽤 넓고 쾌적했지만 개성 없이 꾸며져 있었다. 가구는 대부분 새것 같았다. 어느 모로 보나 이곳에 사는 사람이 최소한 돈에 쪼들리는 신세는 아니라는 걸 알 수 있었다. 모든 것이 단정하고 깔끔했다.

침대는 크고 넓었다. 콜베리는 두꺼운 침대보에 직사각형으로 움푹한 자국이 뚜렷하게 파인 걸 알아보았다. 좀 전까지 여행 가방 같은 걸 놔둔 자국 같았다.

방에 소파 하나와 안락의자들도 있었다. 헬레나 한손이 대충 그쪽을 가리키면서 말했다. "앉으시죠."

두 사람은 앉았다. 여자는 계속 서 있었다.

"뭐 마실 걸 드릴까요?"

"고맙지만 됐습니다." 콜베리가 대답했다.

오사 토렐은 고개만 저었다.

헬레나 한손도 앉았다. 여자는 탁자에 놓인 백랍 머그에서 담배를 집어 들고 불을 붙였다. 그다음 차분하게 말했다. "자, 제가 어떻게 도와드릴까요?"

"우리가 왜 왔는지는 아시죠." 콜베리가 말했다.

"네. 말뫼에서의 끔찍한 밤 때문이죠. 하지만 끔찍한 밤이었다는 것 외에는 더 드릴 말씀이 없어요."

"식탁에서 어디 앉아 계셨습니까?"

"한쪽 귀퉁이에요. 제 식사 파트너는 덴마크 사업가였어요. 이름이 옌센이었던 것 같아요."

"호프옌센 씨." 콜베리가 말했다.

"아, 맞아요. 그 이름이었어요."

"팔름그렌 사장은?"

"그분은 건너편에 있었어요. 제 자리에서 대각선으로. 제 앞에는 덴마크 남자분의 아내가 앉았고요."

"그러면 당신은 팔름그렌 사장을 쏜 사람의 얼굴을 봤겠군요?"

"네. 하지만 너무 순식간에 벌어진 일이라서요. 무슨 일인지 이해할 틈도 없었어요. 저 말고 다른 분들도 아마 사건이 벌어진 뒤에야 상황을 이해했을 거예요."

"살인자를 보시긴 했지요?"

"네. 하지만 그 사람이 살인자인 줄도 몰랐으니까요."

"어떻게 생긴 사람이었습니까?"

"아는 건 벌써 다 말씀드렸는데요. 똑같은 얘기라도 다시 해야 하나요?"

"네, 그래주십시오."

"그 사람의 겉모습에 대해서 흐릿한 인상만 갖고 있어요. 말했듯이 너무 순식간에 벌어진 일이었고, 저는 주변 사람들에게 그다지 집중하지 않았거든요. 혼자 딴생각에 빠져 있었어요."

여자의 말투는 차분했고, 완벽하게 진실을 말하는 것처럼 들렸다.

"집중하지 않았다고 하셨는데, 왜 그랬습니까?"

"팔름그렌 씨가 일어나서 말하는 중이었어요. 저한테 하는 말이 아니기도 했고, 아무튼 건성으로 듣고 있었죠. 전 거의 이해하지 못하는 내용이기도 했고요. 그래서 담배를 피우면서 딴 생각을 했어요."

"총 쏜 남자 이야기로 돌아갑시다. 아는 사람이었습니까?"

"아뇨, 전혀. 전혀 모르는 사람이었어요."

"만약 그를 다시 본다면 알아볼 수 있을 것 같습니까?"

"어쩌면요. 확실하진 않아요."

"외모가 대충 어땠습니까?"

"나이는 서른다섯, 아니면 마흔쯤. 얼굴이 말랐고 머리카락은 까맸는데 숱이 많지 않았어요."

"키는?"

"평균이었던 것 같아요."

"옷은 어떻게 입었던가요?"

"꽤 단정했어요. 재킷은 갈색이었던 것 같아요. 셔츠가 옅은 색이었다는 것, 넥타이를 맸다는 건 분명해요."

"그 밖에는 또 뭐가 생각납니까?"

"별로 없어요. 평범한 사람으로 보였어요."

"사회적으로는 어떻게 평가하겠습니까?"

"사회적으로?"

"가령 직업이 좋고 돈이 많은 사람처럼 보였습니까?"

"아뇨, 아닌 것 같아요. 그보다는 점원이나 노동자처럼 보였어요. 가난한 사람 같다는 인상이었어요." 여자는 어깨를 으쓱하면서 덧붙였다. "하지만 제 말을 너무 진지하게 들으시면 안 돼요. 저는 그 사람을 언뜻 본 것뿐이니까요. 그때 받은 인상을 정리하려고 해봤지만 확실한 건 없어요. 제가 봤다고 생각하는 것도 어쩌면 일부는 그냥…… 상상은 아니겠지만……."

여자는 알맞은 표현을 궁리했다.

"사후 재구성." 콜베리가 제안했다.

"바로 그거예요. 사후 재구성. 사람이나 사물을 언뜻 본 뒤에 나중에 자세한 걸 기억해내려고 애쓰면 종종 잘못된 그림이 떠오르곤 하죠."

"그가 사용한 무기를 보셨습니까?"

"얼핏 봤어요. 좀 긴 권총 같았어요."

"총을 잘 아십니까?"

여자는 고개를 흔들었다.

"아뇨, 전혀 몰라요."

콜베리는 새로운 접근법을 시도했다.

"팔름그렌 사장을 전에도 만난 적 있습니까?"

"아뇨."

"나머지 사람들은? 아는 사람들입니까?"

"브로베리 씨만요. 다른 사람들은 처음 만난 거였어요."

"브로베리 씨는 예전부터 알았고요?"

"그분이 전에도 몇 번 저를 고용했거든요."

"당신은 어떤 자격으로 말뫼에 가셨던 겁니까?"

여자는 놀라서 콜베리를 바라보았다.

"당연히 비서로 갔죠. 브로베리 씨에게 따로 비서가 있긴 하지만 그분은 출장에는 따라가지 않아요."

여자는 터놓고 당당하게 말했다. 연습을 잘해둔 듯했다.

"출장중에 속기록이나 회의록을 작성하셨습니까?"

"그럼요. 그날 낮에 회의가 있었어요. 회의에서 오간 이야기를 기록했죠."

"무슨 내용이었습니까?"

"사업에 대한 이런저런 내용요. 솔직히 저는 내용은 거의 이해하지 못했어요. 그냥 받아 적기만 했죠."

"속기록을 아직 갖고 계십니까?"

"아뇨. 목요일에 집에 온 뒤에 풀어 써서 회의록을 브로베리 씨에게 보냈어요. 속기록은 버렸고요."

"그렇군요. 그 일로 얼마를 받았습니까?" 콜베리가 물었다.

"이백 크로나. 교통비와 숙박비는 물론 별도고요."

"아. 어려운 일이었습니까?"

여자는 다시 어깨를 으쓱했다.

"특별히 어렵진 않았어요."

콜베리는 여태 입도 벙끗하지 않은 오사 토렐과 눈짓을 주고받았다.

"제 질문은 다 끝났습니다." 콜베리가 말했다.

헬레나 한손이 눈길을 떨어뜨렸다.

"하나만 더. 사건 직후에 말뫼 경찰과 이야기하실 때 집주소를 베스테로스가탄으로 댔던데요."

"제가 그랬나요?"

"잘못된 주소죠?"

"그건 생각도 안 하고 있었네요. 기억도 못 했어요. 하지만 그때는 얼떨떨했으니까요. 제가 실제로 베스테로스가탄에서 살았던 적이 있거든요. 하도 정신이 없어서 실수했나 봐요."

"흠. 네, 누구나 그럴 수 있죠." 콜베리가 말했다.

콜베리는 자리에서 일어나면서 덧붙였다. "협조 고맙습니다. 전 이만 됐습니다. 안녕히 계십시오."

그는 문으로 걸어가서 아파트를 떠났다.

헬레나 한손은 여전히 말없이 꼼짝 않고 앉아 있는 오사 토렐에게 의아해하는 시선을 던졌다.

"더 남았나요?" 여자가 초조하게 물었다.

오사 토렐은 헬레나 한손을 한참 쳐다보았다. 그들은 탁자를 사이에 두고 마주앉아 있었다. 두 사람은 나이가 비슷했지만, 공통점은 그뿐이었다.

오사 토렐은 침묵이 더 깊어져서 효과가 극대화되도록 한 뒤 마침내 담배를 재떨이에 비벼 끄고 천천히 말했다. "네가 정말 비서라면 난 시바의 여왕이겠네."

"무슨 그런 소리를 하죠?" 헬레나 한손이 발끈했다.

"방금 떠난 내 동료는 국가범죄수사국 살인수사과에서 일해."

헬레나 한손은 어리둥절한 표정이었다.

"하지만 난 아냐." 오사 토렐이 말했다. "난 스톡홀름 시 풍기단속반 소속이지."

"아."

여자는 체념하듯이 끄덕였다.

"우리는 당신 기록을 다 갖고 있어." 오사 토렐이 사정을 봐주지 않는 무덤덤한 말투로 계속 말했다. "십 년에 걸친 기록이지. 그쪽은 벌써 열다섯 번이나 잡혀 들어왔고. 적잖은 횟수야."

"좋아, 하지만 이 일로 날 잡아가진 못할걸. 여우 같은 년."

헬레나 한손이 대들었다.

"집에 타자기라도 하나 놔뒀어야지. 속기 노트라도. 저 서류 가방에 들어 있다면 또 모르겠지만."

"영장 없이 내 물건을 들쑤실 생각이라면 꿈 깨, 못된 년아. 나도 내 권리는 알아."

"영장 없이 뭘 건드릴 생각 없어."

"그러면 뭐하는 거야? 이 일로 날 잡아갈 수도 없으면서."

오사 토렐은 대꾸하지 않았다.

"그리고, 쌍, 난 누구하고든 아무데나 자유롭게 갈 권리가 있다고."

"그 누구하고 잘 권리도 있고? 그래, 그것까지는 괜찮지. 하지만 그 일로 돈을 받을 권리는 없어. 그건 그렇고, 이른바 수고비는 얼마나 되지?"

"내가 그 질문에 답할 만큼 멍청해 보여?"

"뭐, 대답 안 해도 돼. 나도 시세는 아니까. 보통 세금도 안 떼고 천 크로나를 받고 다른 경비는 별도지."

"잘 아네." 헬레나 한손이 건방지게 내뱉었다.

"우리는 이런 일에 대해서 모르는 게 거의 없어."

"날 잡아갈 핑계는 모르잖아? 이 재수없는……."

"아마 잡아갈 수 있을 거야. 걱정 마. 그렇게 될 테니까."

헬레나 한손이 갑자기 벌떡 일어나서, 열 손가락을 맹수의 발톱처럼 힘주어 뻗으면서 탁자 건너편으로 몸을 던졌다.

오사 토렐은 고양이처럼 민첩하게 일어나서 주먹 한 방으로 공격을 막아냈다. 주먹에 맞은 여자가 뒤로 나자빠져서 의자에 주저앉았다.

카네이션이 꽂혀 있던 화병이 바닥으로 떨어졌지만 둘 다 그것을 주울 생각은 없었다.

"할퀴는 건 안 돼. 긴장 풀라고." 오사 토렐이 말했다.

여자가 오사 토렐을 노려봤다. 여자의 촉촉한 파란 눈에 눈물이 고인 것 같았다. 가발이 한쪽으로 미끄러졌다.

"싸울 줄 안다 이거지? 여우 같은 게." 여자가 징징거렸다.

여자는 절망한 표정으로 한참 가만히 앉아 있었다. 그러더니 마음을 가다듬고 새로운 반격 방법을 떠올려서 신경질적으로 말했다. "그럼 이제 날 내버려두고 꺼져. 확실한 걸 찾으면 다시 오라고."

오사 토렐은 자기 숄더백을 뒤져서 펜과 수첩을 꺼냈다.

"내가 관심 있는 문제는 사실 다른 거야." 오사 토렐이 말했다. "그쪽은 프리랜서로는 일한 적 없고 지금도 그렇겠지. 운영자가 누구지?"

"내가 그걸 너한테 말할 거라고 생각하다니 바보 아냐?"

오사 토렐은 화장대에 놓인 전화기로 갔다. 연회색 디알로그 모델이었다. 오사 토렐은 몸을 숙이고 전화기에 붙은 쪽지에 적힌 번호를 수첩에 받아 썼다. 전화 회사가 작은 서비스로 붙여 준 쪽지였다. 오사 토렐은 수화기를 들고 그 번호로 걸어보았다. 통화중 신호가 들렸다.

"정확한 번호가 적힌 쪽지를 그대로 놔두다니 현명하지 못하네. 이 번호가 누구 이름으로 등록되어 있든, 그쪽은 이 전화 때문에 잡혀갈 거야." 오사 토렐이 말했다.

헬레나 한손은 의자에서 몸을 더 웅크렸다. 분하지만 체념한 표정이었다.

잠시 뒤, 여자가 시계를 보면서 불평했다. "그럼 이제 꺼지면 안 되겠어? 경찰이 얼마나 똑똑한지는 충분히 알았으니까."

"아직 안 돼." 오사 토렐이 차분히 대답했다. "잠시만 기다려."

헬레나 한손은 이제 진심으로 혼란스러운 듯했다. 여자는 이런 일은 예상하지 않았을 것이다. 이런 상황에 처하면 어떻게 해야 하는지는 배운 바 없었고, 예전에 따랐던 어떤 지시도 이 상황에는 맞지 않았다. 그리고 경찰이 자신의 과거를 속속들이 안다는 사실만으로도 여자가 더 가식을 떨 이유가 없었다.

하지만 오사 토렐은 아직도 이상하게 초조해 보였고 계속 시계를 확인했다. 헬레나 한손은 상대가 뭔가를 기다린다는 걸 눈치챘지만 그게 무엇인지는 알 수 없었다.

"계속 그렇게 서서 나를 쳐다보기만 할 거야?" 헬레나 한손이 도발했다.

"아니. 오래 걸리진 않을 거야."

오사 토렐은 이렇게 대답하고, 의자에 앉은 여자를 바라보았다. 아무 감정도 느껴지지 않았다. 싫은 감정조차 없었고 연민은 당연히 없었다.

전화가 울렸다.

헬레나 한손은 받으려고 하지 않았다. 오사 토렐도 선 자리에서 움직이지 않았다.

전화벨이 여섯 번 울려 퍼졌다.

그다음 모든 것이 원래대로 돌아갔다.

오사 토렐은 팔을 늘어뜨리고 다리를 살짝 벌린 자세로 화장대 옆에 서 있었다.

헬레나 한손은 의자에 웅크리고 앉아서 무표정한 눈으로 정면을 바라보았다. 그러다가 중얼거렸다.

"어떻게 계집애가 경찰이 되지……."

오사 토렐도 맞받아서 묻고 싶은 질문이 있었지만 참았다.

교착 상태는 십 분 뒤 누가 대문을 쾅쾅 두드리는 소리로 깨졌다.

오사 토렐이 문을 열자, 종이 한 장을 손에 든 콜베리가 들어왔다. 얼굴이 벌겋고 땀범벅인 것으로 보아 서둘러 온 것 같았다.

콜베리는 방 한가운데에 선 뒤, 무시무시한 분위기를 감지하고 엎어진 꽃병을 흘끗 보고는 말했다. "숙녀들께서 격투를 벌이셨나요?"

헬레나 한손은 콜베리를 올려다보았다. 이제 기대도 놀라움도 없는 얼굴이었다. 프로로서 내세웠던 허울은 싹 사라졌다.

"쌍, 이번엔 또 뭐예요?" 여자가 말했다.

콜베리는 종이를 내밀면서 말했다. "이 집 수색 영장입니다. 직인도 서명도 있어요. 내가 직접 요청했고, 검사가 승인했습니다."

"지옥에나 가라지." 헬레나 한손이 잠긴 목소리로 말했다.

"고맙지만 됐어요." 콜베리가 상냥하게 대꾸했다. "여기를 잠시 둘러봐야 하니까."

오사 토렐이 고갯짓으로 옷장 문을 가리키며 말했다.

"저 안에 있는 것 같아요."

그러고는 화장대에 놓인 헬레나 한손의 지갑을 집어 열어보았다.

의자에 앉은 여자는 아무 반응도 보이지 않았다.

콜베리가 옷장을 열고 여행 가방을 꺼냈다.

"그렇게 크진 않지만 엄청 무겁네." 그가 중얼거렸다.

콜베리는 가방을 침대에 얹고 끈을 풀었다.

"뭐 재미난 거 찾았어?" 그가 오사 토렐에게 물었다.

"취리히 왕복 항공권하고 호텔 숙박권요. 내일 아침 9시 45분에 알란다 공항에서 떠나는 비행기네요. 취리히에서 돌아오는 비행기는 모레 7시 40분. 호텔은 하룻밤만 예약되어 있고요."

콜베리는 가방 맨 위에 있는 옷가지며 자질구레한 물건들을 치우고 바닥에 깔린 종이 뭉치들을 헤적였다.

"주식이야. 엄청 많네!"

"내 게 아니에요." 헬레나 한손이 담담하게 말했다.

"그럴 거라고는 생각하지 않았어." 콜베리가 대꾸했다.

콜베리는 방을 가로질러 가서 검정색 서류 가방도 열어보았다. 그 속에는 정확히 그의 아내가 말했던 물건들이 들어 있었다. 잠옷, 팬티 몇 장, 화장품, 칫솔, 약통 몇 개.

어이가 없어서 웃음이 터질 지경이었다.

콜베리는 시계를 보았다. 벌써 5시 반이었다. 그는 군발드 라르손이 약속을 지켜서 행동에 나섰기를 바랐다.

"이만 마무리하지." 콜베리가 말했다. "당신은 우리랑 함께 가셔야겠어."

"왜?" 헬레나 한손이 말했다.

"지금으로서는 그쪽이 불법 주식 거래에 관여하려 했다는 의심을 받고 있다고만 말해두지." 콜베리가 말했다. "당신은 구속될 수도 있어. 하지만 내 알 바 아냐."

콜베리는 주변을 둘러보고 으쓱하면서 말했다. "오사, 저 여자에게 이런 상황에 합당한 처분을 받게 해주겠나."

오사 토렐이 끄덕였다.

"돼지 같은 경찰들." 헬레나 한손이 말했다.

16.

그 월요일에는 별의별 일이 다 벌어졌다.

군발드 라르손은 사무실 창가에 서서 자신의 도시를 내다보았다. 겉보기에는 나쁘지 않았지만, 그는 그곳이 사방에서 들끓는 범죄의 온상이라는 사실을 날카롭게 인식하고 있었다. 물론 그가 직접 취급하는 것은 폭력 사건뿐이었지만, 그것만으로도 충분하고도 남았다. 게다가 그가 처리하는 사건은 보통 제일 불쾌한 종류의 사건이었다. 오늘만 해도 강도 사건이 여섯 건 벌어졌고, 매번 이전보다 더 잔인한 양상이었으며, 현재로서는 단서가 전혀 없었다. 남편이 아내를 구타한 사건이 네 건이었고, 모두 심각한 편이었다. 관계가 역전된 사건도 하나 있었다. 아내가 다리미로 남편을 공격한 사건이었다. 군발드 라르손은 남부의 바스투가탄 거리에 있는 그 집 현장으로 직접 가봐야 했는데, 누추한 아파트는 사방에 피칠갑이 되어 있어서 푸줏간처럼 보였다. 군발드 라르손의 새 바지에도 피가 묻었다.

감라스탄에서는 어느 비혼모가 한 살배기 아기를 3층에서 창밖으로 내던졌다. 아기는 중상을 입었지만, 의사들에 따르면 목숨은 건질 거라고 했다. 엄마는 열일곱 살이었고 신경질적이었다. 아기를 내던진 건 자꾸 빽빽 울고 말을 안 들어서라고 했다.

도심에서만 상당히 거친 폭행 사건이 스무 건 넘게 발생했다. 군발드 라르손은 최근 들어 새롭게 슬럼화된 교외 지역에서 올라오는 보고는 어떨지 알고 싶지도 않은 심정이었다.

전화가 울렸다. 그는 벨이 한참 울리게 놔두었다가 받았다.

"라르손입니다."

그러고는 험상궂게 툴툴거렸다. 단도로 배가 갈렸던 터키인이 남부 병원에서 결국 죽었다는 소식이었다.

"그래." 군발드 라르손은 무심하게 대꾸했다.

꼭 죽을 것까진 없잖아, 그는 생각했다. 병원은 안 그래도 환자로 넘쳤다. 휴가철인데다가 전반적으로 인력이 부족했기에 모든 과가 마비되었다. 헌혈자가 부족해서 혈액도 모자랐다.

용의자는 벌써 잡혔다. 순찰차가 비르카스타덴의 어느 건물에서 그를 잡아왔다. 거주 불합격 판정을 받아서 현재 마약중독자들이 은신처로 쓰는 건물이었다. 용의자는 자신을 체포하는 경찰관들이 던지는 질문에 대답하지 못할 만큼 혼미한 상태였다. 좌우간 그는 피 묻은 단도를 지니고 있었다. 군발드 라르손은 그를 삼십 초쯤 바라본 뒤 경찰 의사에게 보냈다.

치밀하게 계획된 듯한 강도 사건을 제외하고는, 모두 사고에 가까운 우발적 범죄였다. 불행한 사람이나 신경쇠약자가 제 의지와는 달리 절박한 상황으로 내몰린 경우였다. 거의 모든 경우, 술이나 마약이 결정적 요인이었다. 유례없는 무더위 탓도 있겠지만, 더 근본적인 원인은 의지가 약하거나 사회에 잘 적응하지 못한 사람들을 지치게 만들어서 몰지각한 행동으로 내모는 대도시의 무자비한 논리, 사회 시스템 그 자체였다.

그리고 외로운 사람들도. 군발드 라르손은 지난 스물네 시간 동안 자살이 얼마나 많이 벌어졌을지 생각해보았고, 그 수를 알려면 좀더 기다려야 한다는 사실에 안도에 가까운 감정을 느꼈다. 아직 일선 경찰서들이 사건 사고를 정리하는 중일 테니 그것을 다 취합해야 보고서가 나올 터였다.

군발드 라르손이 교대하는 시각인 5시가 이십 분 남았다.

원래대로라면 그는 혼자 사는 볼모라의 집으로 귀가하여 샤워하고, 깨끗한 목욕 가운과 슬리퍼 차림으로 차가운 탄산음료를—군발드 라르손은 거의 금주가였다—한 잔 마시고, 전화가 울리지 않도록 수화기를 내려놓고, 오락소설을 읽으면서 저녁을 보낼 터였다.

하지만 오늘은 자신과는 전혀 무관한 일을 하나 처리해야 했다. 이 일, 브로베리라는 인간을 붙잡는 일을 맡은 것을 군발드 라르손은 후회하면서도 고약한 즐거움을 느끼면서 기대했다. 만약 브로베리가 범죄자라면—그리고 군발드 라르손은 그럴 것이라고 확신했다—그는 군발드 라르손이 감옥에 처넣기를 가장 즐기는 유형의 범죄자였다. 악덕 건물주, 악덕 사채업자. 안타깝게도 보통 그런 인간들은 경찰이 손댈 수 없었다. 그런 인간들이 실제로 존재할뿐더러 융통성 없는 법률을 형식적으로만 지키면서 호의호식한다는 사실을 모두가 뻔히 아는데도.

군발드 라르손은 이 일을 혼자서는 처리하지 않기로 결정했다. 그 이유 가운데 하나는 그가 경찰에 몸담은 세월 동안 자주 독불장군처럼 행동해왔고 그 때문에 자주 비난받았기 때문이었다. 얼마나 자주 그랬던지, 그 탓에 현재로서는 그가 더이상 승진할 가망은 희박해 보였다. 또 다른 이유는 이번만큼은 그도 위험을 감수하고 싶지 않다는 것, 그리고 이 일은 깔끔하게 처리된 것처럼 보여야 한다는 점이었다.

그래서 이번만큼은 군발드 라르손도 규칙을 따르기로 했다. 따라서 당연히 사태가 잘못될 수 있는 상황에 철저히 대비해야 했다.

하지만 어디서 함께할 파트너를 구하지? 자기 부서에는 한가한 사람이 없었고, 콜베리가 베스트베리아도 마찬가지라고 말했다.

군발드 라르손은 하는 수 없이 클라라 경찰서에 전화를 걸었다. 그리고 구차하게 하소연한 끝에 긍정적인 대답을 얻었다.

"그게 그렇게 중요한 일이라면, 사람을 한 명 내줄 수도 있을지 모르겠군요." 그곳 경감이 말했다.

"그러면 정말 고맙겠습니다."

"이렇게 일손을 빌려주는 게 쉬운 일 같습니까? 입장을 바꿔서 생각해보면?"

"아뇨, 아니죠." 군발드 라르손은 말했다. "저도 압니다."

많은 제복 경찰관들은 몇몇 대사관과 관광 안내소 앞에서 시민들을 험상궂게 쏘아보는 일을 하고 있었다. 효과도 없었다. 설령 사보타주나 시위가 터지더라도 그들이 건설적으로 대처할 방법이 없으니까. 더구나 이제 국가경찰청장이 경찰관들에게 경찰봉을 함부로 휘두르지 말라고 엄명했으니, 그 무의미하고 죽도록 지루한 임무를 맡은 이들은 유일한 오락으로 여겨온 일을 금지당한 셈이었다.

"그래서, 누굴 보내줄 겁니까?" 군발드 라르손이 물었다.

"사크리손이라고, 원래 마리아 경찰서 출신입니다. 보통 사복 경관으로 일하는 친구예요."

군발드 라르손은 금색 눈썹을 찌푸렸다.

"누군지 압니다." 그의 말에 반가운 기색은 전혀 없었다.

"그러면 더 잘됐군……."

"됐고, 그 친구가 제복 차림으로 나타나지 않도록 그것만 확실히 해주십시오." 군발드 라르손이 말했다. "5시 오 분 전까지 건물 앞에 서 있어야 한다는 것도." 그러고는 잠깐 생각한 뒤 덧붙였다. "내가 건물 앞에 서 있으라는 건, 팔짱을 턱 끼고 무슨 문지기처럼 입구를 가로막고 서 있으라는 뜻이 아닙니다."

"알겠소."

"좋습니다." 군발드 라르손은 말하고 끊었다.

그가 쿵스가탄 거리의 건물에 도착한 것은 정확히 5시 오 분 전이었다. 사크리손이 여성 속옷 가게의 쇼윈도를 수줍은 얼굴로 구경하면서 서 있는 모습이 눈에 들어왔다.

군발드 라르손은 울적한 마음으로 사크리손의 복장을 살펴보았다. 사크리손의 사복 차림이란 캐주얼한 재킷으로 한정되어 있었다. 그 밖에는 제복 바지와 제복 셔츠를 입었고 제복 넥타이까지 맸다. 어떤 멍청이라도 그가 경찰관이라는 사실을 백 미터 밖에서도 알아볼 수 있을 터였다. 게다가 그는 두 다리를 넓게 벌리고 뒷짐을 지고 서서 몸무게를 앞뒤로 옮기며 흔들거리고 있었다. 경찰모와 경찰봉이 든 종이봉투만 팔에 끼면 완벽할 것 같았다.

사크리손은 군발드 라르손을 보고 얼른 자세를 바로 했다. 차려 자세라도 취할 것 같았다. 사크리손은 전에 군발드 라르손과 함께했던 업무에 관해서 안 좋은 기억이 있었다.

"긴장 풀어." 군발드 라르손이 말했다. "재킷 오른쪽 주머니에 든 건 뭔가?"

"권총입니다."

"어깨띠를 차야겠다는 판단도 안 들던가?"

"못 찾아서 말입니다." 사크리손이 한심하게 대답했다.

"맙소사, 그러면 그 물건을 허리에라도 차."

사크리손은 얼른 손을 주머니에 넣었다.

"여기서 말고, 젠장! 현관에 들어가서 해. 아무도 못 보게." 군발드 라르손이 말했다.

사크리손은 하라는 대로 했다.

돌아온 사크리손은 아까보다는 나아 보였지만 여전히 신통치 않았다.

"자, 들어봐." 군발드 라르손이 말했다. "우리가 예상하기로, 5시 이후에 남자 하나가 여기 나타나서 건물로 들어갈 거야. 이렇게 생긴 남자야."

군발드 라르손은 그의 솥뚜껑만 한 손안에 있으니 한없이 작아 보이는 사진을 보여주었다. 잘 나온 사진은 아니었지만, 구할 수 있는 게 그것뿐이었다.

사크리손은 끄덕였다.

"남자는 건물로 들어갔다가, 내 예상이 맞는다면 몇 분 뒤에 다시 나올 거야. 아마 까맣고 끈이 두 줄 달린 돼지가죽 여행 가방을 하나 들고 나올 거야."

"도둑입니까?"

"그래, 비슷한 거야. 자네가 할 일은 건물 출입구 앞에서 지키고 서 있는 거야."

사크리손이 또 끄덕였다.

"나는 위로 올라갈 거야. 내가 위에서 남자를 붙잡을 수도 있겠지만, 가능하면 그러지 않으려고 해. 남자는 차를 몰고 와서 건물 바로 앞에 세워둘 가능성이 높아. 급히 서두를 테니까, 시동도 안 끄고 건물에 들어갔다 나올지도 몰라. 차는 까만 메르세데스일 것 같지만 확실한 건 아냐. 만에 하나 그가 가방을 들고 인도까지 나왔는데도 내가 뒤따르지 않는다면, 자네가 무슨 일이 있어도 그를 붙잡아둬야 해. 그가 차를 몰고 떠나지 못하게 막아야 해. 내가 나올 때까지."

사크리손은 결연한 표정을 지었다.

"그리고 제발 보통 사람처럼 보이려고 노력해봐. 미국 무역센터 앞을 지키고 선 경호원처럼 보이지 말고."

사크리손은 살짝 얼굴을 붉혔다. 잘 모르겠다는 표정이었다.

"알겠습니다." 그가 웅얼거리고는 덧붙였다. "위험인물입니까?"

"그럴지도." 군발드 라르손은 태연히 대답했다.

사실 브로베리에 대한 군발드 라르손의 개인적 견해는 벼룩만큼도 위험하지 않은 놈이리라는 것이었다.

"이제 내가 한 말을 전부 잘 기억하도록 해."

사크리손은 어렵사리 위엄을 되찾고 끄덕였다.

군발드 라르손은 출입구로 들어갔다. 현관은 넓고 조용했다. 사무실 대부분은 벌써 업무를 마감한 듯했다.

그는 계단으로 올라갔다. "함푸스 브로베리 유한회사"와 "빅토르 팔름그렌 금융"이라는 명판이 둘 다 붙어 있는 문을 지나쳤을 때, 그 문에서 서른다섯쯤 된 흑발 여성이 나왔다. 비서인 모양이었다. 군발드 라르손이 손목시계를 보니 5시 정각이었다. 시간을 잘 지키는 건 미덕이지.

여자는 그에게 눈길도 주지 않고 엘리베이터 단추를 눌렀다. 군발드 라르손은 다음 층까지 절반쯤 걸어 올라간 뒤 꼼짝 않고 서서 기다렸다.

기다림은 꽤 길어졌다. 그동안 아무 일도 없었다. 이후 오십 분간 엘리베이터는 세 번 움직였고, 사람이 계단으로 걸어 내려온 일이 두 번 있었지만, 그들은 군발드 라르손에게 관심이 없었다. 보나마나 사정상 초과근무를 하다 가는 사람들일 터였다. 군발드 라르손은 그럴 때면 계단을 더 올라가서 위층에서 상대를 지나쳤다가 원 위치로 내려왔다. 6시 삼 분 전, 엘리베이터가 삐걱대는 소리와 묵직한 발소리가 동시에 났다. 이번에는 밑에서 올라오는 소리였다. 엘리베이터가 멈췄고, 웬 남자가 내렸다. 손에 열쇠 꾸러미를 든 남자는 군발드 라르손이 보기에 함푸스 브로베리 같았다. 그렇다면 브로베리는 이 더위에도 모자를 쓰고 외투를 입은 행색이었다. 그가 열쇠로 사무실 문을 열고 들어가서 문을 닫았다.

그 순간, 계단을 쿵쿵 걸어 올라오던 사람이 브로베리의 사무실을 지나쳐서 군발드 라르손 앞에 나타났다. 튼실한 체격에 작업복과 플란넬 셔츠를 입은 남자였다. 남자가 군발드 라르손을 보자마자 우뚝 서서 큰 소리로 물었다.

"왜 여기서 얼쩡거리쇼?"

"당신 알 바 아닙니다." 군발드 라르손은 속삭였다.

남자에게서 맥주 혹은 아쿠아비트 혹은 둘 다의 냄새가 났다.

"내 알 바이고말고." 남자는 고집을 피웠다. "난 여기 관리인이오."

남자가 한 손을 벽에 짚고 다른 손으로 난간을 쥐어서 꼭 길을 막듯이 계단 한가운데에 섰다.

"난 경찰입니다." 군발드 라르손이 속삭였다.

그때, 사무실 문이 열리더니 브로베리인가 뭔가 하는 남자가 군발드 라르손은 말로만 들었던 여행 가방을 들고 나왔다.

"경찰이라고!" 관리인이 거친 목소리로 쩌렁쩌렁 외쳤다. "증거를 대지 않으면……."

여행 가방을 든 남자는 일 초도 주저하지 않았다. 남자는 느려터진 엘리베이터를 포기하고 계단으로 쏜살같이 뛰어내려갔다.

군발드 라르손은 난처했다. 옥신각신할 시간이 없었다. 하지만 만약 작업복 입은 사내를 한 대 친다면, 사내가 계단으로 굴러서 목이 부러질 것 같았다. 군발드 라르손은 잠깐 망설이다가 오른손으로 사내를 옆으로 밀었다. 쉽게 해결되어야 할 일이었지만 뜻밖에 관리인이 군발드 라르손의 재킷을 움켜잡고 늘어졌다. 군발드 라르손은 사내의 손을 떼어내려 버둥거렸고, 그러자 그만 옷이 죽 찢어지는 소리가 들렸다. 또 옷이 망가진 데 분노한 군발드 라르손이 몸을 반쯤 돌려서 사내의 손목을 쳤다.

관리인은 끙 소리를 내면서 떨어져나갔다. 하지만 브로베리는 이미 한참 앞서 있었다. 군발드 라르손은 계단으로 돌진했다. 뒤에서 험한 욕설과 비틀거리는 발소리가 들렸다.

1층 현관의 상황은 더이상 한심할 수 없었다. 사크리손은 출입구 안으로 들어와 있었고, 더군다나 두 다리를 떡 벌린 채 버티고 섰다. 벌써 재킷을 열고 바지춤의 권총을 허둥지둥 뽑고 있었다.

“거기 서! 경찰이다!” 사크리손이 고함을 질렀다.

브로베리는 오른손에 든 가방을 놓지 않고 우뚝 섰다. 그러더니 왼손을 외투 주머니에 넣어서 총을 꺼내고 천장을 향해 쐈다. 군발드 라르손이 들어보니 총알이 튕기는 소리는 나지 않았다. 그래서 그는 그것이 출발 신호용 총이나 장난감일 것이라고 확신했다.

사크리손이 대리석 바닥으로 납작 엎드려서 총을 쐈다. 하지만 빗맞혔다. 군발드 라르손은 얼른 벽에 몸을 붙였다. 브로베리가 넓은 현관 안쪽으로, 그러니까 출입구의 경찰관으로부터 멀어지는 방향으로 뛰어갔다. 아마 뒷문이 있으리라. 사크리손이 또 쏘았고, 또 빗맞혔다. 가방을 든 남자는 군발드 라르손으로부터 겨우 삼 미터 떨어진 지점에서 계속 건물 안쪽으로 달려갔다.

사크리손이 세 발을 더 쏘았다. 모두 턱없이 빗나갔다.

경찰대학에서 대체 뭘 배우는 거야? 군발드 라르손은 생각했다.

총알들이 대리석 벽에 맞아 이리저리 튀었다. 그중 하나가 군발드 라르손의 오른쪽 구두 뒤축에 박혔다. 이탈리아 장인의 타의 추종을 불허하는 솜씨를 보여주는 물건이 망가지다니.

"사격 중지!" 군발드 라르손이 노호했다.

사크리손은 또 쏘았지만, 딸깍 하는 소리만 났다. 탄창을 채우는 걸 잊은 모양이었다.

군발드 라르손은 성큼성큼 세 걸음을 걸어가서, 일 초도 주저하지 않고 함푸스 브로베리의 턱을 최대한 세게 쳤다. 주먹에 맞은 자리에서 으드득 소리가 나면서 남자가 주저앉았다.

관리인이 헐떡거리고 욕을 뱉으면서 계단을 내려왔다.

"이 무슨……." 그가 숨찬 목소리로 중얼거렸다.

총에서 나온 연기가 현관에 연푸른 안개처럼 퍼졌다. 코르다이트 화약 냄새가 코를 찔렀다.

사크리손이 어리둥절한 표정으로 일어났다.

"뭘 겨눈 건가?" 군발드 라르손이 성을 냈다.

"다리를……."

"내 다리?"

군발드 라르손은 브로베리의 손에서 떨어진 무기를 집었다. 추측했던 대로 공포탄을 쓰는 총이었다.

건물 밖에 사람들이 떠들썩하게 모여 있었다.

“미쳤습니까? 브로베리 사장님이잖아요.” 관리인이 말했다.

“닥쳐요.” 군발드 라르손은 이렇게 대꾸하고 바닥에 주저앉은 남자를 일으켜 세웠다.

“가방을 들어.” 사크리손에게는 이렇게 말했다. “그거라도 감당할 수 있다면.”

군발드 라르손은 남자의 오른팔을 단단히 쥐고 밖으로 나갔다. 브로베리가 왼손으로 제 턱을 받쳤다. 손가락 사이로 피가 흘렀다.

군발드 라르손은 주변을 두리번거리는 일 따위 없이 곧장 웅성거리는 사람들 틈을 비집고 자기 차로 걸어갔다. 사크리손이 가방을 들고 터덜터덜 뒤따랐다.

“우리를 경찰서로 데려다줄 수 있겠나?” 군발드 라르손이 사크리손에게 물었다.

사크리손은 침울하게 끄덕인 뒤 슬그머니 운전석에 앉았다.

“무슨 일입니까?” 회색 양복에 베레모를 쓴 신사가 물었다.

“영화 찍는 중입니다.” 군발드 라르손은 대답하고 문을 탕 닫았다.

"어서 이 망할 물건을 움직여." 시동 키를 더듬거리는 사크리손에게 군발드 라르손이 말했다.

사크리손은 마침내 시동을 거는 데 성공했다.

쿵스홀멘으로 가는 길에, 사크리손이 마음에 내내 품고 있었던 것 같은 질문을 던졌다.

"무장 안 하셨습니까?"

"얼간이 같으니." 군발드 라르손이 지친 기색으로 대꾸했다.

물론 군발드 라르손은 늘 그렇듯이 허리에 찬 클립에 권총을 끼워두고 있었다.

함푸스 브로베리는 말이 없었다.

17.

함푸스 브로베리는 말이 없었다. 말할 의향이 없었고 말할 수도 없었다. 그는 이가 두 개 빠지고 턱뼈도 부러졌다.

같은 날 밤 9시 30분, 군발드 라르손과 콜베리는 아직도 남자에게 얼굴을 들이대고 무의미한 질문을 외치고 있었다.

"누가 빅토르 팔름그렌을 쐈지?"

"당신은 왜 도망치려고 했지?"

"당신이 킬러를 고용한 거 맞지?"

"부인해봐야 소용없어!"

"실토하는 게 나을걸."

"자, 총 쏜 사람이 누구지?"

"왜 대꾸가 없나?"

"아무튼 게임은 끝났으니까, 이제 입을 열어."

브로베리는 이따금 고개를 설레설레 저었다. 팔름그렌 사건이 언급되었을 때는 안 그래도 일그러진 얼굴을 더 일그러뜨렸는데, 아마 같잖다는 뜻으로 웃으려는 것 같았다.

콜베리는 그 우거지상의 뜻은 알 것 같았지만 그 밖에는 통 알 수 없었다. 그들은 신문을 시작할 때 절차상, 그리고 나중에도 지나가는 말로 브로베리에게 원한다면 변호사를 부를 수 있다고 알려주었다. 하지만 남자는 계속 고개를 저었다.

"당신은 팔름그렌을 제거해서 그의 돈을 슬쩍하고 싶었어, 안 그래?"

"총 쏜 사람은 어디 있지?"

"또 누가 가담했지?"

"불어!"

"당신은 구인拘引된 신세야."

"곤경에 처했지."

"왜 딴 녀석들을 보호하려 하지?"

"딴 놈들은 아무도 그쪽을 보호하지 않아."

"자, 털어놓지."

"누가 범행을 저질렀는지 알려주면, 나중에 그쪽이 정상참작을 받을 수 있을 거야."

"우리에게 협조하는 게 이로울걸." 콜베리는 가끔 좀더 유화적인 접근법을 취했다.

"생일이 언제지? 태어난 곳은?"

군발드 라르손은 늘 그러는 대로 막히면 처음부터 다시 해야 한다는 원칙을 지키려고 했다.

"좋아, 처음부터 다시 하지. 언제부터 빅토르 팔름그렌을 제거해야겠다고 결심했지?"

우거지상. 절레절레.

콜베리는 남자의 입술이 '바보들' 하는 모양으로 움직이는 걸 읽은 것 같았다. 문득 그것이 적확한 묘사라는 생각이 들었다.

"말하고 싶지 않으면, 여기 종이에 써."

"여기, 펜."

"우리가 관심 있는 건 살인뿐이야. 나머지는 다른 사람들이 처리할 거야."

"당신이 살인 공모의 용의자라는 걸 아나?"

"일급 살인의 공범이라는 걸?"

"자백할 건가, 말 건가?"

"지금 자백하는 게 모두에게 좋아. 당장."

"처음부터 다시 하지. 팔름그렌을 죽여야겠다는 결정을 언제 내렸나?"

"말해!"

"우리는 그쪽을 붙잡아둘 만한 증거를 잔뜩 갖고 있어. 이미 구류중이고."

그건 사실이었다. 의문의 여지가 없는 사실이었다. 여행 가방에는 대충 계산해도 오십만 크로나어치는 될 듯한 주식과 증권이 들어 있었다. 두 사람은 살인 사건 수사관이지 경제 전문가는 아니었으나, 그래도 통화와 증권 밀반출에 대해서 조금은 알았다.

그들은 또 브로베리의 외투 안주머니에 든 폴더에서 코펜하겐과 프랑크푸르트를 거쳐 제네바로 가는 편도 비행기표를 발견했다. 예약자 이름은 로저 프랭크였다. 다른 안주머니에는 위조 여권이 있었다. 사진은 브로베리의 것이었지만 이름은 역시 엔지니어인 로저 프랭크라고 적혀 있었다.

"자, 이건 어때?"

"그쪽이 할 수 있는 최선의 행동은 맘 편하게 다 털어놓는 거야."

이윽고 브로베리가 볼펜을 들어 노트에 몇 마디 적었다.

두 사람은 몸을 숙여서 읽었다.

의사를 불러주십시오.

콜베리가 군발드 라르손을 한쪽으로 데려가서 조용히 말했다. "진짜 그래야 할지도 모르겠어. 이렇게 몇 시간이고 계속할 순 없다고."

군발드 라르손이 찡그리면서 대답했다. "자네 말이 옳을 것 같군. 저 인간이 정말로 그 살인을 계획했다는 증거가 하나라도 있나? 내가 보기에는 설득력이 없는데."

"맞아." 콜베리가 곰곰이 생각하면서 말했다. "맞아."

둘 다 지쳤고, 집에 가고 싶었다. 그래도 그들은 질문을 몇 개 더 던진 뒤 신문을 마무리했다.

"누가 팔름그렌을 쐈지?"

"그쪽이 쏘지 않았다는 건 알아. 하지만 누가 쐈는지 안다는 것도 알아. 그 남자 이름이 뭐지?"

"지금 어디 있지?"

"생일이 언제지?" 군발드 라르손이 물었다. 그도 사실 제대로 집중하지 못하고 있었다. "태어난 곳은?"

그다음 그들은 포기했다. 경찰 의사를 불러오라고 한 뒤, 브로베리를 유치장 담당 경관에게 넘겼다.

두 사람은 각자 차를 타고 집으로 갔다. 콜베리는 이미 잠든 아내에게 돌아갔고, 군발드 라르손은 망가진 옷을 애도하려고 돌아갔다.

콜베리는 잠자리에 들기 전에 마르틴 베크에게 전화해보았지만 연결되지 않았다.

군발드 라르손은 베크에게든 누구에게든 전화할 생각일랑 없었다. 그는 오래오래 샤워하고, 피 묻은 바지와 터진 재킷과 망가진 구두를 생각했다. 스테인 리베르톤의 소설을 두 쪽 읽은 뒤, 잠이 들었다.

같은 날 저녁, 콜베리는 그보다 더 순조로운 신문을 목격한 뒤였다.

콜베리와 오사 토렐이 헬레나 한손을 풍기단속반의 을씨년스럽고 무서운 취조실로 데려가자마자, 여자는 와르르 무너져서 눈물을 줄줄 흘리면서 자백을 줄줄 토해냈다. 그들은 녹음기를 켜서 여자의 말을 기록하기만 하면 그만이었다.

맞아요 맞아요, 여자는 콜걸이라고 했다.

맞아요 맞아요, 함푸스 브로베리는 단골 손님이라고 했다.

브로베리가 여자에게 여행 가방과 비행기표와 호텔 숙박권을 줬다고 했다. 여자는 취리히로 날아가서 그곳 호텔의 대여금고에 가방을 맡기기로 되어 있었다. 그러면 브로베리가 이튿날 제네바에서 와서 가방을 찾아갈 예정이었다.

매사가 순조롭다면, 여자는 수고비로 일만 크로나를 받기로 되어 있었다. 여행 가방에 무엇이 들었는지는 몰랐다고 했다.

경찰이 왔을 때 여자는 칼튼 호텔에 프랭크라는 이름으로 묵고 있던 브로베리와 통화하려고 시도했다. 하지만 연결되지 않았다고 했다.

말뫼 출장으로 받은 수고비는 천 크로나가 아니라 천오백 크로나라고 했다.

여자는 자신이 속한 콜걸 조직의 이런저런 연락처도 다 토해냈다.

자신은 정말 아무 죄가 없다고 말했고, 이게 다 무슨 일인지 몰랐다고 말했다.

자신이 매춘을 하긴 했지만 매춘부가 자기 혼자만 있는 것도 아니고, 그 밖에는 아무 짓도 안 했다고 말했다.

살인에 대해서는 정말 아무것도 모른다고 말했다.

이미 경찰에게 말했던 내용 외에는 정말 더는 모른다고 말했다.

콜베리는 그 점에서 여자를 믿는 쪽으로 마음이 쏠렸다. 그 밖의 다른 점들에 대해서도.

18.

말뫼에서는 파울손이 동정 파악에 나섰다.

첫 며칠, 토요일과 일요일에 그는 호텔 직원들에게 집중했다. 말하자면 서서히 먹잇감을 좁혀들고 싶었다. 그간의 경험을 통해서, 그는 일단 어떤 사람을 찾아봐야 하는지 알고 나서면 임무를 완수하기가 더 쉽다는 사실을 알았다.

파울손은 모든 식사를 호텔 식당에서 했다. 다른 때도 로비를 떠나지 않았다. 하지만 식탁에 앉아 신문으로 얼굴을 가리고 귀를 쫑긋 세우는 것만으로는 변변한 소득을 얻지 못했다. 손님들은 대부분 그가 모르는 외국어로 말했고, 직원들이 자기들끼리 수요일 사건을 이러쿵저러쿵 이야기하는지는 몰라도 좌우간 그의 자리와 가까운 곳에서는 하지 않았다.

파울손은 신문에서 놀라운 사건을 읽은 손님, 호기심 많은 손님 시늉을 하기로 했다. 웨이터를 불렀다. 웨이터는 구레나룻을 기른 심드렁한 청년으로, 눈부시게 하얗고 제 몸에 몇 사이즈나 커 보이는 재킷을 입었다.

파울손은 그와 충격 사건에 관한 대화를 나누려고 시도했다. 하지만 웨이터는 흥미가 없었다. 질문에 한 단어로만 답했고, 눈길은 수시로 열린 창을 향했다.

살인자를 봤나요?

네에.

장발족 아니던가요?

아아뇨.

정말 머리가 길지 않던가요? 아니면 옷이라도 허름하게 입지 않았던가요?

머리는 좀 길었을지도요. 제대로 못 봤습니다. 아무튼 재킷은 입고 있었습니다.

웨이터는 주방에 볼일이 있는 척하면서 떠났다.

파울손은 따져보았다.

만약 누군가 유난히 긴 머리카락에 턱수염을 기르고 청바지와 헐렁한 재킷을 입었다면, 그 사람이 변장을 하기란 식은 죽 먹기일 것이다. 머리를 자르고, 면도하고, 양복을 입으면 아무도 그를 못 알아볼 테니까. 그런 변장의 단점은 그렇게 변장했던 사람이 예전 모습을 되찾으려면 시간이 걸린다는 점이다. 따라서 그런 사람을 찾아내기는 쉬울 것이다.

파울손은 이 결론에 만족했다.

하지만 좌익분자 중에는 평범한 사람처럼 보이는 이도 많았다. 파울손은 스톡홀름에서 시위가 벌어졌을 때 몇 차례 임무에 나섰다가 종종 그 사실을 목격했고, 그래서 짜증이 났다. 작업복을 입고 셔츠에 크고 빨간 마오쩌둥 배지를 단 사람들은 떼로 몰려 있지 않아도 쉽게 식별할 수 있었다. 그러나 기만적이게도 양복을 입고, 깔끔하게 면도하고, 머리도 단정하게 깎고, 말쑥한 서류 가방에 소책자와 전복적인 책을 넣어 다니는 이들 때문에 일이 까다로워졌다. 그렇다는 것은 곧 파울손 자신이 극단적으로 비위생적인 변장을 할 필요가 없다는 뜻이었지만, 그래도 짜증나기는 마찬가지였다.

수석 웨이터가 파울손의 자리로 왔다.

"식사는 괜찮으셨습니까?" 웨이터가 물었다.

키가 작고 짧게 쳐올린 머리에 눈동자가 유머러스하게 반짝이는 사내였다. 아까의 웨이터보다 분명 더 예리하고 말수도 많을 것 같았다.

"아주 좋았습니다. 고맙습니다." 파울손은 말했다.

그다음 그는 슬쩍 그 주제로 넘어갔다.

"지난 수요일 사건을 생각하던 중이었답니다. 그때 여기 계셨습니까?"

"네, 그날 밤에 일했습니다. 끔찍했지요. 아직 살인범을 잡지도 못했답니다."

"그 사람을 보셨나요?"

"음, 그게 너무 순식간에 벌어진 일이라서 말입니다. 그 사람이 여기 들어왔을 때는 제가 식당에 없었습니다. 저는 그가 총을 쏜 뒤에야 달려왔으니까 흘끗 보기만 했습니다."

파울손에게 훌륭한 발상이 떠올랐다.

"혹시 그가 유색인이 아니었나요?"

"네?"

"노골적으로 말해서, 흑인이 아니었느냐는 말입니다. 흑인이 아니었나요?"

"아뇨, 왜 흑인이어야 하지요?" 수석 웨이터는 진심으로 놀란 듯했다.

"아시겠지만 피부색이 꽤 옅은 흑인도 있거든요. 자세히 보지 않으면 흑인처럼 안 보이는 흑인 말입니다."

"아뇨, 그런 얘기는 금시초문입니다. 그 남자를 저보다 훨씬 더 자세히 본 사람들이 있었으니까, 만약 그가 흑인이었다면 목격자 중 누구든 알아차렸을 겁니다. 그리고 경찰에게 말했겠죠. 그러니까 아뇨, 그럴 리 없습니다."

"아, 네에." 파울손은 대답했다. "그냥 그런 생각이 떠올라서……."

파울손은 토요일 밤을 바에서 보냈다. 다양한 무알코올 칵테일을 잔뜩 마셨다.

그가 여섯 번째 잔으로 푸시풋을 시켰을 때는 쉽사리 놀라지 않는 성격인 바텐더조차 놀란 듯했다.

일요일 밤에는 바가 닫았다. 파울손은 로비에 죽치고 있었다. 프런트 데스크 근처를 배회해보았지만, 접수계 담당 직원은 전화로 통화하랴, 예약 장부를 살펴보랴, 손님들을 도우랴, 가끔 팔꿈치를 치켜들고 연미복 뒷자락을 휘날리면서 급한 용무를 처리하러 달려가랴, 눈코 뜰 새 없이 바쁜 듯했다. 파울손은 한참을 기다려서야 겨우 그 직원과 몇 마디 나눌 수 있었다. 하지만 직원은 파울손의 몇 가지 가설 중 어느 것도 지지하지 않았다. 특히 범인은 결코 흑인이 아니었다는 점을 강조했다.

파울손은 그날 하루를 호텔 그릴에서 푸스터 슈니첼*을 먹는 것으로 마무리했다. 그릴은 식당보다 손님이 더 많고 평균 연령

* 송아지고기 튀김인 헝가리 요리 비너 슈니첼에서 송아지고기 대신 돼지고기를 쓴 요리.

도 더 젊은 편이었다. 파울손은 근처에서 진행되는 흥미로운 대화를 여럿 엿들었다. 바로 옆자리에서는 두 남자와 한 여자가 대화하고 있었는데, 파울손으로서는 기분 나쁘게도 무슨 말인지 한마디도 이해되지 않는 이야기였지만, 그들이 도중에 한 번 빅토르 팔름그렌 사건을 언급하기는 했다.

두 남자 중 더 젊고, 붉은 머리카락을 길게 기르고, 턱수염도 텁수룩하게 기른 남자가 사망자에 대한 경멸과 범인에 대한 존경의 심정을 표시했다. 파울손은 남자의 외모를 꼼꼼히 뜯어보고 머릿속에 기록해두었다.

이튿날은 월요일이었다. 파울손은 룬드로 수색을 넓히기로 결정했다. 룬드에는 대학생들이 있었고, 대학생들이 있는 곳에는 급진 분자가 있기 마련이었다. 파울손은 일탈적 사상을 지녔을 것으로 의심되는 룬드 사람들의 이름이 적힌 긴 명단을 호텔방에 갖고 있었다.

오후에 파울손은 기차를 타고 대학 도시로 갔다. 처음 가보는 곳이었다. 그는 시내를 걸어 다니면서 학생들을 찾아보기 시작했다.

유난히 더운 날이었다. 체크무늬 양복을 입은 파울손은 땀을 뻘뻘 흘렸다.

그는 대학을 잘 찾아갔다. 하지만 이글거리는 태양 아래 교정은 쥐죽은듯 조용하고 비어 있었다. 혁명 활동은 진행되지 않는 듯했다. 파울손은 마오쩌둥이 양쯔강에서 수영하는 모습을 찍은 사진을 떠올렸다. 룬드의 마오주의자들도 주석을 본받아 회예 강에서 수영하고 있을지도 모르는 일이었다.

파울손은 재킷을 벗고 룬드 성당을 구경하러 갔다. 그 지하실에 있는 유명한 거인 핀 조각상이 실제로 보니 너무 작기에 놀랐다. 아내에게 보낼 기념엽서도 한 장 샀다.

성당을 나오면서 보니 학생회가 그날 밤 댄스 파티를 연다는 안내문이 붙어 있었다. 파울손은 거기 가보기로 결심했다. 하지만 아직 초저녁이었으니 어떻게든 시간을 때워야 했다.

그는 여름이라 한산한 도시를 돌아다녔다. 스타스파르켄 공원의 키 큰 나무들 아래를 거닐고 식물원의 자갈길을 산책하다 보니 갑자기 허기가 몰려왔다. 그는 스토르셸라렌 레스토랑에서 간단히 저녁을 먹고, 커피를 시켜 앞에 둔 채 별일이라고는 하나도 벌어지지 않는 바깥 광장을 구경했다.

파울손은 빅토르 팔름그렌을 죽인 사람을 어떻게 추적해야 좋을지 감조차 잡히지 않았다. 스웨덴에서는 암살이 거의 벌어지지 않았다. 현대에 들어 정치적 암살이 있었던가 떠올려봐도 기억나지 않았다. 정보가 이렇게 막연하지 않다면 얼마나 좋을까, 어디서부터 찾아봐야 할지 안다면 얼마나 좋을까 싶었다.

밖이 어두워지고 가로등이 켜지자, 파울손은 계산하고 나와서 디스코텍으로 갔다.

그 모험도 소득이 없기는 매한가지였다. 십 대 아이 스무 명 정도가 맥주를 마시면서 귀청이 떨어질 듯 시끄러운 록 음악에 맞춰 춤추고 있었다. 파울손은 그중 몇 명과 이야기를 나눴지만, 그들이 학생도 아니라는 사실만 확인했다. 그는 작은 조끼로 맥주를 한 잔 마신 뒤 기차를 타고 말뫼로 돌아왔다.

호텔 엘리베이터에서 파울손은 마르틴 베크와 마주쳤다. 엘리베이터에 둘뿐이었는데도, 마르틴 베크는 파울손의 머리 위에 시선을 고정한 채 나지막이 휘파람을 불었다. 그러다가 엘리베이터가 서자, 마르틴 베크가 파울손에게 찡긋 윙크하더니 쉿 하고 말하는 듯이 손가락을 제 입술에 댄 뒤에 내렸다.

19.

월요일 오후, 몬손은 덴마크의 동료에게 전화를 걸었다.

"내가 뭐하는 사람이라고 생각하는 겁니까?" 모겐센이 말했다. "업무 시간에 전화하다니, 내가 수사국에 앉아서 낮잠이라도 잘까 봐?"

"미안합니다." 몬손이 말했다.

"아, 그래요, 너무 급해서 저녁까지 기다릴 수도 없는 일이라 이거죠. 들어나 봅시다. 내가 마침 할 일이 없어서 빈둥거리던 중이니까."

"올레 호프옌센이란 사람 말입니다." 몬손이 말했다. "빅토르 팔름그렌이 운영했던 국제적 사업체의 일부를 맡아서 관리하는 사업가입니다. 팔름그렌은, 당신도 알겠지만, 지난주에 여기서 피살된 남자죠. 호프옌센이 운영하는 회사가 어떤 회사이고 사무실은 어디인지 알고 싶습니다. 최대한 빨리."

"오케이, 알았습니다. 내가 다시 걸죠." 모겐센이 말했다.

삼십 분이 흘렀다.

"별로 어렵지 않더군요. 부를까요?" 모겐센이 말했다.

"그럼요. 말하세요." 몬손은 펜을 쥐었다.

"올레 호프옌센. 마흔여덟 살, 기혼, 자녀는 딸 둘. 아내는 비르테 호프옌센, 마흔세 살. 가족이 사는 곳은 헬레루프의 리셸리우 거리. 회사는 에로프라그트라는 이름의 항공 운송 회사. 사무실은 코펜하겐 쿨토르벳 광장에 있고, 카스트룹 공항에도 공간을 빌려쓰고 있음. DC-6 모델 비행기를 다섯 대 소유. 더 알고 싶은 것 있습니까?"

"아뇨, 됐습니다. 지금은 이걸로 충분합니다. 그건 그렇고, 거긴 좀 어떻습니까?"

"끔찍합니다. 덥고. 무더위 때문에 사람들이 미쳐가는 것 같습니다. 정신 나간 사람이 온통 우글거려요. 스웨덴 사람도 많고. 파르벨*."

전화를 끊는 순간, 몬손은 항공사 전화번호를 묻지 않았다는

* 덴마크어로 "안녕히"라는 인사말.

사실을 깨달았다.

몬손은 대신 교환원에게 알아달라고 부탁했다. 시간이 좀 걸렸다. 마침내 알아낸 번호로 에로프라그트에 걸었더니, 그쪽 비서가 호프옌센 사장은 이튿날에야 시간이 나고 오전 11시 이후에야 면담이 가능하다고 말했다.

차라리 잘됐군, 몬손은 생각했다. 난 오늘 다른 사장도 제대로 못 다뤘잖아.

몬손은 월요일 오후를 일상 업무로 보냈다. 그것도 어쨌든 처리해야 하는 일이었다.

화요일 아침, 몬손은 사보이 호텔 앞에서 마르틴 베크를 차에 태웠다. 몬손은 쾌속선으로 코펜하겐에 갈 계획이었지만, 마르틴 베크는 진짜 배를 타고 싶다면서 그러면 겸사겸사 재미도 누리고 해협을 건너는 동안 점심도 먹을 수 있다고 말했다. 마르틴 베크는 이십 분 뒤에 말뫼후스라는 열차 연락선이 떠난다는 사실까지 알아둔 터였다.

배에는 승객이 많지 않았다. 식탁은 두 개만 찼다. 몬손과 마르틴 베크는 뷔페에서 청어와 비너 슈니첼을 먹은 뒤 라운지로 가서 커피를 마셨다.

바다는 유리처럼 잔잔했다. 하지만 시야는 완벽하게 맑지 않았다. 벤 섬의 실루엣이 어른어른 보였지만, 바카팔 해안이나 섬에 있는 작고 흰 교회까지 보이진 않았다. 마르틴 베크는 해협을 지나는 배들을 흥미롭게 구경했고, 우아한 선체에 아름답고 곧은 굴뚝을 단 증기 화물선을 발견했을 때는 특히 즐거워했다.

커피를 마시면서 마르틴 베크는 몬손에게 콜베리와 군발드 라르손이 함푸스 브로베리와 헬레나 한손에 대해서 알아낸 바를 들려주었다. 그 자체로 문제적인 내용이었지만, 살인 수사에는 딱히 도움이 될 것 같지 않았다.

두 사람은 배에서 내려 기차를 타고 중앙역으로 갔다. 중앙역부터는 걸어서 로드후스플라센 광장을 가로지른 뒤 좁은 골목을 누벼서 쿨토르벳 광장으로 갔다. 에로프라그트의 사무실은 오래된 건물 꼭대기 층에 있었다. 엘리베이터가 없었기 때문에, 두 사람은 가파르고 비좁은 계단을 걸어 올라갔다.

건물은 오래되었어도 사무실 인테리어는 초현대적이었다. 두 사람은 길고 좁은 복도로 들어섰다. 양쪽에 문들이 나 있었고, 문에는 속에 푹신하게 솜을 댄 초록색 인조가죽이 덮여 있었다. 문과 문 사이 벽에는 옛 비행기들의 확대 사진이 걸려 있었고, 사진 아래마다 작은 가죽 안락의자와 받침대에 얹힌 황동 재떨이가 비치되어 있었다. 복도 끝에 광장을 내다보는 키 큰 창문이 두 개 나 있는 넓은 방이 있었다.

창을 등지고 흰 철제 책상에 앉은 접수 직원은 젊지도 아주 예쁘지도 않았다. 하지만 목소리가 좋았다. 몬손은 전날 통화할 때부터 안 사실이었다. 여자는 또 붉은 기가 도는 근사한 금발 머리카락을 갖고 있었다.

통화중이었던 여자가 정중한 손짓으로 두 사람에게 한쪽에 마련된 안락의자들을 가리켰다. 몬손은 의자에 털썩 앉은 뒤, 열차 연락선 식당의 양념통 바구니에서 한 움큼 가져온 이쑤시개 중 하나를 꺼냈다. 마르틴 베크는 그냥 서서 방 한구석에 있는 오래된 타일 난로를 구경했다.

여자는 스페인어로 통화했다. 마르틴 베크도 몬손도 유창하지 않은 언어였기에 둘 다 곧 엿듣는 데 질렸다.

마침내 붉은 금발의 여성이 통화를 마치고 웃으면서 일어났다.

"스웨덴 경찰에서 오셨죠. 잠시 기다리세요. 호프옌센 사장님께 말씀드리겠습니다."

여자는 쌍여닫이 문으로 사라졌다. 이 문도 인조가죽으로 덮여 있지만 커피빛 갈색이었고, 크고 반짝이는 황동 징이 군데군데 박혀 있었다. 문은 여자 뒤로 소리 없이 닫혔다. 마르틴 베크가 귀를 아무리 쫑긋 세워도 안에서 새어 나오는 목소리는 들리지 않았다. 일 분이 지나기도 전에 문이 다시 열리더니 호프옌센이 두 팔을 뻗으면서 나왔다.

호프옌센은 운동선수 같은 인상에 선탠을 짙게 했다. 그가 활짝 웃으니 단정한 콧수염 밑으로 하얗고 가지런한 치아가 드러났다. 옷은 격식 차리지 않은 스타일을 연구해서 입은 것 같았다. 얇고 깔깔한 올리브그린색 실크 셔츠, 그보다 색이 짙고 부드러운 아일랜드 트위드로 된 재킷, 밤색 바지, 베이지색 모카신. 셔츠 목 부분에 드러난 곱슬곱슬하고 무성한 가슴털이 갈색 피부에 대비되어 거의 은색처럼 보였다. 그는 어깨가 떡 벌어졌고, 머리가 컸고, 이목구비도 큼직큼직했다. 짧게 깎은 머리는 콧수염처럼 백금색이었다. 듬직한 상체에 비해 골반은 부자연스러울 만큼 좁았다.

호프옌센은 마르틴 베크와 몬손과 악수한 뒤, 두 사람이 들어가도록 문을 잡아주었다. 그가 문을 닫으면서 비서에게 말했다. “어떤 일로도 방해하지 말도록.”

호프옌센은 두 수사관이 앉기를 기다렸다가 자신도 책상에 앉았다. 의자 등받이에 몸을 기대면서, 손 닿는 곳에 놓인 재떨이에서 연기를 피워 올리고 있던 시가를 집었다.

“자, 두 분은 가엾은 빅토르 때문에 오셨지요? 범인을 아직 못 잡았습니까?”

“네, 아직.” 마르틴 베크가 대답했다.

“저는 사실 그 끔찍했던 날 밤 말뫼에서 조사받을 때 했던 말외에는 더 할 말이 없습니다. 불과 몇 초 만에 벌어진 일이라서."

"하지만 총 쏜 사람을 보기는 하셨죠?" 몬손이 물었다. "그를 바라보는 방향으로 앉아 계셨으니까요."

"맞습니다." 호프옌센은 시가를 뻐끔뻐끔 피우면서 대답했다. 그러고는 잠시 생각해보다가 말을 이었다.

"하지만 총격 전에는 남자를 알아차리지 못했고, 총격 후에는 일 분쯤 지나고서야 사태를 파악했습니다. 빅토르가 식탁에 엎어지는 걸 보고도 총에 맞았다는 건 즉각 파악하지 못했어요. 총성을 들어놓고도. 그제야 보니까 리볼버를 든 남자가, 제 생각에는 리볼버였습니다만, 황급히 창문으로 가서 사라지더군요. 너무 놀라서, 어떻게 생긴 남자인지 살펴볼 겨를이 없었습니다. 그러니 두 분도 제가 큰 도움은 되지 못한다는 걸 이해하겠죠."

남자는 미안하다는 몸짓으로 두 팔을 들었다가 푹신한 팔걸이에 털썩 떨어뜨렸다.

"하지만 범인을 보기는 하셨으니까, 인상이 있겠지요." 마르틴 베크가 말했다.

"묘사해보라고 하면, 중년에 좀 허름한 사람이었다고 말하겠습니다. 얼굴은 못 본 것 같습니다. 제가 봤을 때는 그가 이미 등을 돌린 상태라서. 창문으로 그렇게 빨리 도망친 걸 보면 몸은 아주 좋은 사람이었던 모양입니다."

호프옌센은 몸을 숙이고 시가를 재떨이에 껐다.

"아내 되시는 분은? 뭔가 못 보셨답니까?" 몬손이 물었다.

"전혀." 호프옌센이 대답했다. "아내는 예민하고 매사에 쉽게 영향받는 사람입니다. 이 일은 아내에게 큰 충격이라 회복하는 데 며칠이 걸렸습니다. 게다가 아내는 빅토르 옆에 앉아 있었으니까 범인에게 등을 돌리고 있었습니다. 아내에게도 꼭 물어볼 생각은 아니시죠?"

"네. 그럴 필요까진 없을 겁니다." 마르틴 베크가 말했다.

"고맙습니다." 호프옌센이 미소 지었다. "자, 그러면……."

남자는 일어나려는 듯 팔걸이를 움켰지만 몬손이 얼른 말했다. "호프옌센 씨, 괜찮다면 질문을 몇 가지 더 드리고 싶습니다."

"네에?"

"이 회사를 이끈 지 얼마나 됐습니까?"

"십일 년 전에 회사가 설립되었을 때부터죠. 저는 젊었을 때 조종사였는데, 그후 미국에서 광고를 공부하고 어느 항공사의 홍보 담당자로 일했습니다. 그러던 중 빅토르가 여기 코펜하겐에 에로프라그트를 세우고는 저를 사장으로 앉혔죠."

"지금은 어떻습니까? 그가 죽었어도 평소대로 운영하고 계십니까?"

호프옌센은 팔을 벌리면서 아름다운 의치를 드러냈다.

"더 쇼 머스트 고 온*." 그가 말했다.

방이 조용해졌다. 마르틴 베크가 몬손을 곁눈질하니, 그는 의자에 몸을 깊이 파묻은 채 골프채가 가뜩 든 골프 가방이 타일 난로에 기대어 세워진 걸 기분 나쁜 표정으로 보고 있었다.

"이제 팔름그렌의 사업체는 누가 맡습니까?" 마르틴 베크가 물었다.

"음, 그거 좋은 질문이군요." 호프옌센이 말했다. "린데르는 너무 풋내기일 테죠. 브로베리는, 음, 저처럼 안 그래도 일이 많을 테고요."

"당신은 팔름그렌과 어떻게 지냈습니까?"

"아주 잘 지냈다고 해야겠죠. 그는 저를, 그리고 제가 회사를 운영하는 방식을 전적으로 믿었습니다."

"에로프라그트는 정확히 무슨 일을 하는 회사입니까?" 마르틴 베크는 이렇게 묻자마자 어떤 대답이 나올지 알아차렸다.

"이름대로 항공기로 화물을 나르죠." 호프옌센이 대답했다.

그가 시가 상자를 들어 몬손과 마르틴 베크에게 권했지만,

* 영어로 "어쨌든 계속 해나가야 한다"라는 뜻.

둘 다 고개를 젓자 자신이 하나 꺼내어 불을 붙였다. 마르틴 베크는 플로리다 담배에 불을 붙인 뒤 연기를 뿜으면서 말했다.

"네, 그건 압니다. 하지만 어떤 화물입니까? 비행기가 다섯 대 있죠?"

호프옌센은 끄덕끄덕하면서 시가의 불똥을 살펴본 뒤 말했다. "화물은 주로 팔름그렌이 운영하는 사업체의 물품, 대개 통조림 생선입니다. 냉동고를 갖춘 비행기도 한 대 있습니다. 가끔 전세 비행도 합니다. 코펜하겐의 다른 회사들이 운송 작업이 있을 때 우리에게 연락하죠. 다른 단체들도 그러고요."

"어느 나라로 운항합니까?" 마르틴 베크가 물었다.

"주로 유럽입니다. 동유럽 국가들을 제외하고. 가끔 아프리카로도 가고."

"아프리카요?"

"주로 전세 비행입니다. 수요가 있는 계절이 있죠." 호프옌센은 이렇게 말한 뒤 노골적으로 손목시계를 보았다.

몬손이 몸을 세우면서 입에서 이쑤시개를 빼고 그것으로 호프옌센을 가리켰다.

"함푸스 브로베리를 잘 압니까?"

덴마크인은 으쓱했다.

"잘은 모릅니다. 지난주 수요일 같은 중역 회의에서 가끔 보는 사이죠. 가끔 전화 통화도 하고요. 그게 답니다."

"그가 지금 어디 있는지 압니까?" 몬손이 물었다.

"스톡홀름에 있겠죠. 거기 사니까요. 사무실도 거기고."

호프옌센은 이 질문에 놀란 듯했다.

"팔름그렌과 브로베리의 관계는 어땠습니까?" 마르틴 베크가 물었다.

"제가 아는 한 괜찮았습니다. 저하고 빅토르처럼 친구 사이는 아니었을 것 같지만. 우리는 함께 골프도 많이 치고 업무 시간 외에도 만났거든요. 하지만 빅토르와 함푸스 브로베리는 고용인과 피고용인 관계에 가까웠을 것 같군요."

남자의 말투에서 브로베리에 대한 은근한 멸시가 드러났다.

"브로베리의 비서도 예전에 만난 적 있습니까?" 몬손이 물었다.

"금발 아가씨? 아뇨, 그때가 처음이었습니다. 귀여운 아가씨더군요."

"이 회사는 직원이 몇 명입니까?" 마르틴 베크가 물었다.

호프옌센은 잠시 생각해봐야 했다.

"현재는 스물두 명입니다. 조금씩 변동이 있습니다. 가령……."

그가 말을 멎었다가 으쓱했다. "계절에 따라, 업무에 따라, 기타 등등에 따라." 모호한 대답이었다.

"비행기들은 지금 어디 있습니까?" 마르틴 베크가 물었다.

"두 대는 카스트룹에, 한 대는 로마에, 또 한 대는 엔진 수리차 상투메에, 마지막 한 대는 포르투갈에."

마르틴 베크가 갑자기 일어나면서 말했다. "고맙습니다. 혹시 다른 게 더 생각나면 알려주시겠습니까? 당분간 계속 코펜하겐에 계실 예정입니까?"

"네, 그럴 겁니다."

호프옌센은 대답하며 시가를 내려놓았지만, 일어나지는 않고 조용히 앉아 있었다.

문간에서 몬손이 뒤를 돌아보며 말했다. "혹시나 해서 말인데, 빅토르 팔름그렌이 죽기를 바란 사람이 있는지 압니까?"

호프옌센은 시가를 집어 들고, 흔들림 없는 눈으로 몬손을 보면서 말했다. "아뇨, 모릅니다. 누군지는 몰라도 그를 쏜 사람은 그랬겠지요. 그럼 이만, 파르벨."

마르틴 베크와 몬손은 쾨브마게르고드 거리를 걸어 내려와서 아마게르 광장으로 갔다. 몬손이 바로 옆 레더스트레데 거리를 흘끗 보았다. 그곳에 그가 아는 여자가 살았다. 스코네 출신이지만 코펜하겐에서 사는 조각가였다. 몬손은 지난해 수사중에 그녀를 만났다. 여자의 이름은 나디아였고, 몬손은 나디아를 아주 좋아했다. 두 사람은 이후 가끔가다 만나서, 주로 나디아의 집에서 만나서 함께 자고 즐거운 시간을 보냈다. 둘 다 상대에게 헌신할 마음은 없었고, 상대의 일상에 깊이 침범하지 않으려고 조심했다. 일 년간 둘의 관계는 거의 완벽했다. 몬손의 유일한 문제는 주말에 아내와 보내던 시간을 예전만큼 즐기지 않게 되었다는 점이었다. 차라리 나디아와 함께 있고 싶었다.

스트뢰게트 거리는 사람으로 바글바글했다. 대부분 관광객 같았다. 인파를 싫어하는 마르틴 베크가 몬손을 끌고 사람들을 헤치면서 마가신 두 노르 백화점 정문 앞으로 나간 뒤 릴레콘엔스가데 거리로 갔다. 둘은 스킨북센으로 가서 시원한 투보르 맥주를 한 병씩 마셨다. 식당도 사람으로 북적거리기는 매한가지였지만 길에서보다는 참아줄 만했다.

몬손은 마르틴 베크를 설득하여 돌아가는 길에는 쾌속선을 탔다. 스발란이라는 배였다. 마르틴 베크는 해협을 건너는 중에 속이 좋지 않았다. 덴마크 땅을 떠난 지 사십 분 뒤, 둘은 몬손의 사무실에 들어섰다.

책상에 감식반에서 보낸 메시지가 있었다.

탄도 검사 마쳤음.

발

20.

마르틴 베크와 몬손은 빅토르 팔름그렌을 죽인 총알을 살펴보았다. 총알은 그들 앞의 흰 종이에 놓여 있었다. 두 사람은 그 물건이 작고 무해해 보인다는 데 의견을 같이했다.

총알은 발사 시 충격으로 좀 일그러졌지만 아주 많이 일그러지지는 않았다. 그 정도는 심한 게 아니라서 전문가라면 몇 초만에 구경을 알아맞힐 수 있었다. 사실 꼭 전문가가 아니라도 알 수 있었다.

"22구경." 몬손이 곰곰이 말했다. "이상하네."

마르틴 베크가 끄덕였다.

"대체 누가 사람을 죽이는 데 22구경을 쓰지?" 몬손이 말했다.

몬손은 니켈에 감싸인 작은 발사체를 살펴본 뒤 묵직한 머리를 절레절레 흔들었다. 그리고 자기 질문에 스스로 답했다. "아무도 안 쓰지. 특히 사전에 계획된 범죄라면."

마르틴 베크는 목청을 가다듬었다. 늘 그렇듯이 또 감기에 걸리려는 참이었다. 몇 년 만인지도 모르게 무더운 여름 한중간인데도.

가을이 되면 어떨까? 차고 습한 안개가 스웨덴으로 밀려와서 전 세계에서 가져온 온갖 바이러스를 풀어놓는 계절에는?

"미국에서는 이런 경우 총잡이가 프로라는 증거라고 여기는 편이죠." 마르틴 베크가 말했다. "일종의 허영이랄까. 살인자가 프로라서 꼭 필요한 것보다 더 큰 무기는 쓰지 않은 거라고 말입니다."

"말뫼는 시카고가 아닙니다." 몬손이 간결하게 대꾸했다.

"시르한 시르한도 로버트 케네디를 아이버 존슨 22구경으로 죽였죠." 뒤에서 얼쩡거리던 스카케가 말했다.

"맞아. 하지만 그는 필사적으로 쏴대면서 탄창 하나를 다 비웠어. 사방으로 미친듯이 쐈다고." 마르틴 베크가 말했다.

"하긴 아마추어였으니까요." 스카케가 말했다.

"그래. 그리고 케네디를 죽인 총알도 우연히 맞은 거였지. 나머지는 주변에 있던 다른 사람들을 맞혔어."

"이 남자는 신중하게 겨냥하고 한 발만 쐈습니다." 몬손이 말했다. "우리가 아는 한, 엄지로 공이치기를 당긴 뒤 방아쇠를 당겼어요."

"그리고 오른손잡이였죠. 하지만 오른손잡이는 세상에 널렸으니까." 마르틴 베크가 말했다.

"흠. 뭔가 이상한 데가 있어요." 몬손이 말했다.

"그렇죠." 마르틴 베크가 말했다. "특별히 생각하는 거라도 있습니까?"

몬손은 한참 숨죽여서 툴툴거리다가 대답했다. "이 작자가 프로처럼 행동했다는 게 걸려요. 특히 총을 다룬 점에서. 누구를 쏠지도 정확히 알았고."

"그렇죠……."

"그런데도 딱 한 발만 쐈단 말이죠. 만약 그가 재수가 없었다면, 총알이 두개골에 맞고 튕겨나갈 수도 있었을 겁니다. 실제로 비스듬히 박혔잖아요. 그래서 더 뚫고 들어가지 못했고."

마르틴 베크도 그 사실을 곱씹어보았지만, 그로부터 아무런 논리적 결론도 끌어내지 못했다.

그들은 묵묵히 감식반의 탄도 검사 보고서를 읽기 시작했다.

탄도학은 1927년부터 급진전을 이룬 분야였다. 그해에 미국 매사추세츠 주 더넘에서 열렸던 그 유명한 사코와 반제티의 기나긴 재판에서 탄도학은 돌파구를 마련했다. 하지만 기본적인 원리는 이전과 달라진 게 없었다. 재판에서 캘빈 고더드가 탄도 검사에 처음으로 측미현미경인 헬릭소미터와 비교현미경을 사용한 이래, 전 세계에서 수많은 범죄에 대한 판결이 탄도학 증거를 근거로 내려졌다.

총알과 탄피와 총이 있다면, 숙련된 범죄학자는 특정 총알이 특정 총에서 발사되었는지 아닌지를 간단히 알아낼 수 있다. 셋 중 두 가지만 있어도(보통은 총알과 탄피가 있는 편이다) 총의 종류를 쉽사리 추측할 수 있다.

공이가 뇌관을 때려서 총탄이 총열을 쌩 통과하는 순간, 탄피와 총알에는 특징적인 무늬가 남는다. 그 무늬는 총의 종류와 메이커에 따라 다르다. 리옹 대학에서 에드몽 로카르에게 배웠던 하뤼 쇠데르만이 1930년대 초에 스웨덴 최초의 비교현미경을 제작한 뒤, 스웨덴 경찰도 느리지만 꾸준히 관련 데이터를 축적해왔다. 그래서 이제 그 표를 보면 서로 다른 종류의 총이 총탄에 어떤 영향을 미치는지를 읽어낼 수 있다.

그러나 이 사건의 경우에는 일반적으로 정확하다고 여겨지는 과학마저도 경찰을 실망시켰다. 총알 하나만 있는데다가 그조차 일그러진 탓이었다.

그럼에도 불구하고, 총알을 검사한 전문가는 유력한 총기 목록을 작성하여 보고서에 덧붙여주었다.

마르틴 베크와 몬손은 그중에서도 가능성이 없는 것들을 몇 가지 지웠다. 상식만 있으면 되는 일이었다.

먼저, 자동 권총은 모두 제외했다. 자동 권총은 총기가 반동하면서 탄피를 내뱉는데, 이 경우 현장에서 탄피가 발견되지 않았다. 물론 탄피가 엉뚱한 곳에 떨어졌을 수도 있다. 가령 바클룬드가 의심한 것처럼 으깬 감자에 박힐 수도 있었고, 옷 속에도, 그 밖에 어디에도 떨어질 수 있었다. 실제로 탄피가 주머니나 바지 밑단에 쏙 들어갔다가 한참 뒤에 발견되는 경우도 있었다.

하지만 이번에는 목격자들의 증언이 결정적이었다. 그들 중 무기에 정통해 보이는 사람은 아무도 없었지만, 모두의 일관된 증언에 따르면 결론은 하나, 살인자가 리볼버를 썼다는 것이었다. 리볼버는 탄피를 내놓지 않는다. 빈 탄피는 실린더에 든 채 누가 꺼내줄 때까지 얌전히 기다린다.

전문가의 목록은 아주 길었다. 마르틴 베크와 몬손이 귀중한 시간을 한 시간이나 들여서 후보를 좁혔는데도 아직 길었다.

"이런, 이런." 몬손이 머리를 긁적이면서 말했다. "이것만 가지고는 별 소용 없겠군요. 우리가 총을 찾아내거나, 총이 아니라도 뭔가 확실한 방향을 알려줄 증거를 발견한다면 또 모르겠지만."

"그게 뭘까요?" 마르틴 베크가 물었다.

"나야 모르죠." 몬손이 대답했다.

마르틴 베크는 손수건으로 이마의 땀을 닦았다. 그다음 손수건을 펼쳐서 코를 풀었다.

그가 다시 리볼버 목록을 보면서 침울하게 중얼거렸다.

"콜트 코브라, 스미스 앤드 웨슨 34, 파이어암스 인터내셔널, 해링턴 앤드 리처드슨 900, 해링턴 앤드 리처드슨 622, 해링턴 앤드 리처드슨 926, 해링턴 앤드 리처드슨 사이드킥, 해링턴 앤드 리처드슨 포티나이너, 해링턴 앤드 리처드슨 스포츠맨……."

"스포츠맨이라." 몬손이 혼잣말했다.

"이 해링턴과 리처드슨이라는 인간들한테 한마디해주고 싶군요." 마르틴 베크가 말했다. "왜 모델 하나로 만족하지 못하는 걸까요?"

"아니면 아예 안 만들거나." 몬손이 말했다.

마르틴 베크는 페이지를 넘기고 계속 읊었다.

"아이버 존슨 사이드와인더, 아이버 존슨 카데트, 아이버 존슨 바이킹, 아이버 존슨 바이킹 스너브…… 마지막 건 제외해도 되겠네요. 다들 총신이 길다고 말했으니까."

몬손은 창으로 걸어가서 경찰서 마당을 바라보며 생각에 잠졌다. 그는 마르틴 베크가 읽는 소리를 더이상 듣지 않고 배경 소음처럼 한 귀로 흘렸다.

"허터스 22, 라마, 아스트라 카딕스, 아르미니우스, 호시, 호스 텍사스 마셜, 호스 몬태나 마셜, 픽 빅 세븐…… 맙소사, 끝이 있을까요?"

몬손은 대답하지 않았다. 딴생각을 하는 중이었다.

"이 도시에만 리볼버가 얼마나 많을까요." 마르틴 베크가 말했다.

답을 알기가 불가능한 질문이었다. 리볼버는 무수히 많을 터였다. 물려받은 것, 훔친 것, 밀수한 것. 옷장이나 서랍장이나 오래된 트렁크에 숨겨둔 것. 물론 불법이었지만 사람들은 별로 신경쓰지 않았다.

그리고 당연히 총기 면허를 발부받은 소유자들도 있을 테지만 수는 많지 않았다.

리볼버를 소유하지 않는다고 확실히 말할 수 있는 사람, 최소한 소지하고 다니지 않는다고 확실히 말할 수 있는 사람은 경찰관뿐이었다. 스웨덴 경찰은 한심하게도 7.65밀리미터 발터 권총을 썼다. 자동 권총은 탄창을 갈기 쉽지만 꺼낼 때 옷에든 다른 것에든 잘 걸리는 못마땅한 성질이 있었다. 하필이면 잽싸게 뽑아 들어야 하는 순간에. 경찰관들끼리는 그것을 두고 총이

"낚인다"고 말했다.

두 사람의 생각을 방해한 것은 노크하고 들어온 스카케였다.

"어느 분이든 콜베리와 통화해보셔야겠습니다." 스카케가 말했다. "스톡홀름에서 붙잡은 사람들을 어떻게 해야 할지 모르겠다고 하십니다."

21.

함푸스 브로베리와 헬레나 한손을 어떻게 처리할 것인가 하는 문제는 이만저만 골칫거리가 아니었다.

게다가 마르틴 베크와 콜베리는 전화로 의논해야 했다. 의논은 꽤 길어졌다.

“그 사람들 지금 어디 있나?” 마르틴 베크가 물었다.

“쿵스홀름스가탄에.”

“유치장에?”

“응.”

“입건할 순 없나?”

“검사는 아마 가능할 거라고 봐.”

“아마 가능하다고?”

콜베리가 한숨을 푹 쉬었다.

"무슨 소리를 하려는 거야?" 마르틴 베크가 물었다.

"우리는 지금 두 사람을 통화법 위반 모의 혐의로 붙잡아두고 있어. 하지만 현재는 두 사람이 정식 고발을 당하지 않은 상태야." 콜베리는 의미심장하게 뜸을 들인 뒤 이어 말했다. "내가 하려는 말은 이거야. 브로베리에게 불리하게 작용할 결정적 증거는 그의 주머니에 있던 위조 여권, 그리고 라르손하고 그 총질 좋아하는 순경이 그를 붙잡으려고 했을 때 공포탄을 쐈다는 점뿐이야."

"그리고?"

"헬레나 한손 쪽은 매춘했다는 사실을 자백했어. 증권이 잔뜩 든 여행 가방도 갖고 있었지. 여자는 브로베리가 자신에게 가방과 증권과 비행기표 등등을 주면서 그것들을 스위스로 무사히 빼내면 일만 크로나를 주겠다고 제안했다고 말했어."

"사실일 거야."

"그렇겠지. 문제는 그들이 모의를 실행할 시간이 없었다는 거야. 만약 라르손하고 내가 정신을 똑바로 차렸더라면 그들을 얼마간 그대로 내버려뒀을 거야. 대신 세관이랑 여권확인부서에 알려줘서 두 사람이 알란다 공항에서 현행범으로 붙잡히도록 만들었겠지."

"지금은 증거가 충분하지 않다는 얘긴가?"

"그래. 검사는 판사가 체포 영장을 기각하고 그 대신 관할 지역을 벗어나지 말라는 명령만 발부하는 것으로 충분하다고 판단할 수도 있다고 봐."

"그리고 풀어준다고?"

"그래. 물론 자네가……."

"내가 뭐?"

"자네가 말뫼에서 팔름그렌 살인 사건 담당 검사를 설득해서, 이들이 그 사건에 대한 결정적 정보를 갖고 있다고 믿게 만든다면 또 모르겠지만. 그러면 우리가 이들을 체포해서 자네에게 보낼 수 있지. 변호사들의 제안이야."

"자네 생각은 어때?"

"신통한 생각은 없어. 브로베리가 어마어마하게 많은 돈을 빼내려고 계획했던 건 분명해 보여. 하지만 그 문제로 접근할 거라면 이 건을 사기사건반에 넘겨야 해."

"브로베리가 살인에는 관여하지 않았을 거라고?"

"금요일 이후 브로베리의 모든 행동은 팔름그렌이 목요일 밤 갑자기 사망했다는 사실에 입각해서 이뤄진 것들이었지. 그 점은 명백해. 아닌가?"

"그렇지. 그게 유일하게 논리적인 설명이지."

"하지만 브로베리는 살인 자체에 대해서는 세계 최고의 알리바이를 갖고 있다고. 헬레나 한손이나 함께 앉아 있었던 다른 사람들처럼."

"브로베리는 뭐라고 하나?"

"의사가 턱에 붕대를 감아줄 때 '아야'라고 말했다는군. 그 밖에는 한마디도 안 했어. 정말 한마디도."

"잠깐만." 마르틴 베크가 말했다.

그는 땀범벅이 된 수화기를 손수건으로 닦았다.

"뭐하는 거야?" 콜베리가 의심스레 물었다.

"땀 흘려."

"자네가 나를 봤어야 하는 건데. 난 그다지 협조적이지 않은 그 망할 브로베리 씨에게 돌아가봐야 하는 신세라고. 그리고 어쩌면 그 돈과 주식이 정말 그 사람 것일지도 몰라."

"흠. 만약 그렇다면, 그 많은 돈이 어디서 났을까?" 마르틴 베크가 물었다.

"나한테 묻지 마. 내가 돈에 대해 아는 것이라고는 나한테 없다는 사실뿐이니까." 콜베리는 슬픈 사실을 잠시 곱씹는 듯하다가 말했다. "아무튼, 검사에게 뭐든 해줄 말이 있어야 해."

"여자는 어때?"

"내가 본 바로는 훨씬 쉬워. 술술 불고 있지. 덕분에 풍기단속반이 콜걸 조직 전체를 잡아들이고 있는데, 조직이 전국에 퍼져 있다는 모양이야. 내가 방금 실비아 그란베리하고 이야기해봤거든, 그쪽은 헬레나 한손을 문제없이 붙잡아둘 수 있을 거라고 하더군. 최소한 그쪽 수사가 끝날 때까지."

실비아 그란베리는 풍기단속반 선임 경사이자 오사 토렐의 상사였다.

"그쪽은 말뫼에도 볼일이 있다나 봐." 콜베리가 계속 말했다. "그러니까 만약 자네가 헬레나 한손을 만나고 싶다면 그건 문제없이 가능할 거야."

마르틴 베크는 말이 없었다.

"자." 끝내 콜베리가 재촉했다. "어떻게 할까?"

"대면을 시킨다면 틀림없이 흥미롭겠지." 마르틴 베크가 중얼거렸다.

"뭐라고 하는지 안 들려." 콜베리가 불평했다.

"고민해봐야겠어. 삼십 분쯤 뒤에 내가 전화할게."

"그보다 더 늦으면 절대 안 돼. 당장이라도 사람들이 나한테 소리쳐댈 판이니까. 말름도 청장도."

"삼십 분. 약속하지."

"좋아. 그럼 이만."

"안녕." 마르틴 베크는 전화를 끊었다.

그는 책상에 팔꿈치를 얹고 머리를 두 손으로 감싼 채 한참 가만히 앉아 있었다.

머릿속에서 그림이 점점 또렷해졌다.

함푸스 브로베리는 자산을 몽땅 현금화하여 외국으로 내빼려 했다. 가족은 이미 안전한 곳으로 피신시켰다. 모든 정황으로 보아, 그는 팔름그렌이 죽은 순간부터 자신의 위치를 더이상 지킬 수 없게 된 듯했다.

왜?

모르면 몰라도, 그가 팔름그렌과 일해오면서 막대한 돈을 횡령했기 때문일 것이다. 자신이 운영하는 부동산 회사, 주식거래, 금융 회사에서.

빅토르 팔름그렌은 브로베리를 믿었다. 따라서 브로베리는 팔름그렌이 살아 있는 한 비교적 안전하다고 느꼈다.

하지만 팔름그렌이 죽자, 브로베리는 가만히 있을 엄두가 나지 않았을 것이다. 최대한 빨리 이곳을 뜨고 싶어졌을 것이다. 생명의 위협까지는 아니라도, 재산이 거덜나고 어쩌면 교도소에서 오래 썩을지도 모른다는 위험을 느꼈을 것이다.

누구로부터의 위협이었을까?

정부 당국일 리는 없었다. 경찰도 국세청도 팔름그렌에 얽힌 복잡한 사태를 수습할 수 있을 가능성은 없어 보이고 설령 수습

하더라도 시간이 많이 들 테니까. 아마도 몇 년이나.

그 문제에 접근하기 가장 좋은 인물은 당연히 맛스 린데르였다.

혹은 호프옌센일지도.

하지만 린데르는 브로베리를 하도 싫어해서 경찰과 이야기하는 중에도 반감을 숨기지 못할 정도였다. 린데르는 경찰에게 브로베리가 사기꾼이라는 암시를 강하게 주지 않았던가? 팔름그렌이 스톡홀름의 부하를 지나치게 신뢰했다고 말하지 않았던가? 아무튼 린데르는 앞으로 팔름그렌의 재산을 둘러싸고 벌어질 게 분명한 권력 다툼에서 승산이 가장 높은 인물이었다. 만약 브로베리가 큰돈을 횡령했다면 린데르는 즉각 여러 회사들의 회계 감사를 요청하고 브로베리를 고발할 수 있는 입장이었다. 그런데도 린데르는 아직 조치를 취하지 않았다. 서둘러야 했을 텐데도, 최소한 서둘러야 한다고 생각했을 텐데도.

대신 경찰이 브로베리를 저지했지만 거의 요행이었다.

그것은 곧 린데르 자신도 위태로운 입장이라서 맞대응의 위험을 감수할 처지가 못 된다는 뜻일 수 있었다.

브로베리가 팔름그렌의 죽음으로 얻을 이득은 없어 보였다. 무엇보다 브로베리는 그런 일을 예상하지 못한 듯했다.

콜베리가 정확하게 지적했듯이, 금요일 이후 브로베리의 모든 행동은 팔름그렌이 갑작스럽게 죽었다는 사실에 따라 이뤄진 듯했다. 정황으로 보아 그는 공황에 빠진 사람처럼 허둥지둥 행동했으니 사전 계획은 없었다고 봐도 좋을 듯했다.

그렇다면 브로베리는 살인에 대해서는 혐의를 벗는 게 아닌가?

마르틴 베크는 한 가지 점만큼은 확신했다. 폭력 행위 이면에 음모가 있더라도, 그것은 돈에 관련된 음모이지 정치적 음모는 아니었으리라는 점이었다.

팔름그렌을 제거함으로써 이득을 보는 사람이 누구일까?

맛스 린데르.

이미 팔름그렌의 아내를 차지한데다가 재산을 둘러싼 권력 다툼에서도 제일 좋은 패를 든 사람이니까.

샬로테 팔름그렌은 자기 처지에 워낙 만족하고 있었으니 그런 극단적인 음모에 동참했을 것 같지 않았다. 그리고 그러기에는 너무 멍청했다.

한편 호프옌센은 팔름그렌 제국에 충분한 통제력을 발휘하지 못하는 입장인 게 분명했다.

하지만 정말로 린데르가 이토록 명백한 위험을 감수했을까?

아닐 이유는 뭔가?

판돈을 크게 따려면 크게 걸어야 하는 법이다.

함푸스 브로베리와 맛스 린데르를 대면시키고 두 신사가 상대방에게 뭐라고 말하는지 들어보면 재미있을 것이다.

헬레나 한손은 어쩌지?

헬레나 한손은 돈을 받고 움직인 졸개에 불과했을까? 기능적인 졸개이기는 했을 것이다. 비서로도, 밀반출 짐꾼으로도, 잠자리 상대로도 쓰였으니까. 여자도 자기 입으로 그렇게 말했고, 그 말을 의심할 이유는 없었다.

하지만 마르틴 베크가 오랜 경험으로 아는바, 잠자리에서는 많은 이야기가 오갈 수 있다. 브로베리는 헬레나 한손의 단골이었다.

이윽고 마르틴 베크의 생각이 결정으로 발전했다.

그는 일어나서 방을 나갔다. 엘리베이터를 타고, 검찰 사무실이 있는 1층으로 내려갔다.

십 분 뒤, 그는 빌려 쓰고 있는 방의 자기 자리에 앉아서 베스트베리아로 전화했다.

"훌륭한데!" 콜베리가 말했다. "딱 정시에 걸었네."

"그래."

"그래서?"

"두 사람을 체포해."

"둘 다?"

"그래. 둘 다 여기서 필요해. 살인 사건 수사에 꼭 필요한 중요참고인들이야."

"정말?"

콜베리는 의심스러운 듯했다.

"최대한 빨리 이리 보내줘." 마르틴 베크가 확신 있게 말했다.

"오케이." 콜베리가 말했다. "하나만 더."

"뭔데?"

"이제 나는 이 망할 일에서 완전히 손떼도 되나?"

"그럴 것 같아."

통화 후, 마르틴 베크는 한동안 계속 앉아서 생각에 빠졌다. 지금 생각하는 문제는 콜베리의 목소리에 깃들어 있던 의혹이었다.

그들이 정말 살인 수사에 필요할까?

어쩌면 아닐 수도 있지만, 마르틴 베크가 그렇게 요청한 데는 개인적인 이유도 있었다. 마르틴 베크는 함푸스 브로베리와 헬레나 한손을 사진으로도 보지 못했다. 그래서 그냥 궁금했다. 두 사람이 어떻게 생겼는지 보고 싶었고, 말을 나눠보고 싶었다. 말하자면 인간 대 인간으로 접촉해보고 그에 대한 자신의 반응을 알고 싶었다.

함푸스 브로베리와 헬레나 한손은 이튿날인 7월 9일 수요일 아침 10시 5분에 스톡홀름 법원에 정식으로 체포되었다. 두 사람은 같은 날 정오 비행기로 스톡홀름을 떠났다. 브로베리에게는 남자 호송자가, 한손에게는 여자 호송자와 오사 토렐이 붙었다. 오사 토렐은 말뫼 경찰과 공조수사를 논의하려는 용무였다.

그들이 탄 비행기는 오후 1시 45분에 말뫼의 불토프타 공항에 내렸다.

22.

아마게르 섬 동남쪽 끝, 카스트룹 공항 바로 밑에 드라괴르라는 마을이 있다. 인구가 사천에서 오천 명쯤 되는 드라괴르는 덴마크의 전형적인 소읍으로, 요즘은 얼마 전에 대형 연락선 선착장이 생긴 곳으로 가장 잘 알려져 있다. 여름이면, 드라괴르와 스웨덴의 림함을 오가는 연락선이 스웨덴 차들을 잔뜩 태워서 대륙으로 실어 왔다가 실어 보낸다. 연락선은 겨울에도 착실히 운행된다. 겨울에는 주로 대형차, 트럭, 버스, 트레일러를 나른다. 말뫼의 주부들도 연중 가리는 때 없이 그 배로 드라괴르로 가서 선상에서 파는 면세 제품이나 덴마크에서 더 싼 식료품을 사 온다.

그다지 오래지 않았던 시절, 이 작은 포구는 휴양지로 유명했다. 어선들이 나란히 정박된 항구도 늘 부산하게 돌아갔다.

휴양지로 드라괴르의 장점은 코펜하겐에서 하루에 오갈 수 있는 거리라는 점이었다. 하지만 이제는 수도와의 근접성이 오히려 단점이었다. 바닷물이 너무 오염되어서 드라괴르의 부두와 해변은 이제 수영에도 어업에도 적합하지 않았다.

그러나 읍내의 풍경과 건물들은 과거에 숙녀들이 해로운 햇살로부터 백옥 같은 살결을 지키려고 양산을 빙글빙글 돌리면서 해변 산책로를 느긋하게 걷던 시절, 신사들이 똥배를 그다지 감춰주지 못하는 메리야스 수영복 차림으로 몸에 좋다는 바닷물에 살그머니 발을 담그던 시절로부터 크게 달라지지 않았다.

낮은 집들은 그림 같았다. 집들은 알록달록 밝은색으로 페인트칠이나 회칠이 되어 있었고, 싱그러운 정원에서 열매와 꽃과 신록의 향기가 풍겼다. 좁고 구불구불한 골목은 자갈로 포장된 곳이 많았다. 매연과 소음을 내뿜으면서 선착장을 드나드는 차들은 읍내 외곽을 둘러갔기 때문에, 항구와 도로 사이의 오래된 주거지는 비교적 평화로웠다.

수영하기에는 좋지 않아도, 요즘도 여름이면 휴가객들이 드라괴르를 찾아왔다. 스트란 호텔만 해도 칠월 초 화요일인 이날, 모든 방이 다 찼다.

오후 3시, 스트란 호텔 앞 발코니에서 어느 3인 가족이 늦은 점심을 다 먹어가는 중이었다. 부모는 커피와 크란세카케*를 마저 한가롭게 즐기려 했지만, 여섯 살 된 아들 옌스는 더는 가만히 앉아 있을 수 없었다.

소년은 탁자들 사이를 신나게 뛰어갔다 돌아왔다 하면서 계속 부모를 졸랐다.

“이제 가면 안 돼요? 배 보고 싶단 말이에요. 커피 빨리 마셔요, 빨리. 이제 가요, 이제 배 보러 가면 안 돼요?”

부모는 결국 포기하고 일어섰다.

가족은 손에 손 잡고 걸어서, 지금은 기념관으로 쓰이는 옛 항구 건물로 갔다. 항구에는 어선이 겨우 두 척 매여 있었다. 보통은 그보다 많았으니 다른 배들은 수은에 오염된 가자미를 잡으려고 바다로 나갔다는 뜻이었다.

소년은 부둣가에서 돌멩이와 나뭇가지를 탁한 물에 던지기 시작했다. 부두 가까이 동동 떠 있는 물건들에 호기심이 갔지만 너무 멀어서 건질 순 없었다.

연락선 선착장은 해변 끝에 있었다. 넓은 아스팔트 진입로에 차들이 줄 서서 배를 기다리고 있었다. 저 멀리 배가 물보라를 일으키면서 선착장으로 다가오는 모습이 보였다.

---

* 화환처럼 동그랗게 만드는 덴마크와 노르웨이의 전통 케이크.

세 휴가객은 뒤로 돌아, 다시 부둣가를 천천히 걸어 돌아왔다. 그다음 읍내로 들어갔다가, 노르드스트란바이 거리에서 마침 아는 사람이 개를 산책시키러 나온 걸 만나서 잠시 수다를 떨었다.

그다음 가족은 길 끝까지 걸어갔다. 집들이 끝나고 카스트룹 공항이 시작되는 지점에 다다른 뒤, 오른쪽으로 꺾어 해변으로 내려갔다.

해변에서 옌스는 초록색 플라스틱 배의 잔해를 발견하여 가지고 놀았고, 부모는 풀밭에 앉아서 아이를 지켜보았다. 이윽고 그 물건에 싫증난 아이는 해변에 밀려온 물건을 찾아보기 시작했다. 아이는 빈 우유갑, 맥주캔, 콘돔을 발견했다. 그리고 그것들을 부모에게 보여주었다가 괜히 보여줬다고 후회했다. 부모가 몽땅 도로 내버리라고 했으니까.

아버지가 일어나서 아이를 소리쳐 부르는 순간, 아이는 물가에서 흥미로운 물건을 또 하나 발견했다. 상자인 것 같았다. 보물 상자일지도 몰라! 아이는 달려가서 그것을 주웠다.

아버지는 물론 그것도 아이에게서 빼앗았다. 아이는 울며불며 항의했지만 이내 포기했다. 그래봐야 소용없다는 걸 알았다.

옌스의 부모는 상자를 살펴보았다. 두꺼운 판지로 된 상자는 푹 젖었고, 판지에 풀칠되어 있던 검고 거친 종이는 군데군데 떨어져 나왔다.

하지만 상자는 찌그러지지 않았고, 꽉 닫히진 않은 뚜껑도 멀쩡해 보였다.

자세히 보니 뚜껑에 이런 글자가 인쇄되어 있었다.

아르미니우스 22

바로 밑에 좀더 작은 글자가 적혀 있었다.

메이드 인 웨스트 저머니

상자는 그들의 호기심을 자극했다.

그들은 흠씬 젖은 뚜껑을 망가뜨리지 않으려 조심하면서 상자를 열었다.

상자에는 꼭 맞는 크기의 폴리스타이렌 틀이 담겨 있었다. 외레순드 해협, 발트해, 북해에 접한 스웨덴과 덴마크 해변에 무수히 밀려오는 플라스틱 입자를 압축한 것이나 다름없는 물질이었다.

흰 폴리스타이렌 덩어리는 깊이가 2.5센티미터였고, 두 군데가 움푹 파여 있었다. 하나는 총신이 긴 리볼버 모양이었지만,

다른 하나는 형태가 특징적이지 않아서 무슨 모양인지 한눈에 알아보기 어려웠다.

"장난감 총 상자인가 봐." 여자가 어깨를 으쓱했다.

"말도 안 돼." 남자가 말했다. "이 상자에는 진짜 리볼버가 들어 있었어."

"어떻게 알아?"

"뚜껑에 메이커도 적혀 있잖아. 아르미니우스 22라고. 그리고 여길 봐. 이 공간은 접촉면이 더 넓은 손잡이로 바꿀 수 있도록 여분의 손잡이를 넣어두는 공간이야."

"으. 총은 끔찍해." 여자가 말했다.

남자가 웃었다.

그는 상자를 내버리지 않고 계속 들고 있었다. 세 사람은 도로로 올라갔다.

"그냥 상자일 뿐인걸. 무서워할 것 없어." 남자가 말했다.

"그래도……." 여자가 말했다. "만약 그 속에 장전된 리볼버나 권총이 들어 있었는데 옌스가 발견했다면……."

남자는 다시 웃으면서 아내의 뺨을 어루만졌다.

"당신의 상상력은 못 말린다니까. 만약 이 속에 리볼버가 들어 있었다면, 애초에 상자가 해변으로 떠오르지도 않았을 거야. 이런 22구경 총은 꽤 무겁거든. 상자가 바다에 던져졌을 때

속에 총이 들어 있었을 리도 없어. 세상에 리볼버처럼 비싼 걸 함부로 버리는 사람은 없으니까……."

"그 사람이 살인 무기를 처분하려는 범죄자가 아닌 한 말이지." 여자가 끼어들었다. "만약……."

여자가 우뚝 서더니 남편의 소맷자락을 홱 당겼다.

"……만약 정말로 그렇다면? 이 상자, 경찰서에 가져다줘야겠어."

"미쳤어? 그랬다가는 비웃음만 살 텐데?"

그들은 다시 걸었다. 옌스는 앞장서서 달려갔다. 보물 상자 따위는 잊은 지 오래였다.

"뭐, 그러더라도." 여자가 말했다. "모르는 일이잖아. 해될 것도 없고. 경찰서로 가야 해."

아내는 완강했고, 남편은 십 년의 경험을 통해서 이럴 때는 계속 우기느니 굽히는 편이 낫다는 걸 알았다.

그리하여 십오 분 뒤, 드라괴르 경찰서의 라르센 순경은 푹 젖은 서독제 리볼버 상자 때문에 압지를 쫄딱 적시고 말았다.

23.

월요일에는 별의별 일이 다 벌어졌고 화요일에도 뭔가 좀 벌어졌다면, 수요일에는 아무 일도 벌어지지 않았다. 최소한 수사를 진전시킬 만한 일은 벌어지지 않았다.

마르틴 베크는 아침에 깨자마자 그런 예감이 들었다. 이상한 하루가 되리라는 예감이.

그는 찌뿌듯하고 불만스러웠다. 간밤에 늦게 잠들었다가 일찍 깼는데 입안이 깔깔했고 머리는 꼬리에 꼬리를 물고 이어진 생각으로 지끈거렸다.

경찰서 분위기도 가라앉아 있었다. 몬손은 생각에 빠진 채 묵묵히 서류를 뒤적이면서 입에서 한시도 떼어놓지 않는 이쑤시개를 이따금 이로 체계적으로 으스러뜨렸다. 스카케는 풀죽은 듯했고, 바클룬드는 상처받은 얼굴로 안경을 닦았다.

마르틴 베크는 어떤 어려운 수사에도 이렇듯 잠잠한 시기가 있기 마련이라는 걸 경험으로 알았다. 이런 시기는 며칠 혹은 몇 주 이어질 수 있었고, 영원히 이어지는 경우도 드물지 않았다. 자신들의 수사는 막다른 골목에 다다랐고, 쓸 수 있는 자원은 바닥난 듯했으며, 단서는 모두 무의미한 것으로 드러났다.

만약 마르틴 베크가 내키는 대로 할 수 있다면, 모든 일을 잠시 내려두고 기차로 팔스테르보에 가서 해변에 누워 있고 싶었다. 보기 드물게 따스한 스웨덴 날씨를 만끽하고 싶었다. 아침 신문을 보니 오늘은 수온이 20도라고 했는데, 발트해에서는 정말 드물게 높은 온도였다.

물론 경감이 그럴 수는 없었다. 한창 살인자를 쫓는 와중에는 더욱더.

짜증스러운 상황이었다. 그에게는 육체적 활동과 정신적 활동이 둘 다 필요했지만 무엇을 하면 좋을지 알 수 없었다. 그러니 남에게 무슨 일을 하라고 지시할 수 있을 리 만무했다. 노골적으로 한가하게 몇 시간을 보낸 뒤, 스카케가 단도직입적으로 물었다. "저는 뭘 할까요?"

"몬손에게 물어봐."

"벌써 여쭤봤는데요."

마르틴 베크는 고개를 흔들고 자기 방으로 갔다.

시계를 보았다. 아직 11시였다. 함푸스 브로베리와 헬레나 한손을 태운 비행기가 말뫼에 내리려면 세 시간 가까이 남았다. 달리 할 일도 없기에, 팔름그렌의 사무실로 전화를 걸어 맛스 린데르를 바꿔달라고 부탁했다.

"사장님과는 통화하실 수 없습니다." 금발 접수 직원이 권태로운 목소리로 말했다. "하지만……."

"하지만?"

"비서에게 연결해드릴 순 있습니다."

맛스 린데르는 정말 통화할 수 없는 상황이었다. 토요일 오후 카스트룹 공항에서 뜬 비행기로 요하네스버그에 갔다고 했다.

급한 일이 생겼다고 했다.

만에 하나 요하네스버그로 전화해보겠다는 어리석은 생각을 가진 사람이 있을까 봐 덧붙이자면 당분간은 요하네스버그로 연락해도 소용없을 거라고 했다.

비행기가 아직 하늘에 떠 있으니까.

린데르 사장님이 언제 돌아오실지는 미지수라고 했다.

사전에 계획된 출장이냐고?

린데르 사장님은 늘 꼼꼼하게 출장을 계획하신다고 했다.

유능한 비서는 권위 있게 선언했다.

마르틴 베크는 전화를 끊고 애꿎은 전화기를 노려보았다.

흠. 브로베리와 린데르를 대면시키겠다는 계획은 물건너갔군.

그러다 문득 다른 생각이 들어, 다시 수화기를 들고 코펜하겐 쿨토르벳 광장에 있는 에로프라그트 사무실로 걸었다.

아니나 다를까. 호프옌센 사장님은 오늘 아침 갑자기 리스본으로 떠나셔야 했다고 했다.

나중에 아베니다다리베르다드 거리에 있는 티볼리 호텔로 연락하면 통화할 수 있을 거라고 했다.

하지만 현재로서는 비행기가 아직 하늘에 떠 있다고 했다.

호프옌센 사장님이 언제 덴마크로 돌아오실지는 미지수라고 했다.

마르틴 베크는 소식을 몬손에게 전했다. 몬손은 무심하게 으쓱하고 말았다.

2시 30분, 브로베리와 한손이 도착했다. 브로베리는 호송자와 특대형 붕대 외에도 변호사를 달고 왔다. 브로베리는 입을 열지 않았지만, 변호사는 청산유수였다.

브로베리 씨는 말할 수 없는 상황입니다. 악랄한 경찰 폭력을 겪었기 때문이죠. 설령 말할 수 있더라도, 정확히 일주일 전에 했던 진술에서 덧붙일 말이 한마디도 없습니다.

변호사는 녹음을 맡은 스카케에게 간간이 살인적인 시선을 던지면서 미리 준비해 온 일장 연설을 했다. 스카케는 얼굴을 붉혔다.

마르틴 베크는 그러지 않았다. 왼손으로 턱을 받치고 앉아서, 붕대 감은 남자를 뚫어져라 응시할 뿐이었다.

브로베리는 린데르나 호프옌센과는 전혀 다른 타입이었다. 퉁퉁했고, 머리카락은 붉었고, 얼굴은 우락부락했다. 사시인 눈은 연푸른색이었고, 배가 불룩 나왔고, 머리통은 만약 롬브로소*의 범죄학 가설이 옳다면 그 때문에 가스실로 직행하게 될 듯한 형태였다.

남자는 바라보기만 해도 역겨운 모습이었고, 과시적이면서도 천박하게 입었다. 거의 동정심이 들 지경이로군, 마르틴 베크는 생각했다.

브로베리에게 프로페셔널한 동정심을 느끼는 변호사는 지껄이고 지껄이고 또 지껄였다. 법원 절차에서도 똑같이 지껄였으나 소용없었던 내용을 다시 읊는 것일 테지만, 마르틴 베크는 내버려두었다.

변호사는 제 할 일을 해야 했다. 자신이 끝끝내 브로베리를

* 19세기 이탈리아 범죄학자로, 범죄성은 타고나는 것이고 골상학과 인상학으로 누가 범죄자인지 알 수 있다는 이론을 펼쳤다.

방면시키는 데 성공한다면, 혹은 그 비슷한 결과라도 얻는다면, 그리고 군발드 라르손과 사크리손을 권력 남용으로 징계받게 만드는 데 성공한다면 얻을 수 있는 막대한 보수를 위해서.

마르틴 베크는 설사 그런대도 상관없었다. 그는 예전부터 군발드 라르손의 방법이 근심스러웠지만 개입은 꺼렸다. 조직에 충성한다는 미명하에.

이윽고 변호사가 읊는 브로베리의 고난의 서사가 끝나자, 마르틴 베크는 남자에게서 눈을 떼지 않고 물었다. "브로베리 씨, 말을 할 수 있습니까?"

절레절레.

"맛스 린데르를 어떻게 생각합니까?"

으쓱.

"그가 사업체를 책임질 능력이 있다고 보십니까?"

또 으쓱.

마르틴 베크는 브로베리를 일 분 가까이 더 응시하면서 남자의 둔하고 불안정한 눈동자에서 표정을 읽으려고 해보았다.

남자는 분명 겁먹었지만 맞서 싸울 각오가 된 듯했다.

마침내 마르틴 베크는 변호사에게 말했다. "의뢰인이 지난주 사건으로 혼란스러웠을 줄 압니다. 그러니 오늘은 이만 마무리합시다."

모두가 놀란 듯했다. 브로베리도, 변호사도, 스카케도, 호송자까지도.

마르틴 베크는 일어나서, 몬손과 바클룬드가 헬레나 한손을 어떻게 다루고 있는지 보러 갔다.

도중에 복도에서 오사 토렐을 만났다.

"여자는 뭐라나?"

"다 털어놓고 있어요. 하지만 그쪽이 쓸 만한 내용은 거의 없어요."

"어느 호텔에서 묵나?"

"같은 곳. 사보이 호텔요."

"그럼 저녁이라도 함께할까?"

함께 저녁을 먹을 수 있다면, 우울한 일밖에 없던 하루를 끝이라도 즐겁게 맺을 수 있을 터였다.

"어려울지도 몰라요." 오사 토렐이 애매하게 대답했다. "오늘 할 일이 많을 것 같아요."

오사 토렐은 마르틴 베크의 눈을 피했다. 그녀는 키가 그의 어깨에도 못 미쳤기 때문에 눈길을 피하는 건 어렵지 않았다.

헬레나 한손은 술술 말했다. 몬손은 책상에 꼼짝 않고 앉아 있었다. 녹음기가 웅웅 돌아갔다. 바클룬드는 충격받은 얼굴로 서서 방안을 오락가락했다. 그는 삶의 순수함에 대한 신념에 치

명타를 맞은 듯했다.

마르틴 베크는 문 바로 앞에 있는 철제 서류함에 팔꿈치를 대고 서서, 여자가 콜베리에게도 했던 말을 토씨 하나 안 틀리고 반복하는 모습을 지켜보았다.

지금 다른 점은 여자가 썼던 점잖은 가면, 혹은 얇게 걸치고 있던 겉치레가 깡그리 사라졌다는 점이었다.

여자는 뼛속까지 불안하고 지친 듯했다. 자신의 역량을 넘어선 상황에 처하여 죽도록 겁먹은 매춘부일 뿐이었다. 여자의 뺨에 눈물이 흘렀고, 여자는 곧 자기 업계에 관련된 사람들과 정보를 상세히 털어놓았다. 아무쪼록 자신은 가벼운 처벌로 넘어가고 싶다는 바람에서 그러는 게 분명했다.

울적한 광경이었다. 마르틴 베크는 들어왔을 때처럼 살그머니 떠났다.

자기 방으로 돌아왔다. 아무도 없는 방은 아까보다 더 더웠다. 함푸스 브로베리가 앉았던 의자를 보니, 좌석도 등받이도 남자가 흘린 땀으로 축축했다.

전화가 울렸다.

물론 말름이었다. 달리 누구겠는가?

"자네 빌어먹…… 대체 뭐하고 있나?"

"수사하고 있습니다."

"이봐." 말름이 답답하다는 듯 말했다. "이 수사는 최대한 조용하고 신속하게 진행해야 한다는 걸 자네도 이해하지 않았나? 내게 똑똑히 이해했다고 하지 않았나?"

"맞습니다."

"스톡홀름 시내에서 총격전과 난투극을 벌이는 게 조용한 수사인가?"

"아닙니다."

"자네, 신문 읽어봤나?"

"읽었습니다."

"내일 아침 신문은 어떨 것 같나?"

"모르겠습니다."

"경찰이 어쩌면 완벽하게 무고할 수도 있는 두 시민을 강압적으로 체포하는 건 지나치다고 생각하지 않나?"

국장의 말에 일리가 있었다. 마르틴 베크는 선뜻 대답하지 못했다.

"음." 마침내 마르틴 베크는 대답했다. "조금 이상해 보일 수 있겠지요."

"이상하다고? 자네는 거기 가 있지만, 여기선 내가 총알받이라는 걸 모르나?"

"안타깝습니다."

"내 장담하는데, 국가경찰청장도 나만큼 심란해하고 있어. 청장실에서 둘이 의논도 몇 시간이나 했는데……."

노새들은 서로 가려운 데를 긁어주는 법이지, 마르틴 베크는 생각했다. 이런 뜻의 라틴어 격언이 있을 텐데.

"어떻게 청장을 만났습니까?" 마르틴 베크가 천진하게 질문했다.

"어떻게 청장을 만났느냐고?" 말름이 대꾸했다. "무슨 소린가? 그걸 지금 농담이라고 하나?"

국가경찰청장이 대면을 꺼린다는 사실은 모르는 사람은 없었다. 한 고위 관료는 국가경찰위원회 건물로 지게차를 몰고 가서 그 성역 같은 사무실 문을 작살내고서라도 청장과 얼굴을 보고 대화하고 말겠다고 이를 갈았다는 소문이 있었다. 하지만 문제의 그분은 공식 담화는 아주 좋아했다. 국민들에게 하는 것도, 그의 연설에 무방비로 노출된 부하들에게 하는 것도.

"최소한 체포가 임박했다는 말이라도 해줄 수 없나?" 말름이 물었다.

"없습니다."

"살인자의 정체를 알지만 증거가 더 필요한 건 아닌가?"

"아닙니다."

"살인자가 어느 집단 소속인지는 아나?"

"전혀 모릅니다."

"말도 안 되는군."

"그렇게 생각합니까?"

"내가 관련자들에게 뭐라고 말하면 좋겠나?"

"사실대로."

"무슨 사실?"

"진전이 없다는 사실."

"진전이 없다고? 일주일이나 수사해놓고? 최고의 인력을 투입하고도?"

마르틴 베크는 심호흡했다.

"지금까지 제가 수사를 몇 건이나 맡았는지 정확히는 모르지만, 꽤 많이 하기는 했습니다. 그런 제가 장담하는데, 우리는 지금 최선을 다하고 있습니다."

"그거야 나도 믿지." 말름이 유화적으로 말했다.

"하지만 제가 말하고 싶은 건 그게 아닙니다." 마르틴 베크가 이어 말했다. "제가 말하고 싶은 건, 일주일은 턱없이 짧은 시간이라는 겁니다. 아시겠지만 사실 일주일도 안 됐죠. 제가 금요일에 내려왔고, 오늘은 수요일이니까. 얼마 전에 우리는 십육 년 전에 살인을 저지른 남자를 붙잡은 적도 있었습니다. 이 년 전 일이었으니, 국장님이 오기 전이죠."

"좋아, 나도 그건 아네. 하지만 이건 평범한 살인이 아니야."

"전에도 그렇게 말씀하셨습니다."

"일이 국제적으로 꼬일 수도 있어." 말름의 목소리에 절박한 기색이 묻어 있었다. "사실은 벌써 그렇다네."

"어떤 면에서?"

"여러 나라 대사관들이 우리를 거듭 압박하고 있어. 외국 정보부 사람들도 벌써 온 것 같고. 그들이 곧 말뫼나 코펜하겐에도 나타날 거라네." 말름은 잠시 멎었다가 떨리는 목소리로 덧붙였다. "아니면 내 사무실에."

"아, 그래요." 마르틴 베크는 위로하듯이 말했다. "그래도 그들이 세포보다 더 상황을 어지럽힐 일은 없을 겁니다."

"보안청 말인가? 그쪽 요원 하나가 말뫼에 갔다더군. 자네와 공조하고 있나?"

"그렇다고는 말 못 하겠습니다."

"아직 못 만났나?"

"그를 보기는 했습니다."

"그게 다인가?"

"네. 그것도 안 보려야 안 볼 수 없기에 본 것뿐입니다."

"그쪽도 아직 유망한 정보를 알려주지 못하고 있어." 말름은 실망한 듯했다.

"그럴 거라고 기대했습니까?"

"자네가 이 일을 너무 가볍게 여긴다는 느낌을 지울 수 없군."

"정말 그렇게 생각하신다면, 틀렸습니다. 저는 어떤 살인 사건도 가볍게 여기지 않습니다."

"이건 평범한 살인이 아니라네."

마르틴 베크가 전에도 들어본 말 같았다.

"다른 때처럼 수사해서는 안 된단 말일세." 말름은 또박또박 강조했다. "빅토르 팔름그렌은 국내에서도 해외에서도 유명 인물이었어."

"네. 가끔 주간지에도 실리고 그런 걸로 압니다."

"함푸스 브로베리와 맛스 린데르도 유력가들이고."

"압니다."

"그런 이들을 다른 때처럼 다뤄서는 안 돼."

"물론이죠."

"자네는 언론에 말을 흘릴 때도 대단히 조심해야 해."

"저는 아무것도 흘리지 않습니다."

"내가 전에 말했지. 팔름그렌의 일부 활동이 대중에게 알려지면 돌이킬 수 없는 타격을 받을 수도 있다네."

"누가 돌이킬 수 없는 타격을 받습니까?"

"누구일 것 같나?" 말름이 짜증을 냈다. "당연히 국가지. 우리 나라지. 정부 요인들이 그런 거래를 알고 있었다는 사실이 밝혀지면……."

"밝혀지면?"

"정치적 타격이 어마어마할지도 몰라."

마르틴 베크는 정치를 싫어했다. 나름대로 정치적 견해가 있더라도 속에만 담아두었고, 정치적 영향이 있을지도 모르는 임무는 피하려고 애썼다. 대화중에 정치적 범죄 이야기가 나오면, 마르틴 베크는 보통 아무 의견도 내놓지 않았다.

하지만 이번에는 묻지 않을 수 없었다.

"누구에게 말입니까?"

말름은 등에 칼을 맞은 사람 같은 소리를 냈다.

"전력을 기울이게." 말름이 간청했다.

"알겠습니다." 마르틴 베크는 부드럽게 대꾸했다. "전력을 기울이겠습니다……." 잠시 뒤 그가 덧붙였다. "……스티그."

마르틴 베크가 국장을 이름으로 부른 것은 이번이 처음이었다. 그리고 마지막이라면 좋을 것 같았다.

나머지 오후는 우울한 분위기에서 흘러갔다.

팔름그렌 수사는 수렁에 빠졌다.

그러나 경찰서는 보기 드물게 시끄러웠다. 말뫼 경찰은 시내의 두 사창가를 급습하여, 그곳에서 일하는 사람들에게는 노여

움을 안겼고 함께 잡혀 온 고객들에게는 더 큰 창피함을 안겼다.

할 일이 많을 것이라던 오사 토렐의 말은 맞았다.

마르틴 베크는 저녁 8시쯤 경찰서를 나섰다. 여전히 불만스러웠고 막연히 걱정스러웠다.

식욕이 달아났기에 푸짐한 스코네식 저녁을 먹을 이유는 없었다. 그는 구스타브아돌프스토리 광장에 있는 카페테리아 미트이시티에서 샌드위치와 우유 한 잔을 억지로 삼켰다.

그는 창밖으로 보이는 십 대 부랑자들을 관찰하면서 음식을 꼼꼼히 천천히 씹었다. 십 대들은 광장에 있는 직사각형 돌 분수 주변에서 마리화나를 피우거나 훔친 레코드판과 마리화나를 교환하고 있었다.

경찰은 보이지 않았다. 아동복지국 직원들은 다른 일로 바쁜 모양이었다.

식사 후 마르틴 베크는 쇠데르가탄 거리를 걸어서 스토르토리에트 광장을 대각선으로 가로지른 뒤 항구로 내려갔다. 호텔로 돌아오니 10시 30분이었다.

로비로 들어선 그의 눈에 식당 출입구 오른쪽에 놓인 안락의자에 앉은 남자 두 명이 들어왔다. 한 남자는 키가 컸고, 대머리였고, 까맣고 숱 많은 콧수염을 길렀다. 피부도 까맣게 태웠다. 다른 남자는 난쟁이에 가까울 만큼 등이 굽었고, 얼굴이 희고, 예리한 얼굴과 지적인 까만 눈을 갖고 있었다. 둘 다 완벽하게 차려입었다. 콧수염 기른 남자는 진푸른색 실크 양복을 입었고, 등이 굽은 남자는 몸에 잘 맞는 연회색 양복과 조끼를 입었다. 둘 다 반들거리는 까만 구두를 신었고, 둘 다 움직임 없이 앉아서 앞만 멍하니 보고 있었다. 둘 사이 탁자에 시바스 리갈 한 병과 잔 두 개가 놓여 있었다.

외국인들인 게지, 마르틴 베크는 생각했다. 호텔에는 외국인 손님이 많았다. 아까 바깥의 깃대에도 그가 모르는 나라의 국기가 최소한 두 장 걸려 있었다.

마르틴 베크가 열쇠를 받으면서 보니, 엘리베이터에서 내린 파울손이 두 남자가 앉은 곳으로 걸어가고 있었다.

24.

방은 잘 준비가 다 되어 있었다. 종업원이 침대를 싹 정돈하고, 침대 옆에 러그를 깔아두고, 창을 닫고, 커튼을 쳐두었다.

마르틴 베크는 머리맡 불을 켜고 TV를 흘끗 보았다. 켜고 싶은 마음은 없었다. 켜봤자 지금은 방송이 모두 끝났을 터였다.

그는 구두와 양말과 셔츠를 벗었다. 커튼을 걷고, 쌍여닫이 창을 열었다. 선선한 공기가 가까스로 알아차릴 수 있는 정도로만 살짝 불어들었다. 마르틴 베크는 창틀에 손을 얹고 서서 바깥의 운하와 기차역과 항구를 응시했다.

바지와 그물 러닝셔츠 차림으로 한참을 서서 대체로 아무 생각도 하지 않았다.

공기는 따스하고 정체되어 있었다. 하늘에 별이 한가득이었다.

환하게 불을 밝힌 여객선들이 오고 갔다. 항구 어귀에서 열차 연락선이 경적을 울렸다. 도로에는 차가 거의 없다시피 했지만, 기차역 앞에는 택시들이 '빈 차' 사인을 켜두고 앞문을 열어두고 늘어서 있었다. 택시 운전사들은 삼삼오오 모여서 시간을 때우고 있었다. 이곳 택시들은 스톡홀름처럼 다 까만 게 아니라 갖가지 밝은색으로 칠해져 있었다.

마르틴 베크는 자고 싶지 않았다. 석간신문은 다 읽었고, 책을 챙기는 건 잊었다. 지금이라도 내려가서 한 권 사면 되겠지만, 그러려면 옷을 다시 입어야 했다. 사실은 읽고 싶지도 않았다. 뭔가 읽고 싶다면 곁에 늘 성경과 전화번호부가 있었다. 부검 보고서도. 하지만 그건 거의 외울 지경이었다.

그래서 그는 창가에 서서, 이상하게 고독하다고 느끼면서 밖을 보았다. 물론 이것은 전적으로 자신이 선택한 상황이었다. 원한다면 바에 앉아 있거나, 몬손의 집에 앉아 있거나, 그 밖에도 얼마든지 다른 곳에 있을 수 있었으니까.

무언가 빠진 기분이었지만, 정확히 무언지는 알 수 없었다.

그렇게 한참을 서 있는데 누가 문을 두드리는 소리가 들렸다. 아주 가볍게. 그가 자고 있었거나 샤워하고 있었다면 못 들었을지도 모르는 정도였다.

"들어오세요." 마르틴 베크는 고개를 돌리지 않고 말했다.

문이 열리는 소리가 들렸다.

어쩌면 살인자인지도 몰라. 살인자가 리볼버를 치켜들어 쏠 채비를 하고 성큼성큼 들어오는 거지. 이번에도 그가 뒤통수를 노린다면, 나는 엎어지면서 창밖으로 떨어질 테지. 그리고 운이 나쁘다면, 저 아래 인도에 떨어지기도 전에 죽을 테지.

마르틴 베크는 씩 웃으면서 돌아섰다.

파울손이었다. 하운즈투스 체크무늬 양복과 샛노란 구두의 파울손이었다.

그는 불만스러운 표정이었다. 콧수염조차 여느 때처럼 깔끔하지 않았다.

"안녕하세요." 파울손이 말했다.

"안녕하세요."

"들어가도 됩니까?"

"그럼요. 앉으세요."

마르틴 베크는 걸어와서 침대 가장자리에 앉았다.

파울손은 의자에서 몸을 꿈지럭거렸다. 이마와 뺨이 땀으로 번들거렸다.

"재킷 벗으세요." 마르틴 베크가 말했다. "우리는 격식을 그다지 따지지 않습니다."

파울손은 한참 망설이다가 결국 더블브레스트 재킷의 단추를 하나하나 푼 뒤 꼼지락거리면서 겨우 몸을 빼냈다. 그러고는 재킷을 조심스럽게 개어 의자 팔걸이에 걸쳤다.

파울손은 재킷 안에 연두색과 오렌지색이 교차된 넓은 줄무늬 셔츠를 입었다. 어깨띠에 권총도 차고 있었다.

마르틴 베크는 파울손이 매번 저렇게 복잡하게 단추를 끌러서 재킷을 열어야 한다면 총을 뽑는 데 시간이 얼마나 걸릴까 궁금했다.

"무슨 용건입니까?" 마르틴 베크가 차분하게 물었다.

"음…… 뭐 하나 묻고 싶어서요."

"그러세요. 뭡니까?"

"물론 대답하지 않아도 됩니다."

"그런 소리 마시고. 뭡니까?"

"그게……."

한참 뒤에야 파울손은 누가 봐도 그가 최대한 자신을 통제하려고 애쓴다는 걸 알 수 있는 얼굴로 물었다. "소득이 있었습니까?"

"아니요." 마르틴 베크는 대답한 다음 순전히 예의상 되물었다. "당신은?"

파울손은 구슬프게 고개를 저은 뒤, 그렇게 하면 기운이 재충전되기라도 하는 양 애정 어린 손길로 콧수염을 쓰다듬었다.

"아주 복잡한 사건인 것 같습니다." 파울손이 말했다.

"아니면 아주 단순할지도 모르죠." 마르틴 베크가 말했다.

"단순하다고요?"

의문스럽고 못 믿겠다는 말투였다.

마르틴 베크는 으쓱했다.

"아니요." 파울손이 말했다. "아닐 겁니다. 게다가 더 나쁜 건……." 그는 말을 끊더니 문득 희망적으로 반짝거리는 눈동자로 물었다. "그쪽도 질책받았습니까?"

"누구한테요?"

"아, 상사들한테. 스톡홀름의."

"좀 초조해하는 것 같더군요." 마르틴 베크가 말했다. "아까 말하려던 더 나쁜 거란 뭡니까?"

"이 사건이 정치적으로 복잡한 대규모 국제 수사가 될 거라는 점입니다. 사방으로 여파가 미치겠죠. 오늘밤에 외국 정보요원이 둘 도착했습니다. 이 호텔에."

"아까 로비에 앉아 있던 특이한 두 남자 말입니까?"

파울손이 끄덕였다.

"어디서 온 사람들입니까?"

"작은 남자는 리스본에서 왔고, 다른 남자는 아프리카에서 왔습니다. 로랑아마르쿠세라던가."

"로렌수마르케스." 마르틴 베크가 말했다. "모잠비크에 있죠. 그 사람들은 공식 임무로 온 겁니까?"

"모르겠습니다."

"경찰이기는 합니까?"

"정보 요원일 겁니다. 자신들은 사업가라고 말했지만……."

"말했지만?"

"그들이 한눈에 나를 알아봤는걸요. 내가 누군지 알더란 말입니다. 이상하죠."

퍽도 이상하네요, 마르틴 베크는 생각했다. 하지만 이렇게만 물었다. "그들하고 이야기를 나눴습니까?"

"네. 그들은 영어를 아주 잘하더군요."

마르틴 베크는 파울손의 영어가 심각하게 부족하다는 사실을 어쩌다 보니 알고 있었다. 하지만 중국어나 우크라이나어나 하여간 국가 안보에 유용한 다른 언어를 알지도 모르지.

"그들이 원하는 건 뭡니까?"

"내가 갖고 있지 않은 걸 요구하더군요. 그래서 내가 이렇게 실례를 무릅쓰고 찾아온 겁니다. 우선 그들은 용의자 명단을 보고 싶어 했습니다."

"그래서?"

"솔직히 말하면 나는 그런 걸 갖고 있지 않습니다. 어쩌면 당신은?"

마르틴 베크는 고개를 저었다.

"물론 그들에게 없다고 말하진 않았습니다." 파울손이 약삭빠르게 말했다. "그랬더니 그다음에는 내가 통 이해할 수 없는 질문을 하더군요."

"뭐였습니까?"

"그게, 내가 이해한 게 옳다면, 물론 틀렸겠지만, 어느 해외주의 사람이 용의자로 거론되고 있는지 물었습니다. 해외주라니…… 하지만 그 표현을 여러 언어로 몇 번이나 반복하더군요."

"당신이 이해한 게 맞습니다." 마르틴 베크가 친절하게 설명해주었다. "포르투갈은 자신들이 아프리카와 다른 대륙에서 거느린 식민지가 포르투갈 내 주들과 동등한 지위를 갖고 있다고 주장합니다. 그러니까 앙골라, 모잠비크, 마카오, 카보베르데, 기니 같은 지역의 사람, 특히 정치 난민을 뜻했을 겁니다."

파울손의 얼굴이 확 밝아졌다.

"아! 그럼 내가 제대로 들은 거네요."

"그들에게 뭐라고 말했습니까?"

"구체적인 건 말하지 않았습니다. 아주 실망하는 것 같더군요."

그야 쉽게 상상이 되는군.

"그들은 여기 머물 계획이랍니까?"

"아니요." 파울손이 대답했다. "스톡홀름으로 갈 거랍니다. 자기네 대사관으로. 참, 나도 내일 스톡홀름 가는 비행기를 탑니다. 보고해야 해서요. 자료도 조사하고."

파울손은 하품한 뒤 말했다. "자야겠습니다. 힘든 한 주였어요. 도와주셔서 고맙습니다."

"뭘?"

"그…… 해외 어쩌고."

파울손은 일어나서 재킷을 입고 그 많은 단추를 일일이 정성껏 채웠다.

"안녕히 계십시오."

"잘 자요."

파울손은 문간에서 돌아보면서 심각하게 덧붙였다. "이 사건을 해결하는 데는 몇 년이 걸릴 것 같습니다."

마르틴 베크는 이 분간 그대로 앉아 있었다. 그러고는 씩 웃은 뒤 나머지 옷을 다 벗고 욕실로 갔다.

그는 찬물을 맞으면서 오래 서 있었다. 그다음 수건을 허리에 두르고, 아까 서 있던 창가로 돌아갔다.

밖은 조용하고 캄캄했다. 항구에서도 기차역에서도 모든 활동이 멎은 듯했다.

순찰차 한 대가 조용히 지나갔다. 택시 운전사들은 대부분 포기하고 집으로 간 뒤였다.

마르틴 베크는 조용한 여름밤을 내다보고 서 있었다. 공기는 여태 더웠지만 샤워한 뒤라 시원하고 상쾌했다.

한참 뒤, 잠자리에 들 때가 되었다는 생각이 들었다. 잠이 오려면 아직 먼 듯했지만 이르든 늦든 언젠가는 자야 했다.

그는 베개에 놓인 잠옷을 보고 눈살을 찌푸렸다. 잠옷이 지금은 쾌적해 보여도 나중에 깰 때는 분명 땀에 젖어 몸에 들러붙어 있을 것이다.

그는 잠옷을 옷장에 넣었다. 담요를 단정하게 개어 침대 밑에 넣었다. 허리에 둘렀던 큰 수건은 욕실 수건걸이에 걸었다.

침대로 들어가서 시트를 거의 허리까지 접어 내린 뒤 깍지 낀 손으로 머리를 받치고 누웠다. 천장을 응시했다. 독서등이 천장에 부정형의 그림자를 던지고 있었다.

그는 생각하는 중이었지만 치밀함도 집중력도 없었다.

그렇게 십오 분이나 이십 분쯤 누워 있었을까, 문에서 또 노크 소리가 났다. 이번에도 아주 작은 소리였다.

맙소사! 그는 생각했다. 내가 첩보 활동과 비밀 요원에 관한 헛소리를 더 참고 들어줄 수 있을까? 자는 척하는 게 제일 쉬운 방법일 테지만, 그러면 임무 소홀이 되나?

"네, 들어오세요." 그는 침울한 기분으로 대답했다.

문이 살그머니 열리고 오사 토렐이 들어왔다. 슬리퍼를 신고 짧고 흰 나일론 가운을 허리끈으로 여민 차림이었다.

“안 잤죠?”

“그래.” 마르틴 베크는 대답했다. 잠시 뒤 그는 바보처럼 덧붙였다. “그쪽도?”

오사 토렐은 미소 지으면서 고개를 흔들었다. 까맣고 짧은 머리카락이 빛났다.

“안 잤어요. 방금 들어왔거든요. 겨우 샤워만 했어요.”

“오늘 아주 바빴다고 들었어.”

오사 토렐이 끄덕였다.

“네. 엄청. 식사할 틈도 없었어요. 샌드위치나 몇 조각 먹고.”

“들어와서 앉지.”

“고마워요. 피곤하지 않다면.”

“아무것도 안 하고서 피곤할 순 없지.”

오사 토렐은 여전히 한 손을 문손잡이에 얹은 채 망설였다.

“잠깐 가서 담배를 가져올게요. 제 방은 여기서 겨우 두 방 건너예요.”

그녀는 문을 살짝 열어두고 갔다. 마르틴 베크는 계속 두 손으로 머리를 받치고 누운 자세로 기다렸다.

이십 초 뒤, 오사 토렐이 돌아왔다. 그녀는 문을 소리 없이 닫고, 한 시간 전에 파울손이 고뇌에 차서 앉아 있었던 의자로 살금살금 걸어왔다. 슬리퍼를 걷어차고 두 다리를 끌어올려서 깔고 앉았다. 담배에 불을 붙이고 몇 모금 깊게 빨았다.

"세상에." 그녀가 말했다. "엄청난 하루였어요."

"경찰이 된 걸 후회하기 시작했나?"

"그렇기도 하고 아니기도 해요. 예전에는 말로만 들었던 비참한 일을 너무 많이 보긴 하죠." 그녀는 담배를 보면서 생각하다가 이어 말했다. "하지만 가끔은 내가 조금이라도 좋은 일을 한다는 느낌이 들어요."

"그래. 아주 가끔."

"나쁜 하루였나요?"

"아주아주. 새로운 일도 없고 건설적인 일도 없고. 하지만 원래 이런 날이 많지."

그녀가 끄덕였다.

"자네는 뭔가 의견이 없나?" 마르틴 베크가 물었다.

"아뇨. 내가 무슨 의견이 있겠어요? 팔름그렌이 개자식이었다는 것밖에는. 타당한 이유를 갖고 그를 증오할 만한 사람이 많았을 거예요. 내 말은, 어쩌면 몇몇 사람들이 생각하는 것처럼 복잡한 사건이 아닐지도 모른다는 거예요. 복수일 수도 있죠. 단순한 복수."

"그래, 나도 그 생각 해봤어."

오사 토렐은 조용해졌다.

담배가 다 타자 그녀는 한 개비 더 불을 붙였다. 그녀는 담뱃갑에 초록색, 흰색, 빨간색이 들어 있는 세실이라는 덴마크 담배를 피웠다.

마르틴 베크는 고개를 돌려서 오사 토렐의 발을 보았다. 얇은 발바닥이 우아한 아치를 그렸고, 발가락들은 길고 곧았다.

그다음 그는 시선을 들어 그녀의 얼굴을 보았다. 그녀는 딴생각에 잠긴 듯 먼 곳을 보고 있었다.

그는 계속 그녀를 보았다. 한참 뒤, 그녀가 긴장을 풀더니 고개를 살짝 치키면서 그의 눈을 마주보았다.

그녀의 눈은 크고 갈색이고 진지했다.

방금 전까지만 해도 딴생각에 빠져 있었지만, 이제 그녀는 갑자기 강렬한 존재감을 내뿜었다.

두 사람은 계속 서로를 보았다.

그녀가 담배를 껐다. 이번에는 새로 붙이지 않았다.

그녀가 입술을 혀로 축이고 혀끝을 살짝 깨물었다. 그녀의 이는 희지만 좀 고르지 않았다. 그녀의 눈썹은 두껍고 짙었다.

"그래." 그가 말했다.

그녀가 천천히 끄덕이면서 아주 작게 말했다. "그래요. 이르든 늦든 할 거라면 지금이라고 안 될 거 없죠."

그녀가 일어나서 침대 가에 앉았다.

그리고 한참 움직이지 않았다. 두 사람은 여전히 눈을 마주치고 있었다.

마르틴 베크가 왼팔을 풀었다. 그 손으로 그녀의 가는 손가락을 어루만졌다. 그녀의 허리끈을 살짝 잡아당겼다.

"서두를 것 없어." 그가 말했다.

그녀가 그의 눈을 들여다보면서 말했다. "당신 눈은 잘 보니 회색이네요."

"당신 눈은 갈색이군."

오사 토렐이 입술을 떼지 않고 살짝 웃었다. 오른손을 들어서 천천히 허리끈을 푼 뒤, 반쯤 일어나서 가운을 바닥에 스르르 떨어뜨렸다.

그는 시트를 젖혔다. 그녀가 오른 다리를 접어서 자기 발바닥을 그의 왼쪽 옆구리에 붙이고 다시 앉았다.

"이걸 생각해본 적 있어요?"

그녀가 물었다.

"응. 당신은?"

"가끔. 지난 일 년 동안 가끔."

두 사람은 몇 마디 더 주고받았다.

"오래되었나?"

"엄청 오래. 언제부터 안 했느냐면……." 그녀가 말을 끊고 물었다. "당신은?"

"마찬가지."

"당신은 좋은 사람이에요."

그녀가 말했다.

"당신도 그래."

사실이었다. 오사 토렐은 좋은 여자였고, 마르틴 베크는 그 사실을 오래전부터 알았다.

그녀의 몸은 작지만 단단했다. 가슴은 작지만, 젖꼭지는 크고 뾰족하고 진한 갈색이었다. 배의 살결은 매끄럽고 탄탄했고, 다리 사이의 털은 풍성하고 고불고불하고 거의 새까맸다.

그의 왼쪽 다리에 얹혀 있던 그녀의 손바닥이 천천히 미끄러져 올라왔다. 그녀의 손가락은 가늘지만 길고 강하고 목적이 뚜렷했다.

그녀는 아주 거리낌없었다.

잠시 후 그는 두 손을 그녀의 어깨로 옮겼다. 그녀가 자세를 바꾸어 그의 위로 올라왔다. 부드럽게, 깊게, 넓게. 곧 가득하게.

그녀가 짧은 숨을 내뱉었다. 처음에는 그의 어깨에 대고, 다음에는 그의 입술에 대고.

그녀가 등을 대고 누웠을 때는 아주 안전하고 단단하게 느껴졌다. 그의 등허리를 감은 다리는 강했다.

그녀가 떠난 건 하늘이 어슴푸레 밝아지기 시작하고 두 시간쯤 흐른 후였다.

그녀가 가운과 슬리퍼를 걸치고 말했다.

"안녕, 그리고 고마워요."

"나도."

결국 이렇게 되었지만, 이런 일이 다시 있진 않을 터였다. 어쩌면 있을지도 모르지만.

그는 알 수 없었다.

하지만 그가 아는 사실도 있었다. 자신이 그녀의 아빠뻘이라는 사실이었다. 물론 그것은 정확히 이십칠 년 동안 다른 사람이 차지해온 자리였지만, 아무튼 그랬다.

마르틴 베크는 수요일이 결국 나쁘게만 끝나지는 않았다고 생각했다. 아니면 목요일이 좋게 시작된 걸까?

그런 생각 뒤에 그는 곧 잠들었다.

두 사람은 몇 시간 후 경찰서에서 다시 만났다. 마르틴 베크가 지나가는 말로 물었다. "누가 자네 방을 사보이 호텔에 잡아줬지?"

"내가 예약했어요. 하지만 렌나르트가 그러라고 말했어요."

마르틴 베크는 속으로 웃었다.

그럼 그렇지, 콜베리. 책략가. 하지만 이번만큼은 콜베리도 자신의 계략이 성공했는지 아닌지 영영 알 수 없을 터였다.

25.

목요일 아침 9시, 수사본부는 교착 상태였다. 마르틴 베크와 몬손은 큰 책상에 마주앉아 있었다. 둘 다 아무 말이 없었다. 마르틴 베크는 담배를 피웠고, 몬손은 아무것도 하지 않았다. 이쑤시개도 다 써버렸다.

9시 12분, 벤뉘 스카케가 어마어마하게 긴 텔렉스 종이를 들고 들어오는 것으로 수사본부를 통틀어 그날의 첫 활동이란 걸 했다. 스카케는 문 바로 앞에 서서 종이를 훑기 시작했다.

“뭔가?” 마르틴 베크가 물었다.

“코펜하겐에서 보낸 목록입니다.” 몬손이 심드렁하게 말했다. “매일 저런 걸 보내줍니다. 실종자, 사라진 차, 경찰이 발견한 물건, 그런 걸 나열한 목록이에요.”

"가출한 여자아이도 많고요." 스카케가 말했다. "아홉 명이나 되네요, 아니, 열 명."

"그런 계절이지." 몬손이 말했다.

"리스베트 묄레르, 열두 살." 스카케가 중얼거렸다. "월요일에 집을 나갔음, 마약중독자. 열두 살인데?"

"가끔은 저런 아이가 여기 나타납니다." 몬손이 설명했다. "물론 대부분은 나타나지 않지요."

"도난 차량." 스카케가 계속 말했다. "그리고 스웨덴 여권 하나, 주인은 스벤 올로프 구스타프손, 주소는 스베달라, 나이는 쉰여섯. 뉘하운의 창녀에게 압수했음. 남자의 지갑도 함께."

"주정뱅이." 몬손이 간결하게 말했다.

"터널 공사장에서 쓰던 증기삽. 어떻게 증기삽을 훔칠 수 있죠?"

"가능한 모양이네." 마르틴 베크가 말했다.

"주정뱅이." 몬손이 또 말했다. "총기류 항목은 없나? 보통 맨 끝에 나오는데."

스카케가 목록을 죽 훑어내렸다.

"있습니다. 여러 건입니다. 스웨덴 군용 권총, 9밀리미터, 후스크바르나 제품인 걸 보면 오래된 거군요. 베레타 재규어…… 아르미니우스 22 상자, 7.65밀리미터 탄약 다섯 통……."

"거기." 몬손이 말했다.

"그래, 무슨 상자라고 했지?" 마르틴 베크가 물었다.

스카케가 목록을 되짚었다.

"아르미니우스 22용 상자랍니다."

"어디서 발견됐지?"

"드라괴르와 카스트룹 사이 해변에 밀려왔답니다. 시민이 발견해서 드라괴르 경찰서에 가져다줬답니다. 지난주 화요일에."

"아르미니우스 22가 목록에 있지 않았습니까?" 마르틴 베크가 물었다.

"있었습니다." 몬손이 말했다. 그는 갑자기 빠릿빠릿해져서 벌써 전화기에 손을 얹고 있었다.

"네, 맞아요." 스카케가 말했다. "상자, 자전거 뒤에 있던 상자……."

몬손은 코펜하겐 경찰서 교환원을 괄괄하게 다그쳤다. 잠시 후 전화가 모겐센에게 연결되었다.

모겐센은 그런 상자를 들어본 적 없다고 말했다.

"아뇨, 나도 당신이 그런 쓰레기까지 일일이 알 순 없다는 걸 압니다." 몬손이 진득하게 설명했다. "하지만 당신들이 보낸 목록에 있는 물건이란 말입니다. 잠시만요……." 몬손이 스카케에게 물었다. "목록 번호가 어떻게 되지?"

"38번입니다."

"38." 몬손이 수화기에 대고 말했다. "네, 우리에게 중요한 물건일 수도 있습니다……." 몬손은 잠시 듣고만 있다가 말했다. "그건 그렇고, 에로프라그트와 올레 호프옌센에 대해서 더 아는 것 없습니까?"

침묵.

"네, 그거면 됐습니다." 몬손은 이렇게 말하고 끊었다.

그다음 마르틴 베크와 스카케를 보았다.

"저쪽에서 확인한 후 전화해주겠다는군요."

"언제?" 마르틴 베크가 물었다.

"모겐센은 보통 아주 빠릅니다." 몬손은 이렇게 말하고 다시 생각에 빠졌다.

코펜하겐의 전화는 한 시간도 안 지나서 걸려 왔다.

몬손은 갈수록 흡족해지는 표정으로 듣고만 있었다.

"글링렌*." 마침내 그가 말하고 끊었다.

"어떻게 됐습니까?" 마르틴 베크가 물었다.

"상자는 그쪽 감식반에 있답니다. 드라괴르의 순경은 처음에 그걸 그냥 버리려 했지만, 생각을 바꿔서 어제 비닐에 넣어 코

---

* 덴마크어로 "훌륭하다"는 뜻.

펜하겐으로 보냈답니다. 이따 오전 11시에 뉘하운 운하에서 출발하는 쾌속선 편으로 우리에게 보내주기로 했습니다." 몬손은 손목시계를 흘끗 보고 스카케에게 말했다. "배가 닿는 시각에 순찰차를 보내서 받아 오게 해."

"호프옌센에 대해서는 뭘 안답니까?" 마르틴 베크가 물었다.

"거의 다 알더군요. 거기서 유명한 인물이었던 모양입니다. 수상쩍지만 건드릴 수는 없는. 덴마크에서는 부정한 거래를 하지 않는답니다. 합법적인 활동만 한답니다."

"팔름그렌의 부정한 거래겠죠."

"맞아요. 게다가 거창한 거래인 모양이고. 모겐센에 따르면, 팔름그렌도 호프옌센도 무기 통상 금지령이 내려진 나라들로 무기와 항공기를 불법 운송하는 일에 관련해서 이름이 거론된 적 있답니다. 인터폴에서 들었다는군요. 하지만 인터폴도 어쩔 수 없답니다."

"아니면 어쩌고 싶지 않거나." 마르틴 베크가 말했다.

"그럴 가능성도 크죠." 몬손이 말했다.

그다음 몬손은 하품했다.

그들은 기다렸다. 그 밖에는 할 일이 없었다.

오전 11시 50분, 상자가 책상에 놓였다.

그들은 그것을 비닐에서 살살 꺼냈다. 이미 함부로 다뤄진데다가 여러 사람의 손을 탄 물건일 테지만, 그래도 이런 물건을 다룰 때는 대단히 조심해야 한다는 걸 경험으로 알았다.

마르틴 베크가 뚜껑을 연 뒤, 주먹을 턱에 댄 채 리볼버와 여분의 손잡이를 담게 되어 있는 공간을 살펴보았다.

“맞아요. 당신 말이 맞을 겁니다.” 마르틴 베크의 말이었다.

몬손이 끄덕였다. 그러고는 뚜껑을 열었다 닫았다 해보았다.

“쉽게 열리네요.” 몬손의 말이었다.

두 사람은 상자를 뒤집어가면서 모든 각도에서 살펴보았다. 상자는 이제 바싹 말랐고, 형태가 제법 잘 보존되어 있었다.

“물에 오래 잠겨 있었던 것 같지는 않군요.” 마르틴 베크가 말했다.

“닷새.” 몬손이 말했다.

“여기, 뭐가 있습니다.”

마르틴 베크가 상자 바닥을 손가락으로 살짝 쓸었다. 바닥에 원래 종이가 붙어 있었던 게 분명하지만, 이제 종이는 물기 때문에 군데군데 떨어져나간 상태였다.

“그렇군요.” 몬손이 말했다. “종이에 뭔가 적혀 있습니다. 볼펜으로 쓴 것 같은데요. 잠시만요.”

몬손이 자기 책상 서랍에서 돋보기를 꺼내어 마르틴 베크에게 건넸다.

“흠.” 마르틴 베크가 말했다. “자국이 보입니다. ‘B’하고 ‘S’하고. 두 글자는 꽤 또렷하게 보이네요. 다른 글자도 보일지 모르겠습니다.”

“좋습니다. 내 낡은 돋보기보다는 더 정밀한 도구로 이런 걸 살펴보는 친구들이 여기도 있으니까요. 그들에게 넘겨서 봐달라고 하지요.” 몬손이 말했다.

“이 리볼버는, 여긴 없지만, 표적 사격용입니다.” 마르틴 베크가 말했다.

“네, 나도 그 생각을 했습니다. 게다가 특이한 메이커죠.”

몬손이 손가락으로 책상을 도드락도드락했다.

“좋아요. 이건 감식반에 맡깁시다. 스카케에게는 사격 연습장들을 다 가보라고 시키죠. 우리는 나가서 점심을 먹읍시다. 괜찮은 분업 아닙니까?”

“좋은데요.” 마르틴 베크가 대답했다.

“겸사겸사 말뫼도 구경시켜드리죠. 외베르스텐이라는 식당에 가봤습니까?”

“아뇨.”

“그럼 이제 가봅시다.”

외베르스텐 식당은 크론 프린센 빌딩 26층에 있었다. 그곳 창문에서 내다보는 도시 풍경은 마르틴 베크가 기억하는 다른 어떤 비슷한 경험도 능가했다.

도시 전체가 비행기에서 내려다본 것처럼 발밑에 펼쳐져 있었다. 외레순드 해협, 살트홀름 섬, 덴마크 해안이 내다보였다. 놀랍도록 깨끗한 공기 덕분에 북쪽으로 란스크로나 해안, 벤 섬, 심지어 헬싱보리 시까지 눈에 들어왔다.

파란 재킷을 입은 금발 바텐더가 두 사람에게 작은 스테이크와 차가운 암스텔 맥주를 가져다주었다. 몬손은 먹성 좋게 먹었고, 다 먹은 뒤에는 양념통 바구니에서 이쑤시개를 몽땅 뽑아 하나를 입에 물고 나머지는 주머니에 쑤셔넣었다.

"흠." 몬손이 말했다. "내가 보기에는 아귀가 다 맞습니다."

음식보다 경치에 더 정신이 팔렸던 마르틴 베크는 마지못해 창밖 풍경에서 눈을 뗐다.

"그래요. 그런 것 같습니다. 어쩌면 당신이 내내 옳았는지도 모르겠습니다. 그냥 추측이었겠지만."

"추측하고 또 추측하고." 몬손이 말했다.

"이제 그가 어디 있는지만 추측하면 되는데요."

"여기 어딘가 있을 겁니다." 몬손이 한가로운 손짓으로 자신의 도시를 가리켰다. "대체 누가 그토록 팔름그렌을 미워했을까요?"

"그런 사람은 수없이 많았을 겁니다." 마르틴 베크가 말했다. "팔름그렌과 똘마니들은 무자비했죠. 주변의 모든 사람과 모든 것을 짓밟았습니다. 예를 들어, 팔름그렌은 다양한 종류의 회사를 길거나 짧게 운영했습니다. 수익이 나는 한 운영하다가, 수익이 충분하지 않다 싶으면 그냥 닫아버렸어요. 일하던 사람들은 땡전 한 푼 없이 잘렸고요. 브로베리 같은 소위 합법적 고리대금업자 때문에 인생을 망친 사람이 얼마나 많겠습니까?"

몬손은 대꾸가 없었다.

"당신 말이 옳을 겁니다." 마르틴 베크가 계속 말했다. "범인은 여기 있을 겁니다. 혹시 떠났을지도 모르겠지만."

"떠났다가 돌아왔을 수도 있죠." 몬손이 말했다.

"어쩌면. 계획 범죄였을 리는 없습니다. 살인을 계획한 사람이, 더구나 고용된 프로 살인자도 아닌 사람이 여름날 저녁에 자전거 짐받이에 사격 연습용 총이 담긴 상자를 싣고 시내를 돌아다녔을 리 없죠. 신발 상자보다 큰 것을."

키 큰 금발 바텐더가 옆에 와서 섰다.

"형사님을 찾는 전화가 왔습니다." 바텐더가 몬손에게 말했다. "커피 드릴까요?"

"감식반일 겁니다." 몬손이 마르틴 베크에게 말했다. "커피?

그래요, 주세요. 칼립소로 두 잔."

마르틴 베크는 식당 종업원들이 몬손을 알아보았다는 사실을 곱씹어보았다. 자신도 스톡홀름에서 식당 종업원이 얼굴을 알아보는 일이 있을까? 그럴지도. 자신은 텔레비전에도 더러 나왔고 신문에 사진도 실렸으니까. 마르틴 베크는 생각을 되돌려서, 팔름그렌에게 부당한 대우를 당한 사람들과 그가 지은 형편없는 아파트에서 바가지 집세를 내는 사람들을 생각해보았다. 지난 몇 년간 그의 아파트에서 산 세입자 명단을 확보해야 했다.

"음." 몬손이 돌아와서 말했다. "판지 상자 바닥에 있던 건 이름이었답니다. 'B'와 'S'는 우리도 쉽게 알아보았지만 나머지는 어려웠죠. 감식반 친구도 알아보기 어려웠답니다. 그래도 그 친구 말이, 거기 이름이 있었다는군요. 소유자 이름이었겠죠."

"그래서 뭐라고 읽어냈답니까?"

"B. 스벤손."

사격 연습장을 운영하는 사내는 벤뉘 스카케를 골똘히 보다가 말했다. "아르미니우스 22? 네, 그 총을 쓰는 손님이 두세 명 있죠. 누구누구라고 당장 이름을 대진 못하겠지만." 또 말했다. "지난주 수요일에 왔던 사람? 누가 언제 사격하러 오는지 일일이 알진 못합니다. 대신 저기서 쏘고 있는 저 손님한테 물어보세요. 휴가가 시작된 뒤로 열흘 내리 저기서 쏴대고 있으니까."

스카케가 사격장 쪽으로 걸어가는데 사내가 뒤에 대고 말했다. "저 손님한테 그 많은 탄알값을 어떻게 감당하는지도 물어보십시오."

스카케가 다가갔을 때, 명사수는 막 한 회의 사격을 마치고 점수를 집계한 뒤 흑백 사격 용지를 새로 붙이는 중이었다.

"아르미니우스 22?" 남자가 말했다. "네. 최소한 한 명은 압니다. 하지만 그 사람은 지난주 중순 이후로는 안 왔어요. 그 친구도 잘 쏘죠. 그 총 대신 이런 총을 쓴다면……."

남자는 자신의 베레타 제트파이어 자동 권총을 묵직하게 들어 보였다.

"그 사람 이름을 아십니까?"

"베르틸 뭔데…… 올손인가 스벤손인가, 정확히는 모르겠습니다. 하지만 코쿰스에서 일한다는 건 압니다."

"확실합니까?"

"네. 뭔가 허름한 일이었는데. 청소부인가 그랬습니다."

"고맙습니다." 스카케가 말했다. "참, 그 많은 탄알값을 어떻게 감당하십니까?"

"나는 취미라곤 이것뿐이에요." 남자는 이렇게 대꾸하고 새 탄창을 권총에 밀어넣었다.

관리인의 공간으로 돌아왔더니, 사내가 스카케에게 이름 세 개가 적힌 종이쪽지를 주었다.

"내가 아는 아르미니우스 소유자는 그 사람들뿐입니다."

스카케는 차로 돌아왔다. 시동을 켜기 전에 쪽지를 읽어보았다.

토미 린드, 켄네트 악셀손, 베르틸 스벤손.

경찰서에서 몬손이 마르틴 베크에게 물었다.

"브로베리와 한손 이인조는 어떻게 할까요?"

"스톡홀름으로 돌려보냅시다. 아, 오사가 일을 다 마쳤다면."

"네, 하려고 했던 일은 다 했어요." 오사 토렐이 맑은 갈색 눈으로 마르틴 베크를 보면서 대답했다.

수사는 이제 정례적인 과정에 접어들었다. 그들이 한덴의 경찰서에 자료를 요청한 지 두 시간 뒤, 텔렉스 기계가 팔름그렌의 아파트에 살았던 세입자 명단을 찍찍 토해냈다.

이름은 알파벳 순서였다. 마르틴 베크는 금세 그중 한 줄을 손가락으로 짚었다.

스벤손, 베르틸 올로프 에마누엘, 1968년 9월 15일 임대 종료.

"한마디로 쫓겨났다는 거군." 몬손이 말했다.

마르틴 베크는 스톡홀름의 브로베리 사무실 전화번호를 찾아서 그리로 걸었다. 비서인 듯한 여자가 받았다. 그래도 혹시 모르니까 그가 물었다. "모베리 부인이십니까?"

"네."

마르틴 베크는 자신의 신분을 밝혔다.

"네, 무엇을 도와드릴까요?" 여자가 말했다.

"모베리 부인, 최근에 팔름그렌 씨가 회사를 닫거나 운영을 중지한 사례가 있는지 아십니까?"

"그건 최근이 언제인가에 따라 다릅니다. 이 년 전에 솔나의 공장을 닫은 일이 있긴 합니다. 그 일을 말씀하시는 건지는 모르겠지만."

"어떤 공장이었습니까?" 마르틴 베크가 물었다.

"특수 기계 부품을 만드는 작은 정밀 공구 회사였습니다. 용수철 같은 거였다고 기억합니다."

"왜 닫았습니까?"

"적자를 보고 있었어요. 그 부품을 구입하던 회사들이 자체 기계를 들였다든가, 새 기계를 샀다든가 그랬습니다. 그래서 그 제품에 대한 수요가 없어졌고, 회사 측은 생산 라인을 바꾸는 대신 제조를 그만두기로 결정하고 공장을 팔았습니다."

"그게 이 년 전이었습니까?"

"네. 1967년 가을이었습니다. 그 몇 년 전에도 비슷한 회사를 닫았다는 것 같지만 그때는 제가 없었기 때문에 모릅니다. 제가 이 일을 아는 건, 브로베리 씨가 회사 청산을 맡아서 처리했기 때문입니다."

"직원들은 어떻게 됐습니까?"

"해고 통지를 받았습니다." 사라 모베리가 말했다.

"직원이 몇 명이나 됐습니까?"

"기억이 안 나네요. 하지만 서류가 여기 어디 있습니다. 원하신다면 찾아볼 수 있습니다."

"그래주면 고맙겠습니다. 직원 명단을 알고 싶습니다."

"잠시 기다리세요."

마르틴 베크는 기다렸다. 몇 분 뒤 여자가 돌아왔다.

"죄송합니다." 여자가 말했다. "서류가 정확히 어디 있는지 몰라서요. 이름을 불러드릴까요?"

"몇 명입니까?" 마르틴 베크가 물었다.

"스물여덟 명입니다."

"모두 그만둬야 했습니까? 다른 회사로 옮기거나 그럴 순 없었습니까?"

"모두 해고되었습니다. 작업 감독이었던 사람만 예외였는데, 그 사람은 회사 청소부로 옮겼습니다. 하지만 반 년 뒤에 그만두었어요. 더 나은 일을 구했겠지요."

마르틴 베크는 종이와 펜을 준비했다.

"좋습니다. 불러주세요."

그는 여자가 불러주는 이름을 받아 적었다. 그러다가 아홉 번째 이름에 다다랐을 때 그가 펜을 멈추고 말했다. "거기, 방금 그 이름을 다시 한번 불러주십시오."

"베르틸 스벤손, 사무 직원."

"그 사람에 대한 다른 정보는 없습니까?"

"네, 이것뿐입니다."

"고맙습니다. 그거면 됐습니다. 이만 끊겠습니다. 도와주셔서 고맙습니다."

마르틴 베크는 얼른 몬손에게 갔다.

"여기 또 그 이름이 나옵니다." 마르틴 베크가 말했다. "베르틸 스벤손. 이 년 전 팔름그렌의 회사에서 잘렸음. 사무 직원입니다."

몬손이 혀로 이쑤시개를 굴렸다.

"아니에요. 잡역부인데. 내가 코쿰스 인사부랑 통화했거든요."

"회사가 주소를 안답니까?" 마르틴 베크가 물었다.

"네. 바텐베르크스베겐 거리에 산답니다."

마르틴 베크가 모르겠다는 듯 눈썹을 치켰다.

"시르세베리에 있는."

마르틴 베크가 고개를 저었다.

"외스테르에 있는."

마르틴 베크가 으쓱했다.

"아아, 스톡홀름 사람들이라니." 몬손이 말했다. "아무튼 거기 산답니다. 하지만 지금 휴가중이래요. 올 일월부터 코쿰스에서 일하기 시작했답니다. 나이는 서른일곱. 이혼한 것 같고, 아내는……."

몬손이 서류 더미를 뒤져서 뭐라고 글씨가 끼적여져 있는 종이를 뽑아냈다.

"……아내는 스톡홀름에 산답니다. 경리부가 매달 그의 봉급에서 이혼 수당을 제해서 스톡홀름 노르툴스가탄 거리 23번지에 사는 에바 스벤손에게 보낸답니다."

"흠. 휴가중이라면 말뫼에 없을 수도 있겠군요."

"알아봐야죠." 몬손이 말했다. "그 아내를 만나봐야 할지도 모르겠습니다. 혹시 콜베리가…….”

마르틴 베크는 손목시계를 보았다. 5시 30분이 거의 다 되었다. 콜베리는 지금쯤 군과 보딜이 있는 집으로 돌아가는 중일 터였다.

“좋습니다.” 마르틴 베크가 말했다. “내일.”

26.

금요일 아침에 마르틴 베크의 전화를 받은 렌나르트 콜베리의 목소리는 불길한 예감으로 가득했다.

"또 팔름그렌 사건 때문에 전화한 거라는 말은 제발 하지 마." 콜베리가 말했다.

마르틴 베크는 목청을 가다듬었다.

"미안해, 렌나르트. 하지만 도움을 좀더 요청해야겠어. 자네도 일이 많겠지만……."

"많다마다." 콜베리가 짜증내며 말을 잘랐다. "여기도 인원이 부족해. 자네도 없지, 그 밖에도 있어야 할 사람이 다 없어. 난 일에 파묻혀 있다고. 쿵스홀름스가탄도 마찬가지야. 거기도 뢴도 멜란데르도 없어."

"알아, 렌나르트." 마르틴 베크가 부드럽게 말했다. "하지만 새로운 단서가 생겼어. 팔름그렌을 쏜 범인일지도 모르는 남자에 대해서 자네가 정보를 좀 모아줬으면 해. 정 어렵다면 자네가 군발드한테 한번……."

"라르손! 그치는 법무장관이 와서 무릎 꿇고 사정해도 팔름그렌 사건에는 두 번 다시 관여하지 않을걸. 쓴맛을 충분히 봤다고."

콜베리가 목소리를 낮추더니 잠시 조용하다가 결국 한숨 쉬면서 말했다. "어떤 남자야?"

"우리가 일을 망치지 않았다면 일주일 전에 하가 터미널에서 붙잡았을 수도 있었던 남자와 어쩌면 동일인일지도 몰라. 이름은 베르틸 스벤손……."

"그 이름을 가진 사람이 전국에 만 명은 되겠군." 콜베리가 신랄하게 말했다.

"그럴지도." 마르틴 베크는 다정하게 받았다. "하지만 우리가 이 베르틸 스벤손에 대해서 아는 바가 몇 가지 있어. 남자는 예전에 솔나에 있던 팔름그렌 소유의 회사에서 일했어. 작은 정밀 공구 공장이었는데, 1967년 가을에 문을 닫았어. 남자는 또 팔름그렌이 소유한 아파트에서 살았지만, 약 일 년 전에 퇴거당했어. 남자는 사격 연습장 회원이고, 목격자들에 따르면 팔름그렌을 죽인 무기와 동일한 모델의 총을 소유하고 있대. 작년 가을에 이혼했고, 아내와 두 아이는 아직 스톡홀름에 살아. 남자는 말뫼에 살면서 코쿰스에서 일하고."

"흠."

"남자의 정확한 이름은 베르틸 올로프 에마누엘 스벤손, 1932년 5월 6일 스톡홀름 솔나 교구 출생."

"그가 말뫼에 있다면, 그냥 체포하면 되잖아?" 콜베리가 물었다.

"그럴 거야. 하지만 그에 대해서 좀더 알아보고 싶어. 그래서 자네가 맡아줄 수 있을까 해서."

콜베리가 체념의 한숨을 쉬었다.

"알았어. 뭘 알아보면 되지?"

"남자는 전과가 없어. 하지만 경찰에게 잡혀 온 적 있는지 한번 알아봐. 복지 담당 부서들과 관련된 일이 있었는지도. 그리고 부동산 관리 사무소에 남자가 왜 퇴거당했는지 물어봐. 마지막이지만 중요한 일인데, 남자의 아내를 만나봐."

"여자가 어딨는지는 아나? 내가 그것도 찾아봐야 하나? 정확한 스벤손 부인을 찾으려면 몇 주는 걸릴걸."

"여자는 노르툴스가탄 거리 23번지에 살아. 여자에게 남편을 마지막으로 언제 봤는지 묻는 것 잊지 말고. 둘의 관계가 어떤

지 몰라도, 지난주 목요일 이후에 남자가 여자에게 전화했거나 만나러 갔을 가능성이 있어. 최대한 빨리 처리해줄 수 있나?"

"하루 종일 걸리겠군." 콜베리가 툴툴거렸다. "하지만 이 몸에게는 선택지가 없지. 다 알아본 뒤에 내가 전화할게."

콜베리는 전화를 끊고, 지도와 폴더와 보고서가 어지럽게 널린 책상을 우울하게 바라보았다. 그다음 한숨을 쉬고, 전화번호부를 끄집어내어 전화를 걸기 시작했다.

두 시간 뒤, 콜베리는 일어나서 재킷을 집었다. 수첩을 덮어 주머니에 넣었다. 그다음 차로 내려갔다.

노르툴스가탄 거리로 차를 몰면서, 콜베리는 열심히 전화를 돌려서 알아낸 정보를 되짚어보았다.

베르틸 올로프 에마누엘 스벤손이 경찰에 알려진 것은 1967년 10월이었다. 그때 그는 공공장소에서 만취한 일로 볼모라 경찰서에 끌려왔다. 경찰은 그가 살던 건물 현관에서 그를 데려와서 유치장에 하룻밤 가뒀다. 그때부터 1968년 7월까지, 그는 같은 경찰서에 다섯 번 더 잡혀 왔다. 한 번은 또 공공장소에서의 만취 때문이었고, 나머지 네 번은 무슨 말인지는 잘 모르겠어도 하여간 가정 내 소란 때문이라고 했다. 그게 다였다. 7월 이후에는 기록이 없었다.

금주위원회에도 남자의 기록이 있었다. 위원회는 그가 술에 취해 행패를 부린다고 주장한 집주인과 이웃들의 신고를 받고 몇 차례 그의 집을 방문했다. 위원회는 그를 감독하기 시작했지만, 그가 경찰서에 끌려갔던 두 번의 사건을 제외하고는 그에게 다른 조치를 내릴 이유가 없어 보였다.

그는 1967년 10월 이전에는 술이나 소란 행위로 신고된 적이 없었고, 금주위원회의 기록에도 올라 있지 않았다. 그는 매번 경고만 받고 끝났다.

스벤손 가족은 아동복지국의 관심도 받았다. 같은 건물의 다른 세입자들이 부부가 아이들을 제대로 돌보지 않는다며 민원을 제기한 탓이었다.

콜베리가 파악한 바로, 여러 공무원들에게 민원을 제기했던 이웃이란 다 같은 사람이었다.

그 민원인은 그해에 일곱 살과 다섯 살이었던 두 아이가 "방치되어 있다"고 주장했다. 아이들은 복장이 허름했고, 민원인은 아이들이 집에서 우는 소리를 들었다고 불평했다. 아동복지국은 1967년 12월에 처음, 1968년 5월에 두 번째로 이 문제를 조사했다. 가정 방문도 몇 차례 했지만 부모가 아이들을 학대한 흔적은 발견하지 못했다. 살림이 깔끔하진 않았고, 어머니는 좀 칠칠하지 못한 사람인 듯했고, 아버지는 실업자였고, 경제 사정이 나빴다. 하지만 부모가 아이들을 함부로 대한다는 증거는 없었다. 맏이는 수줍어하고 말수가 적은 편이기는 해도 학교 생활을 잘했고 건강했고 지능도 평균이었다. 둘째 아이는 집에서 엄마와 함께 있었지만, 엄마가 가끔 임시로 일을 구할 때면 이웃집에 맡겨져 있었다. 자신도 아이를 셋 기르는 그 이웃은 스벤손 부부의 둘째 아이가 활달하고 영리하고 사교적이라고 말했고, 건강이 나쁘다는 신호는 발견하지 못했다고 말했다. 1968년 11월, 스벤손 부부는 법적으로 별거했다. 아이들은 계속 아동복지국의 감독하에 있었다.

실업자지원사무소는 1967년 10월에서 1968년 4월까지 가족에게 실업수당을 주었다. 남자는 직업훈련 과정에 등록했고, 1968년 가을에 직업훈련위원회가 운영하는 기계공 기초 과정을 밟았다. 그다음 올해, 그러니까 1969년 1월에 남자는 말뫼의 코쿰스 조선소에서 기계공 일을 얻어 말뫼로 내려왔다.

한편 보건부는 주택단지 관리 사무소가 퇴거 요청 사유로 제기한 민원에 따라 스벤손 가족의 집에서 소음 측정을 한 일이 있었다. 소음은, 주로 아이들이 울고 가족이 쿵쿵 걸어다니고 물을 쓰는 게 들리는 소리였는데, 허용 가능 기준치를 넘어서는 것으로 나왔다.

그 판정은 사실 단지 전체에 적용되는 것이었지만 아무도 그 점은 고려하지 않은 것 같았다.

1968년 6월, 임대차관리위원단은 관리 사무소가 스벤손 가족과의 임대차계약을 일방적으로 종결할 권리가 있다고 결정했다. 스벤손 가족은 9월 1일에 집을 나와야 했다. 이주할 거처는 마련되지 않았다.

콜베리는 관리 사무소의 악질과도 통화해보았다. 여자는 스벤손 가족을 퇴거까지 시켜야 했던 것이 안타깝기는 했지만 그냥 두기에는 이웃의 불만이 너무 많았다고 말했고, 말끝에 이렇게 덧붙였다. "그 사람들에게도 잘된 일인지 몰라요. 여기에는 어울리지 않는 사람들이었으니까."

"어떤 면에서?" 콜베리가 물었다.

"우리 세입자들은 급이 달라요. 무슨 뜻인지 아실지 모르겠지만. 하루가 멀다 하고 금주위원회, 경찰, 아동복지국, 하여간 별의별 곳에 다 신고해야 하는 집이라니……."

"그러면 스벤손 가족을 신고한 사람이 이웃들이 아니라 당신이었습니까?"

"그럼요. 잠자코 넘길 수 없는 일이 있다는 말을 들었을 때는 조사해보는 게 우리 의무죠. 다른 세입자 중 한 분이 아주 협조적이긴 했지만."

콜베리는 거기서 대화를 중단했다. 무력함과 역겨움에 속이 뒤집힐 것 같았다.

정말 그렇게까지 해야 하나? 그런 모양이었다.

콜베리는 차를 노르툴스가탄 거리에 세웠다. 바로 내리진 않았다. 수첩과 펜을 꺼내어, 메모했던 것들을 참고하여 아래와 같은 일람표를 작성했다.

1967년 9월. 해고됨

10월. 공공 장소에서의 만취 (볼모라 경찰서)

11월. 금주위원회

12월. 가정 내 소란. 아동복지국

1968년 1월. 가정 내 소란 (볼모라 경찰서)

2월. 금주위원회

3월. 공공 장소에서의 만취 (볼모라 경찰서)

4월. 가정 내 소란 (볼모라 경찰서). 금주위원회

5월. 아동복지국

6월. 임대차관리위원단의 임대차계약 종결 판정

7월. 퇴거 결정. 가정 내 소란 (볼모라 경찰서)

8월. -

9월. 퇴거

10월. -

11월. 별거

12월. -

자신이 쓴 것을 들여다보면서, 콜베리는 이 우울한 표에 꼭 맞는 제목을 떠올렸다.

'불행은 혼자 오지 않는다.'

27.

노르툴스가탄 거리 23번지는 낡고 지저분한 건물이었다. 숨막히게 더운 바깥 공기 때문인지 건물 안이 놀랍도록 시원했다. 회칠이 군데군데 벗겨진 벽 속에 겨울의 냉습한 기운이 숨어 있던 것처럼 느껴졌다.

스벤손 부인은 2층에 살았다. 부엌 출입구처럼 보이는 문에 "에바 스벤손"이라고 여자의 이름이 붙어 있었다.

콜베리는 문을 두드렸다. 일 분 뒤, 안에서 발소리와 달가닥거리면서 안전 체인을 푸는 소리가 들렸다. 문은 살짝만 열렸다. 콜베리는 문틈으로 신분증을 보여주었다. 문을 연 사람이 누구인지는 안 보였지만 그이가 푹 한숨 쉬는 소리가 들리더니 곧 문이 마저 열렸다.

콜베리의 추측이 옳았다. 그가 들어선 곳은 넓은 주방이었다. 그를 들인 뒤 문을 닫은 사람은 작고 여윈 여자였다. 얼굴은 날카롭고 슬퍼 보였다. 산발한 머리카락은 끝이 거의 희지만 위로 갈수록 짙어져서 두피로부터 몇 센티미터에서 갈색으로 바뀌는 걸 보아 염색한 지 오래된 것 같았다. 여자는 후줄근한 면으로 된 줄무늬 원피스 실내복을 입었는데, 겨드랑이에 땀자국이 크고 짙게 나 있었다. 콜베리는 냄새만으로도 여자가 이 옷을 입고 땀을 흘린 게 오늘이 처음이 아니란 걸 알았다. 여자는 양말을 신지 않았고, 무슨 색인지 모를 색의 타월 천으로 된 슬리퍼를 신었다. 콜베리가 알기로 여자는 스물아홉 살이었지만, 모르고 보았다면 서른다섯 살 이상으로 추측했을 것 같았다.

"경찰이라고요." 여자가 머뭇머뭇 말했다. "이번엔 또 무슨 일이에요? 베르틸을 찾는 거라면, 여기 안 살아요."

"압니다." 콜베리가 말했다. "괜찮다면 부인과 잠시 이야기 나누려고 왔습니다. 들어가도 됩니까?"

여자는 끄덕이고는 창가의 식탁으로 갔다. 꽃무늬 비닐 식탁보 위에 펼쳐진 잡지 한 권, 먹다 만 샌드위치, 필터가 있는 담배꽁초로 이미 그득한 파란 꽃무늬 잔 받침에서 타고 있는 필터 담배 한 개비가 있었다. 식탁을 둘러싸고 의자가 세 개 있었다. 여자는 그중 하나에 앉은 뒤 담배를 집어 들고 맞은편 의자를 가리켰다.

"앉으세요."

콜베리는 앉았다. 그리고 카펫을 털 때 쓰는 철봉과 쓰레기통 외에 아무것도 없고 을씨년스러운 뒷마당을 창으로 내다보았다.

"무슨 이야기를 하고 싶은데요?" 에바 스벤손이 안차게 물었다. "오래 계실 순 없어요. 곧 놀이터에 토마스를 데리러 가야 해요."

"토마스가 둘째죠." 콜베리가 말했다.

"네. 여섯 살이에요. 내가 장 보고 청소하는 동안 경제 대학교 뒤편 놀이터에서 놀게 하거든요."

콜베리는 주방을 둘러보았다.

"아이가 하나 더 있지 않습니까?"

"네. 우르술라. 걔는 캠프에 갔어요. 바르넨스외 섬에서 열리는."

"여기 사신 지 얼마나 됐습니까?"

"사월부터요." 여자는 담배를 필터만 남을 때까지 깊게 빨았다. "여름까지만 살 수 있어요. 할머니가 애들을 안 좋아해서. 그다음엔 대체 어디로 가야 할지."

"요즘 일하십니까?"

여자는 연기 나는 필터를 잔 받침에 던졌다.

"네. 함께 사는 할머니에게 일을 해드려요. 할머니가 집에 돌아올 때까지 청소하고, 요리하고, 장 보고, 빨래하고 그러는 대신 여기 사는 거죠. 할머니는 나이가 많아서 혼자서는 계단을 못 내려가니까 외출하실 때 도와드리고. 그런 일."

콜베리는 출입구 맞은편에 난 문을 고갯짓으로 가리켰다.

"저 방에서 지내십니까?"

"네." 여자가 무뚝뚝하게 대답했다. "저기서 지내요."

콜베리는 일어나서 방문을 열어보았다. 가로세로 삼 미터, 오 미터쯤 되는 방이었다. 창문으로 을씨년스러운 마당이 내다보였다. 침대 두 개가 벽에 붙어 있었고, 한 침대 밑에 끌어낼 수 있는 낮은 침대가 하나 더 있었다. 그 밖의 가구는 서랍장, 의자 두 개, 작고 흔들거리는 탁자, 조각천을 엮어 만든 러그가 전부였다.

"크진 않지만 주방을 맘대로 써도 되고 애들은 마당에서 놀 수 있으니까요." 에바 스벤손이 뒤에서 말했다.

콜베리는 식탁으로 돌아왔다. 이제 집게손가락으로 비닐 식탁보를 낙서하듯이 문지르고 있는 여자에게 말했다.

"지난 몇 년 동안 부인과 남편이 어떻게 지냈는지 말씀해주셨으면 합니다. 남편과 이혼 혹은 별거중이신 건 압니다만, 전에는 어땠습니까? 남편은 오래 실직 상태였지요?"

"네. 거의 이 년 전에 잘렸어요. 그이가 뭘 잘못해서 잘린 건 아니고요. 회사가 문을 닫아서 직원들이 다 잘렸어요. 적자였다나 봐요. 그다음에는 일을 못 구했죠. 일자리가 있어야 말이지. 제대로 된 일자리 말이에요. 전에 했던 일은 꽤 괜찮았거든요. 사무직이었죠. 하지만 정식 교육을 받은 건 아니라서, 그이가 지원하는 자리마다 그보다 더 자격 좋은 사람이 뽑혔어요."

콜베리가 끄덕였다.

"망한 회사를 얼마나 다녔습니까?"

"십이 년. 그전에도 같은 사장이 갖고 있는 회사를 다녔어요. 팔름그렌 사장. 음, 어쩌면 그 사람이 사장은 아니었을 수도 있지만 아무튼 그가 주인이었으니까요. 베르틸은 원래 창고에서 일하다가 배달원이 됐고, 그다음에 그 망한 회사로 옮겨서 사무실에서 일했어요. 예전 회사도 닫았나 그래요."

"두 분이 결혼한 지는 얼마나 됐습니까?"

"1959년 성령강림절에 결혼했어요."

여자는 먹다 만 샌드위치를 한입 물었다. 그러더니 샌드위치를 살펴보고는 일어나서 조리대로 가 그것을 개수대에 던져넣었다.

"그러니까 팔 년 반 같이 살았네요."

"볼모라로 이사 간 건 언제였습니까?"

여자는 개수대 옆에 계속 서서 새끼손톱으로 이를 쑤셨다.

"1967년 가을. 그전에는 베스트만나가탄 거리에서 살았어요. 그 집도 회사 집이었어요. 팔름그렌 씨가 갖고 있는 건물. 그런데 그 건물을 수리해서 아파트 대신 사무용 건물로 만들 거라나 그랬어요. 우리는 그가 새로 지은 건물로 이사해야 했죠. 예전 집보다 훨씬 좋은 집이긴 했지만 너무 외곽에 있는데다가 집세도 진짜 비쌌어요. 베르틸이 잘린 뒤에는 당장 나가야 할 줄 알았지만, 그렇진 않았어요. 결국에는 나왔지만 한참 뒤였고, 이유도 다른 이유 때문이었어요."

"다른 이유가 뭐였습니까?"

"음, 베르틸이 술을 마셨다거나 해서." 여자는 모호하게 대답했다. "그리고 우리 아랫집이 층간 소음이 너무 심하다고 불평했어요. 하지만 우리가 다른 집들보다 더 시끄럽진 않았어요. 소리는 진짜 멀리 퍼지니까, 몇 층 아래에서 애들이 울거나 개가 짖거나 음악을 틀거나 하는 소리가 다 들리죠. 우리는 바로 윗집에 피아노가 있는 줄 알았는데 알고 보니 세 층 위에 있는 거더라고요. 그리고 우리 애들은 집안에서 놀지 않았어요. 어쨌든 작년 가을에 쫓겨났죠."

해가 주방으로 비쳐 들기 시작했다. 콜베리는 손수건을 꺼내

이마를 닦았다.

"남편이 술을 많이 마셨습니까?"

"네, 가끔."

"술 마시면 어땠습니까? 난폭했나요?"

여자는 바로 대답하지 않고 식탁으로 돌아와서 앉았다.

"가끔 화냈어요. 직장을 잃었으니까. 사회 시스템이니 뭐니 하는 것들에 화냈죠. 난 그이가 술을 몇 잔 했다 하면 맨날 그런 얘기를 하는 데 질렸어요."

"집에서 가끔 싸움이 있었다던데요. 무슨 일이었습니까?"

"아, 정확히 말하면 싸운 건 아니에요. 말다툼은 가끔 했죠. 우리가 잘 때 애들이 깨서 한밤중에 논 적도 한 번 있었는데 그때도 순경이 왔죠. 우리가 가끔 언성을 높인 적은 있었겠지만 싸우거나 한 건 아니었어요."

콜베리는 끄덕였다.

"퇴거 명령을 받았을 때 세입자조합과 의논해봤습니까?"

여자는 고개를 저었다.

"아뇨. 그런 데는 가입돼 있지 않았어요. 어차피 방법도 없고. 그냥 나와야 했죠."

"그다음에는 어디서 살았습니까?"

"나는 전대轉貸로 방을 하나 구했어요. 거기서 살다가 여기로 옮겼죠. 베르틸은 우리가 갈라선 뒤에 남자만 받는 여인숙으로 가서 살았어요. 지금은 말뫼에 살고."

"흠. 남편을 마지막으로 언제 봤습니까?"

에바 스벤손은 손가락으로 뒤통수의 머리카락을 빗질하면서 잠시 생각했다.

"지난주 목요일이었던 것 같네요. 갑자기 여기 나타났죠. 하지만 내가 일해야 했기 때문에, 한 시간쯤 뒤에 가라고 했어요. 휴가중이라서 스톡홀름에 며칠 있을 거라고 하더군요. 나한테 돈도 좀 줬어요."

"이후에는 연락이 없습니까?"

"네. 말뫼로 돌아갔을걸요. 아무튼 나는 이후에는 못 봤어요."

여자가 몸을 돌려서 냉장고 위에 세워진 자명종 시계를 보았다.

"이제 토마스를 데리러 가야겠어요. 애를 거기 오래 놔두면 사람들이 싫어해요."

여자는 일어나서 방으로 갔다. 방문은 열어둔 채였다.

"왜 헤어졌습니까?" 콜베리도 일어나면서 물었다.

"서로 질렸어요. 모든 게 엉망진창이었으니까. 끝에 가서는 노상 말다툼이었죠. 베르틸은 맨날 집에 죽치고 앉아서 신세타령을 하고. 그 꼴을 더는 못 봐주겠더라고요."

여자가 머리를 빗고 샌들을 신은 모습으로 주방에 나왔다.

"정말 가봐야 해요."

"하나만 더 묻겠습니다." 콜베리가 말했다. "남편은 회사 소유주, 팔름그렌 씨를 알았습니까?"

"아뇨. 본 적도 없을걸요. 그 사람은 사무실에서 관리만 했으니까요. 그 사람이 회사에 온 적도 없을 것 같은데요. 회사는 다른 사람들, 부하 같은 사람들이 운영했어요."

여자는 스토브 옆 고리에 걸린 그물 가방을 들고 부엌 출입문을 열었다. 콜베리는 문을 잡고 서서 여자가 먼저 나가도록 한 뒤, 자신도 나와서 문을 닫고 물었다. "어떤 신문이랑 잡지를 읽으십니까?"

"《엑스프레센》을 가끔. 주로 일요일에요. 《헨네스》랑 《민벨드》도 매주 읽고요. 잡지는 너무 비싼 것 같아요. 왜 묻죠?"

"그냥 궁금해서." 콜베리가 대답했다.

두 사람은 건물 앞에서 헤어졌다. 콜베리는 후줄근한 옷을 입은 작고 야윈 여자가 오덴플란 광장 쪽으로 걸어가는 뒷모습을 지켜보았다.

콜베리가 말뫼에 전화하여 조사 내용을 들려준 것은 오후가 되어서였다. 마르틴 베크는 삼십 분쯤 복도를 서성이며 전화가 울리기를 초조하게 기다리던 참이었다. 마침내 전화가 울리자, 그는 첫 번째 벨 소리가 잦아들기도 전에 수화기를 낚아챘다.

마르틴 베크는 전화기에 미리 연결해둔 녹음기를 튼 뒤, 콜베리의 말을 방해하지도 대꾸하지도 않은 채 그가 끝까지 말하게 놔두었다. 콜베리의 말이 끝난 뒤에야 마르틴 베크가 말했다.

"잘했어, 렌나르트. 이제 내가 자네를 더 귀찮게 할 일은 아마 없을 거야."

"좋아." 콜베리가 말했다. "자네들이 사람을 제대로 찾은 것 같아. 난 이제 내 일로 돌아가겠지만, 상황이 어떻게 돌아가는지 나한테도 알려줘. 내가 인사할 만한 사람들한테 인사 전해주고. 안녕."

마르틴 베크는 녹음기를 몬손의 방으로 가져갔다. 두 사람은 녹음된 내용을 함께 들었다.

"어떻게 생각합니까?" 마르틴 베크가 물었다.

"음." 몬손이 대답했다. "동기는 있군요. 팔름그렌의 회사에서 십이 년 넘게 일한 뒤 잘렸고, 그다음에 역시 팔름그렌이 소유한 집에서 쫓겨났고, 덤으로 아내와 헤어졌고. 그다음에는 일자리를 찾아서 스톡홀름을 떠나야 했는데, 그 일이라는 것도 전에 했던 일보다 사회적으로나 경제적으로나 못한 일이었고. 다 팔름그렌 때문이죠."

마르틴 베크는 끄덕였다. 몬손이 계속 말했다.

"게다가 지난주 목요일에 스톡홀름에 있었고. 사실 나는 왜 그쪽이 하가 터미널에서 남자를 붙잡지 못했는지 이해가 안 됩니다. 그때 붙잡았다면, 팔름그렌이 사망했을 때 우리는 이미 범인을 확보했을 거예요. 그렇게 생각하면 화나죽겠다니까요."

"왜 놓쳤는지 나는 알지만, 다음에 알려드리죠." 마르틴 베크가 말했다. "이유를 듣고 나면 더 화날 겁니다."

"좋아요, 아껴두죠." 몬손이 대꾸했다.

마르틴 베크는 담배에 불을 붙여 물고 잠시 조용히 있었다.

그러다 말했다. "퇴거에는 뭔가 수상한 데가 있어요. 여러 기관에 그를 신고한 장본인은 관리 사무소였던 것 같습니다."

"한 협조적인 세입자의 도움을 받아서, 그렇죠."

"그 세입자도 보나마나 팔름그렌이나 브로베리나 둘 다에게 고용된 사람이었을 겁니다. 팔름그렌이 더이상 자기 직원도 아닌 베르틸 스벤손을 아파트에서도 내보내기를 바랐던 건 확실해요. 스톡홀름에서는 그런 집이 큰돈이 되니까요. 더러운 돈."

"팔름그렌이 관리 사무소 직원들에게 스벤손을 쫓아낼 구실을 찾아내라고 지시했다는 뜻이군요." 몬손이 말했다.

"네. 그랬을 겁니다. 물론 브로베리를 통했겠죠. 스벤손은 그 관계를 알아차렸을 겁니다. 따라서 그가 팔름그렌을 증오했더라도 놀랄 일이 아니죠."

몬손이 뒤통수를 긁으면서 인상을 썼다.

"그래요, 그렇긴 하지만, 그렇다고 해서 총으로 쏴 죽일 정도까지……."

"스벤손이 한동안 힘든 시기를 보냈다는 걸 기억해야 합니다. 그게 그냥 자신의 불행 탓만은 아니라는 사실, 특정한 한 남자 혹은 특정한 사회 계층이 자신을 부당하게 취급한 탓이라는 사실을 깨달았을 때 증오는 집착이 되었을 겁니다. 그는 모든 걸 차례차례 빼앗겼으니까요."

"팔름그렌은 그 사회 계층을 대변하는 존재이고." 몬손이 끄덕거리면서 말했다.

마르틴 베크가 일어나면서 말했다. "제일 안전한 방법은 누군가를 보내서 한동안 그를 감시하는 것 같습니다. 두 번 놓칠 순 없죠. 업무중에 으깬 감자를 사 먹지 않는 사람을 보냅시다."

몬손이 어리둥절한 얼굴로 마르틴 베크를 봤다.

28.

베르틸 스벤손이 사는 시르세베리스타덴 구는 말뫼 동쪽 경계에 가까운 구역이었다. 도시 나머지 지역에 비해 고도가 확연히 높아서, 시민들은 그곳을 불토프타 바카르 혹은 그냥 바카르나라고만 불렀다.*

말뫼의 부르주아지는 누가 "바카르나에서 산다"고 하면 은근히 업신여겼지만, 시르세베리스타덴 주민 대부분은 집에 종종 현대적 설비가 없는데다가 아무도 그런 건물을 신경써서 유지 보수하지 않기 때문에 전반적인 환경이 평균에 미달하는데도 자기 동네를 자랑스러워하고 그곳에서 사는 걸 좋아했다. 바

* 스웨덴어로 '바카르나'는 그냥 '언덕'이라는 뜻, '불토프타 바카르'는 '불토프타 언덕'이라는 뜻이다.

카르나에서도 가장 허름한 아파트에서 사는 사람들은 다른 말쑥한 동네에서는 받아주지 않는 사람들, 혹은 더 높은 삶의 질을 누릴 필요가 없다고 여겨지는 사람들이었다. 근래에 말뫼로 온 외국인 공장 노동자들이 바카르나에 많이 사는 것은 우연이 아니었다.

바카르나는 노동자들이 사는 동네였고, 말뫼 시민 중에도 이를테면 빅토르 팔름그렌 같은 이들의 계층은 이 동네에 한 번도 발을 들여놓지 않거나 이런 동네가 있다는 것조차 몰랐다.

금요일 오후에 벤뉘 스카케가 자전거를 타고 달리는 곳이 그 동네였다. 스카케는 마르틴 베크로부터 베르틸 스벤손이 집에 있는지 확인하고 만약 있다면 들키지 말고 잘 감시하라는 지시를 받았다. 한 시간마다 몬손이나 마르틴 베크에게 보고하라는 지시도 받았다.

매사가 순조롭다면 그들은 그날 밤 스벤손을 잡아들일 것이라고 했다. 마르틴 베크는 몇 가지 사소한 준비가 더 필요할 뿐이라고 말했다.

스벤손이 직장과 사격 연습장에 알려준 주소는 바텐베르크스베겐 거리였다. 바텐베르크스베겐은 서쪽으로 룬다베겐 거리에서 시작하여 동쪽으로 심리스함셰른베겐 철도까지 이어져 시르세베리스타덴을 가로지르는 길이었다. 룬다베겐 거리부터 길이 오르막이라, 스카케는 언덕을 다 오르기 전에 일찌감치 자전거를 내렸다. 스카케는 자전거를 끌고 오래된 원통형 급수탑을 지나쳤다. 급수탑은 오래전에 아파트로 개조되어 쓰이고 있었다. 스카케는 저 속의 집들이 파이 조각 모양으로 나뉘어 있는 걸까 궁금했다. 예전에 신문에서 저 건물의 위생 상태가 끔찍하게 나쁘다는 사실, 저곳의 세입자는 거의 유고슬라비아 이주 노동자들이라는 사실을 읽었던 게 떠올랐다.

스카케는 시르세베리스토리 광장에 자전거를 세우고, 도둑맞지 않기를 빌었다. 몸통에 "경찰"이라고 씌어 있는 글씨는 까만 테이프를 붙여서 가렸다. 그가 정체를 들키지 않아야겠다고 판단할 때 취하는 조치였다.

스카케가 감시할 건물은 오래된 이 층 연립주택이었다. 그는 길 건너편 보도에서 잠시 관찰했다. 길 쪽으로 창이 아홉 개 나 있었다. 출입문 양옆으로 두 개씩 있고 위층에 다섯 개가 있었다. 다락에도 창이 세 개 있었지만, 거기에는 사람이 살지 않는 듯했다. 모든 창에 먼지가 두껍게 앉았고, 스카케가 보는 바로는 어디에도 커튼이 달려 있지 않았다.

스카케는 잽싸게 길을 건너서 건물로 들어갔다. 계단을 바라보고 바로 오른쪽 문에 "B. 스벤손"이라고 볼펜으로 적은 종이가 붙어 있었다.

스카케는 광장으로 돌아와, 건물이 한눈에 들어오는 벤치를 찾아서 앉았다. 그러고는 경찰서에서 오는 길에 산 석간신문을 꺼내어 활짝 펼치고 읽는 척했다.

기다림은 이십 분 만에 끝났다. 출입문이 열렸고, 웬 남자가 보도로 나왔다. 남자의 외모는 사보이 호텔에서 총을 쐈던 사람의 인상착의와 비슷했지만, 스카케가 상상했던 것보다 키가 좀 작았다. 심지어 남자의 옷도, 진갈색 재킷과 연갈색 바지와 베이지색 셔츠와 붉은색과 갈색의 줄무늬 넥타이도 인상착의와 일치하는 듯했다.

스카케는 남자에게서 눈길을 떼지 않은 채로 잠시 기다렸다. 이윽고 신문을 접고 일어나서 신문을 주머니에 꽂은 뒤 천천히 남자를 쫓아갔다. 남자는 교차로에서 꺾어 꽤 잽싼 걸음으로 언덕 발치에 있는 교도소 쪽으로 걸었다.

스카케는 문득 자신이 저 오래된 감옥의 암울한 벽에 갇힐 순간이 코앞에 닥쳤다는 사실을 꿈에도 모르는 남자가 불쌍했다. 남자는 자신이 잘 빠져나갔다고 믿고 있을지도 모른다.

남자가 교도소에서 오른쪽으로 꺾은 뒤 다시 왼쪽으로 꺾어 게발디게르가탄 거리로 접어들었다. 그러더니 교도소 담장 맞은편에 있는 축구장의 펜스 옆에 섰다.

스카케도 섰다. 잔디 구장에서 한창 시합이 벌어지고 있었다. 스카케는 두 팀 다 한눈에 알아보았다. 빨간 유니폼은 B.K. 플라그였고, 파란 유니폼은 F.K. 발칸이었다. 경기는 활발하게 진행되는 듯했고, 스카케는 잠시 서서 구경하는 데 이의가 없었지만, 남자가 금세 다시 걷기 시작했다.

두 사람은 계속 걸어서 룬다베겐 거리로 나왔다. 달헴스플라넨 경기장을 지나쳤을 때 남자가 샌드위치 가게로 들어갔다. 스카케가 가게 앞을 지나가면서 곁눈으로 진열창 안을 보았더니, 남자는 주문대 앞에 서 있었다. 스카케는 좀더 내려간 뒤에 어느 건물 출입구에서 기다렸다. 잠시 후, 남자가 한 손에는 상자를 다른 손에는 봉투를 들고 나와서 왔던 길로 돌아가기 시작했다.

스카케는 남자가 집으로 돌아가는 길이라고 추측했다. 그래서 이제 거리를 좀더 둘 수 있었다. 축구장 옆을 지날 때 마침 발칸 팀이 골을 넣었다. 주로 발칸 팀을 응원하는 듯한 구경꾼들이 일제히 환호했다. 어린아이를 목말 태운 남자가 크게 응원의 말을 외쳤지만 슬라브어였기 때문에 스카케는 전혀 알아듣지 못했다.

스카케가 뒤를 밟는 남자는 예상대로 집으로 갔다.

스카케가 길 건너편 보도를 걸어가면서 보니, 집에 들어간 남자가 봉투에서 맥주캔을 꺼내고 있었다.

스카케는 그 틈에 공중전화로 가서 경찰서에 걸었다. 마르틴 베크가 받았다.

"어떤가?"

"남자는 집에 있습니다. 맥주랑 샌드위치를 사러 나왔다가 막 귀가했습니다."

"좋아. 거기서 계속 지켜보다가 남자가 다른 데로 가면 전화해."

스카케는 감시 장소인 벤치로 돌아갔다. 삼십 분 뒤, 가까운 신문 판매대로 가서 다른 석간신문들과 초콜릿 바 하나를 사 왔다.

그는 이따금 일어나서 보도를 왔다갔다했지만, 남자의 창 앞을 자주 지나갈 엄두는 나지 않았다. 밖은 이제 캄캄했고 남자는 집안의 불을 켰다. 남자는 재킷을 벗고 샌드위치를 먹으면서 맥주를 두 캔 마신 뒤였고, 이제 방을 서성이고 있었다. 가끔 창가 식탁에 앉기도 했다.

밤 10시 20분, 스카케는 신문 세 부를 여러 번 샅샅이 읽고 초콜릿 바 네 개를 먹고 사이더 두 병을 마신 뒤였다. 참을성이 바닥났다. 이제 비명을 지르고 싶은 기분이었다.

그때 출입문 바로 오른쪽 방에서 불이 꺼졌다. 스카케는 오 분 더 기다렸다가 경찰서로 전화했다. 몬손도 마르틴 베크도 없었다. 사보이 호텔로 걸었다. 베크 형사님은 외출하셨다고 했다. 몬손의 집으로 걸었다. 두 사람은 거기 있었다.

"아, 아직 거기 있었나." 몬손이 말했다.

"당연히 있죠. 제가 귀가했어야 하는 겁니까? 두 분은 왜 안 오십니까?"

스카케는 곧 울음을 터뜨릴 것 같은 목소리로 말했다.

"아." 몬손이 대수롭지 않게 대답했다. "집에 간 줄 알았지. 검거는 내일 하기로 했어. 그건 그렇고 남자는 지금 뭐하고 있나?"

스카케는 이를 악물었다.

"불을 껐습니다. 자려는 것 같습니다."

몬손은 곧바로 대답하지 않았다. 스카케의 귀에 뭔가가 보글거리는 소리, 부드럽게 달그락거리는 소리, 누군가 "아" 하고 말하는 소리가 들렸다.

"자네도 그러는 게 좋겠어." 몬손이 말했다. "집에 가서 자. 참, 혹시 남자한테 들키진 않았겠지?"

"안 들켰습니다." 스카케는 퉁명스럽게 말하고 끊었다.

스카케는 자전거를 타고 말 그대로 날아서 룬다베겐 거리로 내려왔다. 십 분 뒤, 그는 자기 방 앞 현관에 있는 전화기로 모니카의 번호를 돌렸다.

토요일 아침 8시 5분, 마르틴 베크와 몬손은 베르틸 스벤손의 집 문을 노크했다.

남자는 잠옷 차림으로 문을 열었다. 그는 두 사람의 신분증을 본 뒤 그냥 고개를 끄덕거리고 안으로 돌아가서 옷을 갈아입었다.

방 하나에 부엌 하나뿐인 집에서는 무기가 발견되지 않았다.

베르틸 스벤손은 한마디 말 없이 두 사람을 따라나와서 차에 탔다. 다비스할스토리 광장으로 올 때까지 내내 말이 없었다.

그들이 몬손의 방으로 들어갔을 때 남자가 전화기를 보고 처음으로 입을 열었다.

"아내에게 전화해도 될까요?"

"나중에." 마르틴 베크가 대답했다. "먼저 이야기부터 좀 나눕시다."

29.

그날 오전 내내, 그리고 오후 들어서 한참까지도 마르틴 베크와 몬손은 이제 피의자가 된 베르틸 스벤손과 앉아서 그의 과거 이야기를 들었다. 그는 말할 기회가 있어서 기쁜 듯했고, 두 사람에게 자기 이야기를 들려주고 싶어 안달했으며, 점심을 먹으려고 잠시 쉬는 것조차 성가시게 여기는 듯했다. 그의 이야기는 마르틴 베크와 몬손이 재구성해본 시나리오와 대체로 일치했다. 범행 동기에 대한 가설도 맞았다.

남자는 퇴거당하고, 하는 수 없이 이사하고, 직장에서 잘리고, 별거까지 하게 된 뒤 말뫼의 집에 혼자 앉아서 종종 자신의 처지를 곱씹어보았다고 했다. 그랬더니 자신이 겪는 모든 불행의 원흉이 누구인지가 갈수록 뚜렷해졌다고 했다. 빅토르 팔름그렌이었다. 흡혈귀 같은 놈, 남들을 희생해서 제 지갑을 불리는 놈, 거물로 행세하는 놈, 직원들과 세입자들의 처지에는 쥐똥만큼도 신경쓰지 않는 놈.

남자는 팔름그렌을 사람이 사람을 이렇게까지 미워할 수 있구나 싶을 정도로 미워하게 되었다.

그는 취조중 두어 번 무너져서 울음을 터뜨렸지만, 곧 자신을 가다듬고 마르틴 베크와 몬손에게 이렇게 스스로를 해명할 기회를 얻은 걸 고맙게 여긴다고 말했다. 그들이 자신을 잡으러 와서 다행이라고도 거듭 말했다. 그들이 오지 않았다면, 자신은 더 버티지 못하고 자수했을 거라고 했다.

자신이 저지른 일을 후회하진 않는다고 했다.

감옥에 가든 말든 상관없다고 했다. 어차피 자기 인생은 망했고 다시 시작할 힘은 없다고 했다.

취조가 끝나고 남자도 할말을 다 했을 때, 그는 마르틴 베크와 몬손과 악수하고 고맙다고 말한 뒤 유치장으로 인계되었다.

남자가 나가고 문이 닫힌 뒤 한동안 방은 조용했다. 이윽고 몬손이 일어나 창가로 가서 마당을 내다보았다.

"젠장." 몬손이 중얼거렸다.

"형을 가볍게 받았으면 좋겠군요." 마르틴 베크가 말했다.

노크 소리가 나더니 스카케가 들어왔다.

"어떻게 됐습니까?" 스카케가 물었다.

둘 다 한동안 대답이 없었다. 결국 몬손이 말했다. "그래, 우리가 생각했던 것과 비슷했어."

"그런 식으로 난입해서 사람을 쏴 죽이다니, 틀림없이 냉혈한이었겠네요." 스카케가 말했다. "왜 그랬답니까? 저라면 차라리 상대의 집으로 가서 상대가 햇볕을 쬐려고 누워 있거나 할 때 울타리 틈으로 쏴서……."

"그런 게 아니었어." 마르틴 베크가 말했다. "자네가 직접 들어봐. 잠시만."

마르틴 베크는 취조중 내내 돌아갔던 녹음기의 테이프를 되감았다.

"이쯤인 것 같군."

마르틴 베크가 버튼을 누르자, 테이프에서 말소리가 흘러나왔다.

"팔름그렌이 그 시각에 사보이 호텔에 있다는 걸 어떻게 알았습니까?"

몬손의 목소리였다.

"몰랐습니다. 우연히 지나가던 중이었습니다."

베르틸 스벤손이었다.

"처음부터 이야기하는 게 낫겠군요. 그 수요일에 뭘 했는지 처음부터 말해보십시오."

이 목소리는 마르틴 베크였다.

스벤손: 월요일부터 휴가였기 때문에, 출근은 하지 않았습니다. 오전에는 별일 없이 그냥 집에 있었습니다. 셔츠와 속옷을 빨았죠. 이렇게 더우면 자주 갈아입어야 하니까요. 그다음에 달걀프라이 두 개와 커피로 점심을 먹고, 설거지하고, 장을 보러 갔습니다. 걸어서 베른헴스토리에트 광장에 있는 템포까지 갔습니다. 제일 가까운 가게는 아니지만, 어차피 시간도 때우고 싶었고요. 나는 말뫼에 아는 사람이 많지 않습니다. 직장에서 안 사람 두어 명뿐인데, 휴가 기간이니 다들 가족과 함께 시골로 떠났죠. 장을 본 뒤에 다시 걸어서 집으로 갔습니다. 정말 더운 날이라서 다시 나가고 싶지 않더군요. 그래서 그냥 침대에 누워 템포에서 사 온 책을 읽었습니다. 에드 맥베인의 『죽음까지』란 책이었습니다. 저녁에는 좀 시원해졌죠. 그래서 6시 반쯤 자전거를 타고 사격 연습장에 갔습니다."

베크: 어느 사격 연습장입니까?"

스: 보통 쏘는 곳인데, 림함에 있습니다.

몬손: 리볼버를 가지고 갔습니까?

스: 네. 원하면 사격장 사물함에 보관할 수도 있지만 나는 늘 집에 가지고 옵니다.

몬: 알겠습니다. 계속 말하세요.

스: 한 시간인가 쐈습니다. 사실 그럴 형편은 못 됩니다. 탄알값이랑 사격장 회원비랑 하면 꽤 비싸거든요. 그래도 사람이 일만 하고 살 수는 없으니까요.

몬: 리볼버는 언제부터 갖고 있었습니까?

스: 아, 좀 됐습니다. 십 년 전에 축구 복권으로 돈을 땄을 때 샀습니다. 사격은 예전부터 해보고 싶었어요. 어릴 때 부모님에게 공기총을 사달라고 졸랐지만, 부모님은 가난해서 사주고 싶어도 사줄 형편이 안 되었을 겁니다. 사주고 싶지도 않았겠지만요. 그러니 그나마 할 수 있는 일은 축제 같은 때 금속 엘크 표적을 쏘는 것뿐이었습니다.

베: 총을 잘 쏩니까?

스: 네, 잘 쏜다고 할 수 있습니다. 대회에서 두어 번 우승도 했습니다.

베: 그럼 사격을 마친 뒤에는…….

스: 다 쏜 뒤에 자전거로 시내로 돌아왔습니다.

몬: 리볼버는?

스: 자전거 짐받이에 실은 상자에 넣어뒀습니다. 림함스펠

테트 경기장을 따라 달리다가, 하수처리장을 끼고 돌아서 박물관과 법원 앞을 지났습니다. 그러다 노라발가탄 거리와 함가탄 거리가 만나는 교차로에서 빨간불을 받아 섰는데, 그때 그를 봤습니다.

몬: 빅토르 팔름그렌?

스: 네. 사보이 호텔 창문 너머로. 그는 서 있었고, 다른 사람들이 주변에 앉아 있었습니다.

몬: 이전에는 팔름그렌을 한 번도 만난 적 없다고 했죠. 어떻게 그 사람이란 걸 알았습니까?

스: 신문에서 사진을 많이 봤습니다. 그리고 언젠가 한번 그의 집 앞을 지나가는데 그가 현관을 나와서 택시를 탄 적이 있습니다. 네, 보자마자 그인 줄 알았습니다.

베: 그래서 어떻게 했습니까?

스: 나도 내가 어떻게 행동할지 몰랐던 것 같습니다. 하지만 또 한편으로는 어떻게 행동할지 알았던 것 같기도 합니다. 설명하기 어렵네요. 사보이 호텔 정문을 지나쳐서 자전거 보관대에 자전거를 세웠습니다. 잠글 생각도 안 했던 게 기억납니다. 자전거야 어떻게 되든 상관없다는 기분으로. 그다음에, 음, 상자에서 리볼버를 꺼내서 재킷에 숨겼습니다. 아, 그전에 먼저 장전했죠. 주변에 지나가는 사

람은 아무도 없었습니다. 벽을 보고 서서, 리볼버는 상자에 그냥 둔 채로 탄알을 두 개 끼웠습니다. 그다음에 식당으로 들어가서 그의 머리를 쐈습니다. 그가 식탁에 엎어지더군요. 그러고서는 보니까 제일 가까운 창문이 열려 있기에, 창을 넘어 나간 뒤 자전거로 돌아갔습니다.

몬: 잡힐까 봐 걱정되지 않았습니까? 식당에 다른 사람들도 있었는데.

스: 그런 것까진 생각하지 않았습니다. 그 새끼를 죽이겠다는 생각밖에는.

베: 들어갈 때 창문이 열려 있는 걸 못 봤습니까?

스: 네, 그런 건 생각도 안 했습니다. 그렇게 빠져나올 수 있을 거라는 생각도 안 했던 것 같습니다. 그가 쓰러지고 아무도 나를 주목하지 않는 걸 보고서야 창문으로 나가면 되겠다는 생각이 들었습니다.

몬: 그다음은 어떻게 했습니까?

스: 리볼버를 상자에 도로 넣고, 자전거로 페트리브론 다리를 건너 기차역 앞을 지나갔습니다. 배들의 스케줄을 다 외우진 않지만, 쾌속선이 한 시간에 한 대씩 정시에 출발한다는 건 알고 있었습니다. 기차역 시계를 보니 8시 40분이더군요. 그래서 버터 검역장까지 달려가서 거기에 자전

거를 세웠습니다. 그리고 쾌속선 표를 사러 갔습니다. 리볼버 상자는 가지고 갔습니다. 아무도 날 쫓아오지 않는 게 이상하다고 생각했죠. 배가 출발한 뒤에는 갑판에 나가서 있었습니다. 승무원이 나더러 안으로 들어가라고 말했지만, 신경쓰지 않고 계속 서 있었습니다. 그러다가 해협을 절반쯤 건넜을 때, 리볼버와 탄알이 든 상자를 바다에 던졌습니다. 그러고는 선실로 내려가서 앉았습니다.

베: 코펜하겐으로 가서 뭘 하겠다는 계획이 있었습니까?

스: 아니요, 특별하게는. 그때는 한 번에 하나만 생각할 수 있었습니다.

베: 코펜하겐에서 뭘 했습니까?

스: 그냥 돌아다녔습니다. 그러다 어딘가 들어가서 맥주를 마셨습니다. 그때 문득 스톡홀름에 가서 아내를 봐야겠다는 생각이 들더군요.

베: 돈이 있었습니까?

스: 천 크로나 조금 넘게 갖고 있었습니다. 두 달 휴가 기간의 급여였습니다.

베: 그렇군요. 계속하세요.

스: 버스로 카스트룹 공항에 가서 스톡홀름으로 가는 편도 비행기표를 샀습니다. 직원이 어느 비행기를 타면 되는지

알려주겠다고 하더군요. 당연히 내 진짜 이름을 대진 않았습니다.

베: 그게 몇 시였습니까?

스: 자정이 거의 다 된 때였습니다. 공항에서 아침까지 앉아 있었죠. 아침에야 자리가 났는데, 7시 25분 비행기였던가 그랬습니다. 스톡홀름에 도착해서는 알란다 공항에서 버스로 하가 터미널까지 간 뒤 걸어서 아내와 애들이 사는 집으로 갔습니다. 아내는 지금 노르툴스가탄 거리에 삽니다.

몬: 그 집에 얼마나 있었습니까?

스: 한 시간, 아니면 두 시간.

몬: 언제 이곳으로 돌아왔습니까?

스: 지난주 월요일에요. 월요일 밤에 말뫼에 도착했습니다.

몬: 스톡홀름에서는 어디서 잤습니까?

스: 오덴가탄 거리에 있는 싸구려 여관 같은 데서요. 이름은 기억 안 납니다.

베: 말뫼에 와서는 뭘 했습니까?

스: 별일은 안 했습니다. 사격하러 갈 수도 없었죠. 리볼버가 없으니까.

베: 자전거는? 부두에 계속 있었습니까?

스: 네, 그래서 기차를 내려 돌아오는 길에 가지고 왔습니다.

몬: 죽 궁금했던 점이 하나 있습니다. 사보이 호텔 창으로 빅토르 팔름그렌을 보기 전에도 그를 쏴야겠다는 생각을 한 적 있습니까? 충동적으로라도?

스: 생각은 전에도 했던 것 같지만, 엄밀히 말해서 계획을 짠 건 아니었습니다. 하지만 그가 거기 서 있는 걸 보고 내게 리볼버가 있다는 사실을 떠올린 순간, 너무 간단히 그를 쏴버릴 수 있겠다는 생각이 퍼뜩 들었습니다. 그리고 그러기로 결심한 순간부터 뒷일은 고민하지 않았습니다. 그때는 내가 그 생각을 그 자리에서 처음 떠올린 것처럼 느껴졌지만, 마음 깊은 곳에서는 아마 그가 죽기를 내내 바라고 있었을 겁니다.

베: 신문을 보고 기분이 어땠습니까? 이튿날 신문을 읽었겠죠?

스: 네.

베: 그가 살아날 수도 있다는 걸 알고 어땠습니까?

스: 일을 제대로 해치우지 못한 나 자신에게 미칠 듯이 화났습니다. 그제야 몇 발 더 쏴야 했다는 생각이 들었지만, 그때는 다른 사람은 다치게 하고 싶지 않았고 또 그가 즉사한 것 같았거든요.

베: 지금은? 지금은 기분이 어떻습니까?

스: 그가 죽어서 기쁩니다.

몬: 잠시 쉬죠. 뭘 좀 드셔야겠습니다.

마르틴 베크가 녹음기를 껐다.

"나머지는 나중에 혼자 들어봐." 그가 스카케에게 말했다. "내가 떠난 뒤에."

30.

무더운 여름의 한중간인 7월 12일 토요일 늦은 밤, 마르틴 베크는 사보이 호텔 식당에 혼자 앉아 있었다.

짐은 한두 시간 전에 미리 싸서 직접 들고 내려온 뒤 프런트 데스크에 맡겼다. 이제 서두를 이유가 없으니, 밤 기차로 스톡홀름으로 돌아갈까 생각하는 중이었다.

말름과도 통화했다. 말름은 아주 기뻐하면서 연거푸 말했다.

"그러니까 복잡할 게 전혀 없다는 거지? 훌륭하군, 아주 훌륭해."

뭐가 훌륭할까, 마르틴 베크는 생각했다.

식당은 아늑하면서도 화려했다. 탁자마다 놓인 초의 가물가물한 불빛이 뷔페의 큼직한 은식기에 비쳤다. 손님의 수도 딱 적당했고, 말소리도 딱 적당하게 나지막했다. 사람이 거슬릴 만큼 많지는 않지만 외롭게 느껴질 만큼 적지도 않았다.

흰 재킷을 입은 웨이터들도 있었다. 작달막한 수석 웨이터는 연신 커프스를 잡아당기면서 손님들에게 고개를 숙였다.

마르틴 베크는 먼저 바에서 위스키를 한 잔 마신 뒤였고, 이제 식당으로 건너와서 발레프스카풍 넙치 요리를 먹고 있었다. 요리와 함께 식당에서 직접 담근 아쿠아비트를 마셨는데, 뭔지 모를 비밀 재료가 들어간 듯한 술은 아주 맛있었다.

그다음 그는 계속 앉아서 세브 푸르니에 리큐르를 약간 탄 커피를 마셨다.

모든 것이 아주 훌륭했다. 음식은 맛있고 술도 맛있고 서비스는 세심했다. 열린 창밖의 여름밤은 농밀하고 따스하고 쾌적했다.

게다가 사건도 해결되었다.

마르틴 베크는 기분이 좋아야 했다. 하지만 그렇게 보이지 않았다.

사실 그는 주변을 거의 의식하지 못했다. 자신이 무엇을 먹고 마시는지조차 모르는 것 같았다.

빅토르 팔름그렌은 죽었다.

그가 죽었어도, 한줌의 국제적 협잡꾼들과 어디 먼 나라의 수상쩍은 정권을 대변하는 사람들 외에는 아쉬워할 이가 아무도 없었다. 그런 이들도 곧 팔름그렌 대신 맛스 린데르와 거래하게 될 테고, 그리하여 사실상 상황은 아무것도 바뀌지 않을 것이다.

샬로테 팔름그렌은 이제 대단히 부유한데다가 사실상 자유였다. 지금으로서는 린데르와 호프옌센에게도 밝은 미래가 기다리는 듯했다.

함푸스 브로베리는 아마 다시 잡혀드는 일은 면할 것이다. 두둑한 보수를 받는 변호사들이 그가 공금을 착복하지 않았고 주식 밀반출도 시도하지 않았고 그 밖에도 불법적인 짓을 전혀 저지르지 않았다는 사실을 증명해 보일 것이다. 그의 아내와 딸은 돈이 잔뜩 든 은행 계좌를 가지고 스위스든 리히텐슈타인이든 어디 안전한 곳에 있을 것이다. 헬레나 한손은 아마 유죄 선고를 받겠지만, 그리 과중한 형은 아닐 테니 그리 멀지 않은 미래에 원래 일로 복귀할 수 있을 것이다.

남은 사람은 조선소 청소부뿐이었다. 그는 조만간 이급 살인죄, 혹은 일급 살인죄로 재판을 받을 것이다. 그다음에는 인생에서 가장 좋은 시기를 감방에서 썩을 것이다.

마르틴 베크 경감은 기분이 전혀 좋지 않았다.

그는 계산을 치르고, 가방을 찾은 뒤, 멜라르브론 다리를 걸어 건너서 기차역으로 갔다.

기차에서는 잠이 올까 생각하면서.

김명남
KAIST 화학과를 졸업하고 서울대 환경대학원에서 환경 정책을 공부했다. 인터넷 서점 알라딘 편집팀장을 지냈고, 지금은 전문 번역가로 활동하고 있다. 옮긴 책으로는 『문학은 어떻게 내 삶을 구했는가』, 『우리 본성의 선한 천사』, 『블러디 머더—추리 소설에서 범죄 소설로의 역사』, 『우리는 언젠가 죽는다』, 『소름』, '마르틴 베크' 시리즈 등이 있다.

폴리스, 폴리스, 포타티스모스! — 마르틴 베크 시리즈 6

초판 발행 2019년 9월 20일

지은이 마이 셰발 · 페르 발뢰
옮긴이 김명남
펴낸이 염현숙

책임편집 이송 | **편집** 임지호
표지디자인 이경란 | **본문조판** 이원경 | **저작권** 한문숙 김지영
마케팅 정민호 정진아 함유지 김혜연 박지영 김수현 | **홍보** 김희숙 김상만 오혜림
제작 강신은 김동욱 임현식 | **제작처** 한영문화사

펴낸곳 (주)문학동네
출판등록 1993년 10월 22일 제406-2003-000045호
임프린트 엘릭시르

주소 10881 경기도 파주시 회동길 210
문의 031-955-1918(편집) 031-955-8896(마케팅) 031-955-8855(팩스)
전자우편 editor@elmys.co.kr | **홈페이지** www.elmys.co.kr

ISBN 978-89-546-5653-5 04850
978-89-546-4440-2 (세트)

엘릭시르는 출판그룹 문학동네의 임프린트입니다.